跨度小说文库

Kuadu Fiction Series

THE FICTION

跨度小说文库
Kuadu Fiction Series

爱情总是对的

张儒学 著

中国文史出版社

目　　录

第一章 相 亲

1

镇上电影院放的电影是《红高粱》，电影里九儿头盖着红盖头，坐上大花轿，一路上一伙人疯疯癫癫地唱着歌。最后，漂亮的九儿被余占鳌扛进红高粱地里，九儿那含情脉脉的眼神，还有那被一个粗犷的山东汉子所征服而倒地的情节……让陆萍和王大虎看得心惊肉跳，王大虎却不像往日那样胆大了，主动拉她的手，而是时不时偏过头来看她。借着那暗淡的光线，陆萍似乎看清了他的表情，他也想与她有点儿小动作，可他却在努力控制自己。还是她胆大，把手伸过去，一把抓住他的手，她这一举动让他感到意外。他犹豫了一下，看了看四周，好像大家都在一心一意地看电影，没有人注意到他们，他便双手紧紧地握着她的手，也越握越紧……

在这特殊的环境里，又在电影剧情的感染下，要是王大虎有更进一步的举动，陆萍也不会反对的，相反地，还渴望他有更进一步的亲密，也像电影里一样来点儿浪漫的细节。可这毕竟是在电影院，而座位又不像城里的电影院那样是椅子，有高高的椅背挡着，一点儿小动作也没人看得见。这里是石凳子，除了有个座，啥也没有遮挡的，他们也只能这样拉着手，感受着对方的心跳，也有一种幸福和满足。

今天是小镇的赶集天，陆萍是经村里的媒婆王二娘介绍，来镇上与刘吉祥相亲的。虽然刘吉祥家住在镇上，他也是镇供销社正式职工，可她根本不想去相亲，因为她心里有王大虎。他俩从小一起玩到大，也是两小无猜，而且真心相爱。只是王大虎家穷，父亲说什么也不同意她和王大虎在一起。现在王二娘来说媒，让她嫁到镇上，这是多少乡下姑娘求之不得的，可陆萍说什么也不愿意，要不是父亲逼她，她今天还不来，为了不让父亲丢面子，她是来做做样子的，可她与刘吉祥一见面，转身就跑出来，与王大虎去电影院看电影了。

电影完了后，他们逛了逛街，王大虎回镇红砖厂去上班了，陆萍只好回家去了。今天电影里那充满激情的画面，一直在她脑海里映现着，这让她心中对王大虎更加爱。她仿佛觉得自己就是九儿，王大虎就是那个野性十足的余占鳌，巴不得他也把她扛进玉米地中，她就是他的人了，再也不会去与刘吉祥相亲了。

一路上，陆萍心里一边是电影里的动人心魄的情节，一边是父亲逼她去与刘吉祥相亲的烦恼，让她不知怎么面对父母。她沿着那条回家的石板路走去。来镇上赶集的人很多，赶集后的人这时多半也回家，他们有的挑着化肥，有的背着油盐，或三三两两说说笑笑，或三五成群疯疯打打，洒下一路的笑声，让这条石板路充满了人气。陆萍没和任何人一起，她独自走着想着，她心情很复杂，不知是在兴奋或是在担心，她在相亲时转身就走了，父亲肯定会为此生气。陆萍回到家里已是下午了，她一进屋，父亲陆大奎十分生气地叫住她，说："站住，我问你，今天去镇上相亲，见了面你为啥起身走了？"

陆萍站住了，她头也没回，说："我不同意这门亲事，不走还怎么着，难道还在他家吃了午饭才走？"

陆大奎本来就生气，他听陆萍这样说，更生气了，他大声说："什么，你不同意这门亲事？你是不是脑子有毛病，能嫁到镇上去是多少姑娘巴不得的，今天你有了这个机会，还不同意。那我问你，刘家哪点不好，要说家庭条件我们乡下哪家比得上？刘吉祥也是一个年轻帅气的小伙，不是傻子也不是瘸子，哪点配不上你？看看你，有啥本事嫌人家，只要人家不嫌弃你就千恩万谢了。"

陆萍听父亲这么说，她也生气了，说："他家再好，我就是不同意嫁到刘家，要嫁你嫁去好了。"

陆大奎起身，抓起门前的一把扫帚就想打，正好母亲张翠花走了过来，她一把抓住扫帚，劝道：“她爸，女儿都这么大了，你还像小孩子一样想打就打呀，有啥话好好说，别把你自己气病了。”

陆大奎仍在生气，他却没有再打，反倒走来骂张翠花道：“都怪你，整天惯着她，你看看，现在都把她惯成啥样了？”

张翠花示意陆萍快进屋去，陆萍便走进屋去了，她关上门扑在床上大声哭起来。陆大奎扔下扫帚，坐在木椅上，大声地说：“告诉你，不管你答应不答应，这门亲事我已答应，刘家过两天就送订婚彩礼来。”

陆萍一听急了，她开门走了出来，大声说：“你答应了是你的事，我就是死也不会嫁到刘家。”

说罢，陆萍哭着跑了出去，张翠花赶忙追出去，大声喊道：“陆萍，你去哪儿，你爸是在气头上，等他气消了再好好商量，你回来呀，别想不开。”

陆萍哪里听她的，加快脚步跑走了，张翠花又走进屋来，对陆大奎说：“她爸，你怎么能这么教育女儿，女儿现在大了，打能解决问题吗？这下好了，把她气走了，要是她一时想不通出个啥事，看你后悔一辈子吧。”

陆大奎一股劲地抽着叶子烟，他仍很生气，大声说：“她走，走了就一辈子别再回来，省得气人。”

陆萍跑出去后，也不知去哪儿，她便跑到房后的山坡上那片林子里，在一棵树下坐着哭起来，想着她命怎么这么苦，父母明知道她心里喜欢王大虎，可偏要逼她去相亲，不就是嫌王大虎家穷吗？今天去镇上相亲，本来是为了不让父亲被人说不讲信用，她想去应付一下完事，没想到父亲却自作主张答应了这门亲事，还说过两天刘家就送订婚彩礼来，这不明摆着逼她答应这门亲事吗？

其实，能嫁到镇上当然不错，婚后的生活肯定比嫁给王大虎过得好，更不会那么劳累，在乡亲们面前也风光。刘吉祥也不错，虽不是很帅气，但第一眼她能看得出他是一个知书识理的人，一点儿也不像街上其他男人那样油嘴滑舌，满口脏话，天不怕地不怕的样子。要是他心里没有王大虎，她没有任何理由不答应这门亲事，可她现在心里有了王大虎，再好的家庭和再好的男人，也难以走进她的心里。

可父亲已答应了这门亲事，依她对父亲的了解，他一直很倔，凡他认定的事，是没有任何人能改变的，难道她就只能认命？

2

陆萍哭了好一阵儿，仍不想回家。她知道此时回去，父亲肯定还在气头上，不骂她才怪。其实，她也理解父亲的心情，费尽了力托媒，把她嫁到镇上去，好走出这穷山村，不再像他们一样受苦受累，往后能过上好日子。她也不傻，能嫁到镇上也是乡下姑娘巴不得的，把户口从农村转为城镇居民，每天穿得干干净净的，不用下地干活，摆个摊儿还能挣钱，买个油盐什么的也方便，更是在乡邻面前风风光光。可她却放不下王大虎，也不是说王大虎有哪点好，反正她心里喜欢他，只要能和王大虎在一起，往后的日子再苦再累她也认了。

太阳慢慢落下山，在山坡上干活的人们都收工回家了，黄昏的山坡上静静的，远处的农家小院和田野被夜幕笼罩，到处变得朦朦胧胧的。陆萍知道在镇红砖厂干活的王大虎快回来了，她便走去那条石板路边。这是山里人去镇上的必经之路，她就站在那路边等，盼望着王大虎早点儿回来，她好想见到他，把这一切告诉他。

过了一会儿，王大虎回来了，他远远地看见了陆萍，知道陆萍是在等他，便加快脚步走了过去，问道："陆萍，你是在等我吗？"

陆萍见王大虎站在跟前，她有好多话想对他说，可又不知怎么说，她只是点了点头。

王大虎看了看陆萍，发现她有点儿不对劲，好像刚哭过，眼睛红红的，眼角还挂着几滴泪水，他赶忙给她擦了擦，问道："陆萍，你告诉我，到底出什么事了？我从没见过你这么伤心，是谁欺侮了你，你快说呀！"

陆萍摇了摇头，说："不是，没有人欺侮我，我……"

王大虎拉着陆萍向山上那片林子走去，那是他们经常约会的地方。这一片林子以前是生产队的山林，在土地承包后没人管理，树木依旧茂盛，却是杂草丛生，平时很少有人来这里。

他们来到这林子后，王大虎没有像以前那样，一见面对她有些亲热的动作，比如拉她的手，或者抱着她亲一下，而是十分着急地问道："陆萍，到底发生什么事了，你快说呀。"

陆萍站在那里，似乎不知怎么说起，或者她是在想，这事到底该怎么告诉他。就是告诉他了，又能有什么办法改变这个事实？

王大虎见陆萍仍没出声，他在一棵树下坐下了，等着她说话。陆萍站了好一阵儿，她的情绪也平和了许多。这也奇怪，凡她有什么不开心的事，只要和他说说就开心了；凡她有什么想不开的事，只要一见到他心情就好了，这也许就是爱情的力量，就是爱情的甜蜜与美好。她走过去紧挨着他坐下，问道："大虎，你喜欢我吗？"

王大虎笑道："当然，我们在一起这么久了，你还没感觉出来？"

陆萍说："我感觉到了，但我要你亲口对我说。"

王大虎看了看陆萍，不知她问这个干啥。既然她都这么说了，他也十分认真地回答道："陆萍，我喜欢你。"

陆萍又问道："大虎，你爱我吗？"

王大虎觉得有些不对劲儿，陆萍到底怎么了，老是问他这些，他们两人在一起这么久了，能说他不喜欢她吗，这还用得着问？他问道："陆萍，你这是怎么了？"

陆萍说："你先回答我。"

王大虎赶忙说："陆萍，我爱你！"

陆萍听王大虎回答得这么肯定，也是发自心底的，她开心地笑了。要是以前，不管他说多少次这样的话，她都只是一笑了之，可这时他十分认真地说出这话，让她感受到了格外的温暖，更得到一种力量，觉得她坚守着这份爱情是对的，是值得的。爱一个人，也许有的人是图荣华富贵，可她爱一个人是想终身相守。她一把抱住他，在他脸上亲了亲，说："大虎，我们私奔吧，去哪儿都行，现在就走。从此，我俩再也不分开了。"

王大虎听陆萍这么说，吃了一惊，她怎么突然提出这种要求，现在他们不是好好的吗？同住一个队上，她家与他家不就隔条河吗，也是想见就能见到的，干吗还要私奔呢？他推开她抱他的手，问道："陆萍，你还没告诉我，到底出什么事了？”

王大虎这么一问，又让陆萍难过起来，她想他是真傻还是在装傻，她父母逼她去镇上相亲，他也是知道的，她都快急死了，他怎么还不着急，好像没事一样，简直是不可思议。她眼泪又流出来了，她说：“今天我爸不是逼我去镇上和刘吉祥相亲吗？”

王大虎说：“知道呀，你不是没答应吗？”

陆萍说：“我是没答应，当时我就出来了，可我爸却答应了，还叫刘家这两天就把订婚彩礼送来。”

王大虎听后也生气了，他大声说：“怎么能这样，都啥年代了，婚姻还由父母包办？你知道吗，这包办婚姻是不算数的。”

陆萍说：“在我们家，我爸说的话就得算数。”

王大虎气得站了起来，说：“走，我去找你爸论理，我也向他说明我俩的关系，叫他把你和刘吉祥的婚事退了。”

陆萍也站了起来，赶忙拉住王大虎说：“你去找我爸论理，你有什么理可论？我爸是看刘吉祥是镇上人，又有正式工作，各方面条件都不错，现在能把闺女嫁到镇上，过上好日子，当父母的也风光，这有什么错？”

王大虎听陆萍这么说，觉得也有道理，他说：“那我们该怎么办？”

陆萍似乎早就想好了，她说：“现在唯一的办法就是我俩私奔，马上就走，你去哪儿我都跟着你，我俩就永远在一起了。”

王大虎看着陆萍，从她的眼神里看到了她对他浓浓的爱，更看到了她期待他回答的目光。他转过身去，想了好一阵儿，再转过身来，拉着陆萍的手说：“好，我答应你，我俩一起私奔，去深圳广州都行。自从土地承包后，村里有很多人都外出打工了，只要我俩能在一起，再苦再累都值。”

陆萍听王大虎回答得这么坚决，她眼睛一亮，似乎看到了希望，她高兴地说：“大虎，你同意我俩私奔了？那我们今晚就走，走得越远越好。”

王大虎想了一下说：“这事别急，还是等几天再走，说什么我也得去厂里把工辞了，还有这个月的工资我也得领了再走。如果我们现在就走，身上没钱不说，就连换洗的衣服也没带。”

陆萍听后有些不放心，她说：“大虎，这事得越快越好，接下来会发生什么，谁也不知道。到时我们走不了，会后悔一辈子的。”

王大虎拉着陆萍的手，并双手紧紧握着，是在给她安慰，更是在给她勇气，说：“陆萍，你放心，我尽快安排好，你对于我太重要了，我真的不能离开你。”

陆萍相信了王大虎的话，她说：“好，我等你的消息。”

王大虎说：“你也用不着太担心，你和刘吉祥只是订个婚，他送彩礼来也是订婚彩礼，又不是结婚，到时我们退掉就是了。”

陆萍说：“现在刘家还没送彩礼来，如果我们私奔了，他就不用送彩礼来了，他也会死心了，省得今后退彩礼麻烦。还有，夜长梦多，我爸的脾气很倔，他认定的事没人能改变的。”

王大虎亲了陆萍一下，说：“这个我知道，我会尽快给你消息的。时间不早了，我送你回家吧。”

陆萍点头说：“好吧。”

听了王大虎的话，陆萍心情也好了许多。他们走出林子，沿着那条山路走下山，此时，已是夜幕降临，深蓝色的天空挂着一钩弯月，不像中秋的月亮那样圆润美丽，却别有一番风韵。到了她的屋前，她站住了，轻声说：“我到家了，你回家吧，别让我爸看见了，不然，我又要挨骂了。”

王大虎还不放心，仿佛觉得陆萍就像一粒沙子，转眼间就会被风吹走。他真怕失去她，他多想再拥抱她一下，让她不要走开，可她已到家了。他说：“你进屋吧，等你到家了我再走。”

陆萍冲他一笑，挥了挥手便转身走了进去。王大虎看着陆萍的背影，心里还是担心，她回到家后，她爸会不会进一步逼她呢？她会屈服吗？

王大虎见陆萍进了屋后，仍在那里站了好一阵儿，才转身回家去了。

今天是周末，在城里念高中的妹妹王大燕回来了，她见哥哥回来了，高兴地叫道：“哥，你怎么才回来呀？”

王大虎放下身上的包，说：“今天厂里有点儿事，走晚了点儿。”

王大燕赶忙说：“哥，要是你再不回来，我肚子都饿得咕咕叫了，爸妈就是偏心，非要等你回来才吃。”

王大虎走进灶屋洗了洗手，然后出来坐下，说：“这么晚了，你们怎么不先吃，还在等我呀？”

全家人早已坐在桌边，桌上弄了很多菜，还有一条鱼，父亲王生地说：“大虎回来了，吃吧。”

3

由于王大燕在县城上高中，只有每周五下午才回来，周日下午就得回县城，全家人只有周末才聚得齐，凡有点儿好吃的父母都要留着等周末妹妹回来才吃。今晚，虽不是过年过节，但桌上的菜很丰盛，有鱼有肉的，也当是过节了。

王生地冲着母亲吴良贤说：“他妈，快去给我倒杯酒来，好久没喝酒了，今晚我高兴，想喝点儿。”

吴良贤说：“你身体不好，还是别喝酒了，上次你喝了酒，不就引发了你的肺气肿吗？”

王生地嘿嘿一笑，说：“没事，今晚你弄这么多好菜，不喝点儿酒心里痒痒的。”

王大燕也说：“爸，你还是别喝了，多吃点儿菜吧。”

王生地仍不甘心，他拿着筷子也没夹菜，就是想喝酒。王大虎知道喝酒是父亲唯一的爱好，以前在集体干活时，父亲为了多挣工分，好多分点儿粮食养活一大家子人，他总是去找重活干。重活干起来肯定很累，累了父亲回到家里就喝点儿酒，以解困倦，更是寻求一种释放负重生活的压力。他起身拿了一个杯子和一瓶酒过来，他说：“爸，今晚见你高兴，你就喝点儿吧，但别喝多了。”

王生地见儿子拿酒来了，他倒上半杯酒说：“好，就喝这么点儿，没事的。”

王生地边喝酒边说：“现在土地承包到户了，不像以前在集体干活时，每天都得起早摸黑去队上挣工分，那哪是挣工分呀，大多数人是在土里混工分，一年到头分那点儿粮食还不够吃。土地承包到户这些年，全村哪家的粮食吃得完呢，仍是那些土地，为什么现在各家各户种的粮食就产得这么多呢？”

王大燕虽然在上高中，但她长大了，也懂得一些道理，她笑了说：“现在土地承包到户了，大家的积极性调动起来了，干活也干得仔细，当然粮食就产得多了。”

几口酒一下肚，王生地的话就多起来，这也是他的一个习惯，他又喝了一口酒，说：“论说在集体干活时，活也没少干呀，哪块田不是三犁三耙，哪个土坎都铲得干干净净的，可粮食就是产不出来。”

吴良贤看了看王生地，知道他喝了酒话就多了，赶忙说：“他爹，看你喝了酒话就多起来了。这还不简单，是大家计划得好，啥都种在季节上，粮食当然就能丰收。”

王大燕听母亲这么说，笑了，说：“看不出，我妈大字不识一个，还懂得这么深奥的道理，也难怪，现在是改革开放的年代了，有进步，值得表扬。”

王生地又说：“土地承包到户这些年，我们家的粮食余下不少，我准备今年拿一半的土地来种白芷，听说白芷很值钱。去年，我们队上有两家人种了白芷，一家就卖两千多元。要是今年我种白芷能卖两千多，也把我们这几间土墙房改修成砖瓦房。”

吴良贤听王生地这么说，便说：“去年种白芷能卖好价钱，今年种的人多了，还能这么值钱吗？你别到时白芷没卖到钱，粮食也没收到。”

王大燕说：“妈，你就没有爸那种开拓意识，爸才是能干大事的人。”

王生地又喝了一口酒，说：“你妈那是目光短浅，妇人之见。”

这时，王生地发现坐在旁边吃饭的王大虎一直一言不发，好像有什么心事，问道：“大虎，你今晚怎么了，一直没听见你说话，有什么事吗？”

王大虎说：“哪有什么事呀，我饿了，在认真吃饭呢。”

王大燕也看了看哥哥，她也觉得有些不对劲儿，问道：“哥，你今晚怎么了，看起来心事重重的，出啥事了，是不是和陆萍姐闹矛盾了？”

不提陆萍还好，一提起陆萍，王大虎心里更担心起来，他不知道陆萍回家后，她父亲又会怎样逼她，她父亲的脾气他是知道的，凡他认定的事是没人能改变得了的，如果陆萍不同意，他肯定会想出各种办法，直到她同意刘家这门亲事为止。而他想和陆萍私奔的事，又怎么告诉父亲呢，父亲会同意吗？王大虎赶忙装着若无其事的样子说：“没有，我们好好的，你别瞎猜，快吃饭吧。”

王生地听出了一些情况，大声说：“大虎，不是我说你，整天就是陆萍，陆萍有什么好？那年陆大奎当队长，我当队里保管员，他硬说我挪用了队上的钱，叫村里的人来查我，成心要把我弄下来。摸着良心说，我从未挪用生产队的一分钱，他的目的就是找个理由不要我当队上保管员了，让他的堂弟来当。”

王大虎听后有些不高兴了，赶忙说：“爸，那是何年何月的事了，你还记在心上，累不累呀？”

王生地也许是喝了酒，他也有些生气了，说：“有恩记恩，有仇记仇，这事我一辈子也忘不了，我不是硬要当那个保管员，陆大奎这样做，是让我在全队人面前没面子，他这一招也真狠。”

眼看父子俩又要吵起来了，这可是一家团聚的时光，吴良贤不想因为这些小事让全家人闹得不愉快，便说：“他爸，别再喝酒了，赶快吃饭。”

王生地还想说什么，王大虎放下碗，起身走了出去。要是往日，王大虎晚上吃了饭没事还会到外面的田埂上走走，或者去到小河边坐坐，感受山村美丽的夜色。可他今晚有心事，没有心情出去走走了，便回到他的房间，倒在床上睡觉了。

第二天，他早早起床了，又去镇上红砖厂上班。刚出门就遇到同在一个厂上班的常春春，她穿着朴素，但性格开朗，齐肩的披发映衬出她美丽成熟的身材，全身上下散发出女性特有的气息，她笑着说：“大虎，你终于出来了。”

不知是他们偶然碰到，还是她有意在这里等他一起去上班。王大虎说：“你也是去上班吧？”

常春春笑了，她笑起来特别好看，圆圆的脸像桃花一样，嫩红嫩红的，她说：“我当然去厂里上班呀，今天厂里又没放假，不去上班怎么行？”

王大虎说：“那好，走吧。”

常春春和王大虎一起沿着那条通往镇上的石板路走着，他们边走边说着话。常春春说：“大虎，你有好事来了，你该请我们全组人喝酒，大家好为你庆贺一下。”

王大虎不明白常春春说的好事是什么，难道他答应和陆萍私奔的事被她知道了？他也知道常春春和陆萍是闺密，陆萍也是，再好的朋友也不能说呀，一旦走漏风声，还能走得了吗？他又回头看了一下常春春，从她说话的表情上看，她说的好事不像是这个事，那到底是什么事呢？他说：“春春，我们都是在镇红砖厂这个私人企业打工，哪还有什么好事轮到我？”

常春春笑了，说：“哎，大虎，你别瞧不起自己，镇红砖厂虽然是一家私人企业，但现在土地承包到户了，种地的人要不了这么多了，大多数人都想进厂打工，而我们镇又没几个厂，想进这个厂的人多着呢。再说，现在农民手里有钱了，修房子的人多，我们厂里的砖还供不应求呢。”

王大虎说：“春春，再怎么说在国营企业上班，总比在私企干活好，人家那才叫正式工作，活轻松，工资高，劳保什么哪样没有呢？”

常春春叹息了一声，说：“大虎，平时看你很聪明的，你的脑子怎么也转不过弯，现在改革开放了，好多国营企业都在改制，变成私企了，你还在羡慕国企？我前几年去过深圳打工，那里几乎全是私人企业，哪还有什么国营企业呢？去年镇上开办红砖厂招人，我才没再去深圳，而留在本地上班，天天回家多好。”

王大虎问道：“春春，你说我有好事，到底有啥好事？快告诉我！”

常春春笑了，似乎想卖一个关子，说：“你这么着急想听呀？你还没回答我，你就是不请厂里的全组人喝酒，也得请我一个人吃饭吧，你的好事总得有一个人分享才有意义，对吧？”

王大虎知道常春春心里是怎么想的，哪里是想让他请她吃饭，不外乎是想与他套近乎，她心里喜欢他，可他心里只有陆萍，他也不便挑明，赶忙说："这个也得看到底是啥好事，值不值得请你喝酒，如果我认为值得，我就一定请你喝酒。"

常春春说："真的？"

王大虎说："当真，你快说吧。"

常春春仍在卖关子，她想以一种特殊的方式给王大虎一个惊喜，她走近他并嘴对着他耳朵说："我昨天下班前去厂里生产车间交报表时，听见车间刘主任说，你干活认真，责任心强，要提拔你当组长。"

王大虎听后很吃惊，要说当组长是每个职工都想的，不但每月能拿厂里补贴的十元工资，还不用干重活，只负责安排生产和产品质检，这是大家都巴不得的。他高兴地问道："真的呀？"

常春春说："当然是真的，难道我骗你不成？"

王大虎突然想到答应了陆萍，他要辞工和她私奔，他说："当什么组长呀，我今天要去辞工。"

常春春听后，有些不理解，大声问道："什么，你要辞工了？"

第二章　辞　工

1

红砖厂在镇上的街口，原来是镇上的一个帽子厂。斑驳的红墙，低矮的平房，散落在道路的两边，深绿浅绿的植被中点缀着白色小花，花香清幽。几棵黄桷树，成行的身影守望在花草的上方，树皮如蚌壳般层层剥裂，肃穆而沧桑，改建成红砖厂后，让这里又焕发出了生机。

当时老板选择这样一个旧厂房来改建成红砖厂，是为了节约成本。而他选择把砖厂建在这里，是因为地处镇上，产供销便利，更主要的是这个红砖厂紧靠小镇，从销售的角度讲，肯定销售面要广得多，不光是面对镇内，还要面向镇外的用户。

王大虎和常春春来到厂里，便各自去了车间。王大虎是制砖组的，活相对要重些，但工资要高许多。由于今天出门早，这时工友们还没来。虽然这里是私人企业，但这个厂还是很大，全厂共有一百多人上班。这个厂才建几年，是抓住了改革开放这一机遇，土地承包到户了，农民手里有钱了，有了钱的人便开始修房子，以前村里人住的大多是土墙房或老式穿斗房，现在修几间砖瓦房最为时尚。

车间里有的人在抽烟，有的人在说话，似乎在等着组长的安排。在工友们全部到齐后，组长便大声说："开始干活。"

大家纷纷走去自己的岗位，制砖车间，也算半机械化，每天几乎都是干同样的活，一般情况下组长是不干活的，只负责安排活和检查产品质量。

王大虎的活是往制砖机里添泥土，这活最累，一天干下来，双手都会弄得很疼，有时疼得连筷子都拿不稳，但习惯了也就没事了，加上王大虎体力好，再重的活他干起来好像都很轻松，这样他就深得全组人的好评。

今天干活，王大虎没有和工友们说笑，他一直在想着心事。从他内心讲，他还真舍不得离开这个厂，不是听常春春说厂里要叫他当组长了，而是觉得他已适应了这里的工作，与工友们也十分合得来，如果去深圳或广州，人生地不熟的，想找个活干肯定很难，还有在外地干活，哪有在本地干活好，不说别的，就是说句话也有底气。

可王大虎已答应陆萍要和她私奔，如果他说了话不算数，不知会让陆萍多伤心难过，他也放不下陆萍，两人在一起这么多年了，陆萍对他很好，而且她也是真心爱他的。不然，她也不傻，能嫁到镇上肯定好，还能将户口转为城镇居民，将来也会过得更好，可她却愿意放弃这些和他私奔，他难道还不珍惜这个机会，还愿意失去她吗？俗话说，过了这村就没有这个店了。可同时他也舍不得厂里的工作，他知道能来这个厂干活也不容易，这真让他一时难以做出决定。

这时，刚从车间办公室出来的组长叫道："王大虎，车间刘主任叫你去一下。"

王大虎仍在想心事，仿佛没听见组长在叫他。组长看他有点儿发呆，不知他今天怎么了，今天一上班就这样，这活还能干下去吗？组长走过来，拍了拍他的肩，大声说："王大虎，你今天怎么了，心神不定的样子，你是不是病了？"

王大虎这才回过神来，他打起了精神，笑了笑说："没事，组长，你刚才说啥？"

组长看了看王大虎，看他好像也没什么事，就说："生产车间刘主任叫你去一下，听明白了吗？"

王大虎问道："组长，刘主任叫我去有什么事，我这儿不正忙着吗？"

组长笑了，组长平时很少笑，整天绷着个脸，在组上他就是领导，好像只有这样才有组长的样子。尽管这样，但大家认为组长这人还是很好，只是一般情况下，组长不和组里的人混，他主要是和车间主任等厂里的管理人员喝酒和玩，这也许就是人们说的混圈子。他说：“是好事，你去了就知道了，你把铲子给我，我帮你干一会儿。”

王大虎把铲子递给了组长，便走去了车间办公室，问道：“刘主任，你叫我，有啥事？”

刘主任今天十分客气，不像以前总是凶巴巴地说话，而是起身去给他倒了一杯水，笑着说：“别急，先喝水。”

王大虎接过刘主任倒来的水，本来干活就累，加上太阳大，他真的渴了，他两口就喝完了，又起身自己去倒了一杯水，又喝下。他看看刘主任，是在等他说事。

刘主任看了看王大虎，说：“王大虎，你来厂里快两年了吧？”

王大虎不知刘主任问这个干啥，他来几年了难道刘主任还不知道？他点头说：“是的。”

刘主任点上一支烟，不慌不忙地说：“通过我们的观察，你干活十分认真，从不偷奸耍滑，不光是你们全组的人夸你干活行，就是厂长也不止一次表扬你。三组组长辞工走了，那个组就差个组长，经我们商量，调你去三组当组长。你知道的，当组长不但每月拿厂里的十元补贴，在组里可不具体干活，主要是安排工作和负责质检，活多轻松呀！”

王大虎听后一惊，笑着问道：“真的呀？”

刘主任笑了，好像这事他说了不算一样，他说：“我堂堂一个车间主任，难道说话还算不了数？今天我是正式找你谈话，征求你的意见，你看如何？”

王大虎突然想到他就要和陆萍私奔了，他得把这厂里的工作辞了，马上就要带她走。他脸上的笑容没有了，他说：“刘主任，我，我……”

刘主任有些不理解，问道：“王大虎，你怎么了，你以为这个组长就这么容易当的吗？这几天，不知有多少人找过我，都想当这组长，现在厂里叫你当组长了，你还不愿意，你脑子是不是进水了？”

王大虎鼓起勇气说：“刘主任，我不但不当这个组长，我还要辞工……”

刘主任以为听错了，这个王大虎是不是傻到了极点，为了能当这个组长，不知有多少人找过他，也有人请他喝酒，他作为生产车间主任，谁干活行谁能当这个组长，他心里有数。这是企业，不是国营大厂，找一个好组长就能带动一组人，经过他认真考虑，他终于选定了王大虎。他说："什么，今天叫你当组长，还把你吓到了，我不知怎么说你，当个组长就这么难吗？"

王大虎想把他和陆萍的事告诉刘主任，可他觉得这是他的私事，不能告诉别人，更不能告诉刘主任，一旦他在厂里传开，不知工友们会怎么看他。更重要的是，现在是啥年代了，还要和人私奔？话虽这样说，可事实就是这样，陆萍父亲逼她去相亲，她为了摆脱刘吉祥，不私奔行吗？他说："不是，刘主任，反正这个组长我不当，我还要辞工，现在就辞。"

刘主任看王大虎说得这么认真，知道他是真要辞工，问道："王大虎，你在厂里干得好好的，为什么要辞工，是不是遇到什么事了？"

王大虎摇头说："我没遇到什么事。"

刘主任还是尽力挽留，一心想让王大虎留下来，说："那你为什么要辞工？王大虎，我得告诉你，你如辞工走了，以后想再来这厂里上班就不能了，我们这个厂虽然是私人企业，但想来这厂里上班的人多的是，你以为去广东深圳就能进到好厂了？我看未必，外面有的厂还不如我们厂效益好，你可要考虑好哟。"

王大虎十分认真地说："我考虑好了。"

刘主任见他主意已定，觉得再劝也没用了，便说："辞工光口说无凭，你得按规定写个辞工书。"

王大虎接过刘主任递过来的纸和笔，很快就写好了辞工书，交给了刘主任，说："辞工书我写好了，请刘主任批准。"

刘主任看了看这辞工书，他没有马上批，说："王大虎，我再劝你一句，你是不是再考虑考虑，你这辞工书先交到我这儿，今天我不给你批，你回去认真考虑好，如你真辞工，明天来我给你批。"

王大虎听刘主任这么说，他有点儿犹豫了，也知道刘主任这是在给他留机会，是在做最后的努力挽留他，他从心里感谢刘主任，他起身说："好，我回去再考虑一下。"

说罢，王大虎走出车间办公室，又回到生产车间去干活了。组长把铲子递给他，笑着问道："王大虎，我没骗你吧，这么好的事，你这下高兴了吧？"

王大虎一点儿也高兴不起来，说："谢谢组长关心，我哪有什么好事呢，心都烦死了。"

组长看了看王大虎，有点儿不相信，先前车间刘主任亲口告诉他的，说让王大虎去三组当组长，总不会这么快就变卦了吧？他说："王大虎，刘主任叫你去办公室，他没告诉你，叫你去三组当组长？"

王大虎说："说了。"

组长笑了，说："王大虎，你这人怎么了，刘主任都给你说了，让你去三组当组长，这事就是定了，那你还不高兴，你还想当什么才能达到你的要求，野心也太大了吧？"

王大虎不知怎么给组长说，他虽然交了辞工书，但车间刘主任还没有批，他还得干活，他一边干活一边说："组长，别取笑我了，我哪有那种想法呀？其实在这里干活很好的，我真舍不得离开这里。"

组长听后，多少有些感动，他走过去，拍了拍王大虎的肩，说："王大虎，我们在一起干活已两年了，再怎么说也有些兄弟感情。刘主任让你去三组当组长，是对你的信任和肯定。你去三组后，我们虽然不是一个组，但还是同一个车间，也会天天见到的，也和在一起干活一样嘛。"

王大虎说："不是，组长，我想辞工了。"

组长听后，大吃一惊，问道："王大虎，你这是怎么了，到底出啥事了，你干得好好的，为什么突然要辞工了？"

王大虎张了张口，想说什么却没说出来，他又转身去干活了。

2

下午下班后，王大虎洗了澡换了衣服出来，没想到常春春正在厂门外等他。常春春见王大虎出来了，就说："你终于出来了，我等你好一阵儿了。"

王大虎本来就不想和常春春一起回家，不是她人不好，要说她长相或者为人都是很好的，因为他心里有了陆萍，才有意躲着她。也是为了躲她，他才在厂里转了一阵儿，心想都下班这么久了，她肯定走了，哪知她还在厂门口等他，本来和她一起回家也没啥，是怕被别人看见说闲话。

王大虎却不知怎么说，他看了看常春春，说："你还没走呀，天都快黑了。"

常春春性格开朗，心里想什么就说什么，她笑了，说："是呀，我在等你呀，和你一起回去，天黑了我还怕啥？"

不管怎么说常春春也是好意，而且也等他这么久了，他也不好再说什么了，只好说："走吧。"

王大虎便和常春春一起，沿着那条石板路往家里走。夜幕降临，在山上干活的人已经收工回家，路边那些农家小院都亮着灯，人们忙着唤鸡唤鸭，或者煮饭弄菜。这条石板路这边一直是上坡，慢慢地走上坡时，才感觉到四处显得那么静，路上几乎没有行人，夜幕笼罩着山间，但仍能清晰地看清脚下的路。

不知是因为天黑，让常春春有些害怕，还是她觉得没有人看见，便有意与王大虎挨得很近，时不时还拉着他的手。在她拉他手时，他却用力抽出手，有意走开。常春春说："大虎，今天全厂的人都知道你被提拔为组长了，这是天大的好事，你每月可以得厂里十元的补贴，还不用亲自干活，只安排工作和负责质检，这是多少人想都想不到的事，却让你赶上了。"

王大虎一点儿也高兴不起来，说真的，在这砖厂里干两年了，他以前也很羡慕那些当组长的，现在他真当上组长了，却因为陆萍，他不得不放弃。他说："这有什么，当不当组长也是一样干活。"

常春春是真心喜欢王大虎的，听说他要当组长了，也像她自己当了组长一样高兴。她说："大虎，你怎么这样说呢，当组长肯定与没当不一样。哎，你怎么了，好像厂里提拔你当组长，你还不愿意？"

王大虎想了一下，说："高兴什么呀，我都交辞工书了，辞工不在厂里干活了。"

常春春听后，大吃一惊，她问道："什么，你要辞工？"

王大虎不知怎么给常春春解释，他辞工是为了和陆萍私奔，便说："是的，我辞工了。"

常春春说："大虎，你在厂里干得好好的，为什么还要辞工？"

王大虎想把这事告诉常春春，可他想还不能说，依她的性格，一旦说出去，那不坏了大事。他说："这个……你别问了，反正我已交辞工书了。"

常春春真有点儿不相信，这王大虎到底怎么了，早不辞晚不辞，偏偏在提拔他当组长时辞工。她说："大虎，我不知道你辞工的原因，但我认为你还是别辞工为好，如果你辞了工去广州或深圳打工，那儿厂虽然多，但活却不好找，工资未必就比这厂里高。再说，这红砖厂现在效益非常好，不知有多少人想来厂里干活都来不了，你如果没找到好工作，我劝你还是别辞工了。"

王大虎听常春春这么说，知道她说的是实话，也是为他好，他很想把他和陆萍的事告诉她，可他想了想仍没说出口，只说："可我的辞工书今天上午交到生产车间了。"

常春春叹息一声，说："大虎，你平时做事是比较稳重的，可这事你怎么这么冲动呀，也得认真考虑考虑再做决定吧？"

这时，常春春一脚踩空倒在地上，王大虎赶忙把她扶起来。在扶她时，他感觉到常春春似乎很激动，全身软绵绵的，一股充满少女特有的青春气息扑面而来。他赶忙放开她，问道："春春，你怎么走的呀，摔伤没有？"

常春春似乎有点儿站不稳，说："我脚被扭伤了，好疼。"

王大虎又把她扶到路边的一块石头上坐下，给她揉被扭伤的脚，揉了好一阵，他问道："好点儿没有？"

常春春站起来试了试，说："好多了。大虎，有你真好，要不是和你一起回家，我都不知怎么办。"

常春春说这话时，似乎是发自心底的，而且声音也柔声柔气，王大虎感觉得到她心里对爱的渴望，还有此时此刻那种对他的依赖。他扶着她慢慢地往前走，天已黑了下来，月亮也升起来了，在明净的月光下，那远处的山朦朦胧胧的，脚下那条石板路看得清清楚楚。

常春春似乎突然想起什么，她问道："大虎，我前几天听陆萍说，她准备去外地打工，你辞工是不是想和她一起出去？"

王大虎打断她的话说："不是，你别瞎猜。"

常春春知道王大虎喜欢陆萍，可她心里也有王大虎，虽然她和陆萍是好朋友，但爱情却是自私的，有时她也想放弃这种想法，可她就是做不到，她不想和陆萍明着争王大虎，但也不想真放弃。她说："大虎，你别紧张嘛，我只是随便说说，你别当真。"

走了好一阵，终于到常春春家了，王大虎放开她说："春春，你到家了，我不送你进去了。"

常春春十分感动，她一下抱着王大虎亲了一下，笑着说："大虎，谢谢你，再见！"

王大虎被常春春这一举动惊呆了，她走后他仍站在那里，用手摸了摸被她亲得有些发烫的脸，也情不自禁地笑了。

很快王大虎回过神来，他转身就往家走。从这里到他家还得过桥，河那边才是他的家。王大虎刚走到河边，陆萍却在那儿等他。他问道："陆萍，你怎么在这里？"

陆萍说："我在这儿等你好一阵了，今晚你怎么回来得这么晚？"

王大虎很想告诉她，他是和常春春一起回来的，在路上常春春的脚被扭伤了，是他扶着常春春慢慢走回来的，所以才回来得这么晚。但他想了一下，这事不能告诉她，怕被她误会，到时怎么解释也说不清楚。他说："哦，厂里今天赶工，我们组加了班。"

陆萍十分着急地说："什么，厂里加班，你还没辞工，你是不想和我一起出去打工？"

王大虎见陆萍那着急的样子，他走过去扶她去到小河边的一棵柳树下坐下，说："陆萍，别着急，慢慢地说，总是有办法的。"

陆萍缓和了一下情绪，说："大虎，今天刘家把订婚彩礼送来了，刘吉祥和他爹在我家吃了午饭才走。我爸妈对这门亲事非常满意，并收下了订婚彩礼。"

王大虎想了想，安慰道："没事的，这只是订婚彩礼，又不是你们的结婚彩礼。你看，你现在不是好好的，我们还是坐在一起嘛。”

王大虎伸手抱住陆萍，陆萍也顺势倒在他怀里，说：“大虎，我看得出你很为难，你是不是舍不得红砖厂的工作？可是大虎，你要知道，我这么做一切都是为了你，不想我们被分开。论说能嫁到镇上，是很多人巴不得的，刘家的条件，还有刘吉祥本人，也是不错的，可我就是放不下你，为了你，我已和我爸妈闹翻了……”

王大虎紧紧地搂着陆萍，像怕陆萍一下子就被别人抢走似的，陆萍也倚在他怀里，他说：“陆萍，你别说了，这些我都知道。”

陆萍抬起头，有些生气地说：“你知道，那你为什么不辞工，我们好一起去广东深圳打工，只有我们一起走了，我们才能一辈子在一起，你明白吗？”

王大虎说：“我明白，今天厂里提拔我当组长了。”

陆萍听后很吃惊：“什么，厂里提拔你当组长了？你是舍不得这个组长才不辞工的，对吧？”

王大虎摇摇头说：“不是。”

陆萍大声问道：“不是，那你为什么还不辞工，是你这个组长重要还是我重要？”

王大虎见陆萍生气了，他又去拉陆萍坐下，可陆萍却推开他的手，想走开似的。

王大虎站起来，赶忙拉住她说：“陆萍，你别急，听我说嘛。辞工书我今天上午交给生产车间了，可车间刘主任就是不批，他劝我留下，还说让我回来再考虑考虑，如果我真要辞工，明天他就给我批。”

陆萍听后似乎看到了希望，她走了过来，拉着王大虎的手，说：“大虎，那你决定辞工了？”

王大虎点点头说：“是的，我已决定了。”

陆萍说：“那好，我回去准备好，你明天辞了工，我们后天一早就走，走得远远的，哪怕往后的日子再苦再累，只要我俩在一起，也会很幸福的。”

3

第二天，王大虎去到厂里，他看着这熟悉的厂房，感受着这熟悉的环境，让他产生一种依依不舍的感觉。要是往日，他有时还讨厌这里的嘈杂，巴不得放几天假回去好好休息，有时干完一天活后，走出这厂里似乎一下就轻松了，像一只飞出笼子的小鸟，心一下就自由飞翔。现在真要离开了，他却感觉这里特别亲切，更不想辞工走出去。可他已答应了陆萍，要和她一起私奔，他也不得不辞工。

王大虎没有去上班，而是去到车间办公室门口等，等了好一阵刘主任来了。刘主任问道："王大虎，你考虑好了吗，这工你还辞不辞？"

王大虎知道刘主任是在挽留他，平时看刘主任说话凶巴巴的，可这时却显得格外的和蔼，不是说他要离开了，刘主任就改变了对他的态度，而是从心底里想把留他在厂里。他从内心非常感谢刘主任，也觉得愧对刘主任的一片好心。他想了一下，说："要辞，我就是请你给我把这辞工书批了。"

刘主任听后，也许是感到寒心了，他脸上的笑容没有了，好像还想说什么，只看了看王大虎没说出来，便摇了摇头，走进车间办公室，说道："坐吧。哎，我说王大虎，你是不是真考虑好了，只要我笔一下，再也没有挽回的余地了。"

先前，王大虎还有些犹豫，这下他似乎拿定主意了，摆在他面前的只有这条路了。他十分着急地说："我已决定了。"

但刘主任仍没有批，他似乎还在等王大虎改变主意。说真的，他来这厂里干活的两年间，刘主任确实对他很关照，现在又提拔他当组长，也一劝再劝他留下，可他为了能和陆萍在一起，只能辞工，没有别的办法了。他不敢看刘主任，像个犯了错的孩子一样，低着头说："刘主任，请你给我批了吧。"

刘主任这才在辞工书上签下"同意辞工"。批完后，他将辞工书递给王大虎说："这辞工书我已批了，你拿去人事部办理辞工手续，再去结算你的工资。"

王大虎拿着辞工书起身说："谢谢刘主任了。"

刘主任似乎不愿再说什么了，他挥挥手说："快去办你的手续吧。"

王大虎走出生产车间办公室，去到另一幢楼上的厂人事部。人事部主任是新来的，她不认识王大虎，看了他一眼，便给他办了辞工手续，说："你拿去厂财务室结算你的工资吧。"

王大虎又去到厂财务室，会计认识他，便问道："王大虎，你干得好好的，怎么就辞工了？"

王大虎强装着笑脸，不知怎么回答，想了想说："我在这里干久了，想换个地方了。"

会计看了看他，说："那这么说，你又找到更好的活干了？也难怪，红砖厂活也累，有了更好的活当然更好。"

王大虎摇了摇头说："我现在还没找到更好的活，也不知去哪儿干。"

会计听他这么说，吃惊地问道："王大虎，你还没找到更好的活，那你辞工干啥？我们这厂虽然活累点儿，但工资每月却按时发，不像有的厂压工人几个月的工资都没钱发。我还听说厂里提拔你当组长了，你连当组长都不干了？你如果去别的厂，想当个组长什么的，至少又得干好几年，还不一定当得上，我不知你是怎么想的。如你现在还想留下来，我去给生产车间刘主任说，或许还来得及。"

王大虎赶忙说："谢谢了，我是考虑好才辞工的。"

随后，会计给他算好工资，她说："本来按规定算清工资后，要等发工资时才发给你，但考虑到你以后还得专门来拿工资，我就先发给你，你签个字吧。"

王大虎签字后领了工资，便走了出来，本想去车间与工友们告个别，但他怕工友们出于好意再问他这问他那，或者劝他别辞工，他还不知怎么给他们解释。他没有再去车间，而是走出了厂门回家去了。

王大虎刚走到他家后面，陆大奎在那儿挖土。他似乎不是在专心地挖土，而是在这里等王大虎，见王大虎走过来了，赶忙说："王大虎，你过来一下。"

王大虎和陆萍的事虽然没有公开，但在村里似乎很多人知道，他也听陆萍说过，她爸也知道这事，只是一直不同意。以往他一直躲着陆大奎，有时实在躲不开时，便硬着头皮打一声招呼。

今天，陆大奎大声地叫他，他本不想过去，害怕他走过去被陆大奎骂一顿或者打一顿，虽然他身强体壮，骂几句或打几下他受得了，但面子上却过不去，因为他也是大人了，要是被别人知道了，不笑话他才怪。但看在陆萍的分儿上，王大虎还是走了过去，他也做好挨骂挨打的准备，便远远地站着，没出声。

陆大奎放下锄头，走到土坎边坐下，说："王大虎，你过来，我有话要给你说。"

王大虎只好走了过去，陆大奎指着土坎说："坐吧，坡上只能坐土坎了。"

王大虎说："队长，我就站着，有啥事你就说吧。"

陆大奎点上一支烟，抽了几口，看起来他不像要骂人或打人的样子，像是有事要和他商量，他说："王大虎，你以前找过我，想承包队上的鱼塘，我一直没同意，土地承包到户这么多年了，可这口鱼塘仍属于队里的，今天我决定承包给你。"

王大虎高兴地说："真的呀，队长！"

陆大奎十分认真地说："我堂堂一个队长，说出的话难道还算不了数？但我有个条件……"

陆大奎因为是队长，说起话来也大声，全队人都有点儿怕他。现在土地下放到户了，自己种自家的地，也不要他安排不要他记工分了，他虽然是个队长，在大家的心目中也不怎么重要了，可大家面对他时，还是把他当队长，他说的话似乎还是管用。王大虎问道："那你说，有什么条件？"

陆大奎想了想，好像很难说出口似的，平时开个会他讲话像放火炮一样，说得大声也清楚明白，可他这时却像被鱼刺卡了喉咙一样，闷了好一阵儿才说出来。他说："这口鱼塘，水源好，面积又宽，是养鱼的好地方，如你承包了，说不定要不了几年，你就会成万元户。你别小看这鱼塘，不知有多少人找过我想承包。"

王大虎听来听去就是没听出，陆大奎说的条件到底是什么，是不是要给他本人表示点儿？他说："队长，这些我都知道，但你还没说，如我想要承包这鱼塘，有什么条件？"

陆大奎又狠狠地抽了几口烟，说："就是……就是，你必须和我女儿分手，从此你们互不来往。"

王大虎听后，似乎明白了，陆大奎是在用这鱼塘做交换条件，让他和陆萍分手。要是别人提出这条件，王大虎肯定会骂他一顿，可提出这条件的偏偏是陆萍的父亲，他低下头，不知怎么回答了。

话一旦说开了，就没有什么顾忌了，陆大奎继续说："还有，我可以从每年的承包价上优惠你，我想这条件对你来说，是够实惠了吧。"

王大虎突然想起，他已把厂里的工作辞了，就是为了和陆萍一起出去打工，那厂里这么好的工作他都不要了，还承包这鱼塘干什么？可在陆大奎面前，他也不好说明白，他心里有点儿生陆大奎的气，要不是陆大奎逼陆萍去和刘家相亲，他能辞工吗，别说承包这鱼塘了。也是看在陆萍的分儿上，不然他真想骂陆大奎一顿才解气，可他还是忍了，便说："队长，这鱼塘我不承包了，你承包给别人吧。"

陆大奎听后，生气地说："王大虎，你别以为不承包鱼塘就能和我女儿在一起了，告诉你，我女儿已订婚了，而且是与镇上的刘家定亲，人家刘家不但做生意有钱，刘吉祥还是镇供销社正式职工，你能和人家比吗？"

本来这事王大虎以为瞒过了陆大奎，现在却把这话题说开了，他也有一种豁出去的感觉，大声说："虽然我家庭条件没刘家好，我也没有正式工作，但我是真心喜欢陆萍的，陆萍也真心喜欢我。"

陆大奎更生气了，说："陆萍是我女儿，不管怎样都得经过我同意才行。那我问你，如果我女儿嫁给了你，你能养活她？你能给她什么？总不能让她跟着你吃一辈子苦吧？"

王大虎也不甘示弱，说："只要我对她好，她对我好，其他的我们都可以去奋斗，好日子是奋斗出来的。"

王大虎说出这话时，心想会惹怒陆大奎，可陆大奎却没有生气，也没有出声，他只狠狠地抽着烟。过了好一阵儿，陆大奎换了一种态度，不像是队长给人说话的口气，倒像是一个父亲跟自己儿子说话的语气一样，他说："王大虎，我知道你对我女儿好，我女儿也很喜欢你。本来我作为陆萍的爸，不该拆散你们，可为了能让我女儿嫁个好人家，不再在这穷山村里受苦一辈子，我好不容易才托媒给她找了个镇上的人家。"

王大虎听陆大奎这么说，他也感觉到了当父亲的苦心，便低下头不再出声了。

陆大奎用祈求的语气说："王大虎，你如果真心喜欢我女儿，就和她分手吧，只有这样，才能让她有一个更好的归宿……"

王大虎打断陆大奎的话说："你别再说了，我明白了。"

说罢，王大虎转身跑走了，他回到家里，陆大奎的话在他耳边反复响起，还有陆大奎那祈求他和陆萍分手的目光，从陆大奎说话的语气中听出他对自己女儿的爱……经过激烈的思想斗争，王大虎决定与陆萍分手，不再和她一起出去打工了，让陆萍能像她爸说的那样，走出这穷山村，嫁到镇上去，不再一辈子受穷受苦。

晚上，王大虎托人给陆萍带去一张纸条：陆萍，我们分手吧，你就安心嫁到镇上去，祝你幸福，再见！

第三章　出　嫁

1

陆萍收到王大虎托人送来的纸条，她失望了。说得好好的，他们一起出去打工，可王大虎为什么突然就变卦了呢？想到他们曾经的海誓山盟，他一次次说爱她，还说他不能没有她，这难道都是假话？虽然爱一个人好难，但是忘记一个人更难，她试想着把他忘记，但是她做不到，正因她已经完全陷进去，无法自拔了，正因她的痴情幼稚而让她认为完美的东西全部破碎了，她的心也碎了，她已经不再是以前的她，以前的完美都一笑而过，都已经烟消云散了。

陆萍一气之下，把纸条撕碎扔在地上，她跑进屋里扑在床上哭起来。哭了好一阵儿，似乎冷静了许多，此刻留给她的只是残缺的心。得到这样的结果，她不甘心，她到底做错了什么，他为什么要这样对待她，与其这样痛苦地折磨自己，还不如面对现实。她走了出去，很想去找王大虎问个明白，这到底是为什么。他们本来就好好的，而且是真心相爱，为什么转眼间他这么绝情地提出与她分手？

此时，天已黑了，山村里静静的，田野上的树淹没在夜幕中，就像她心里一片迷惘一样，远处农家小院里的热闹，却无法让她失落的心感受到温暖，路边的树影似乎在倾听她难以诉说的心事，只有伤心的泪水，才能让她忘记过去，可与王大虎在一起的一幕幕……她走了一会儿，却突然站住了，她想：既然王大虎已做出了决定要与她分手，再去找他也没用，站了好一阵儿，她又原路走了回去。

陆萍刚进屋，陆大奎知道她出去是想去见王大虎，他大声地问道：“陆萍，这么晚了，你去哪儿了？”

陆萍这几天因为与刘家的婚事，已和父母闹翻了，她一听父亲这样问她，知道父亲又在逼她同意刘家这门亲事。要是往日，她肯定会与父亲大吵一架，就是打死她也不会答应，可现在王大虎提出了与她分手，她彻底失望了，不想与父亲再争了，只能顺其自然了。她没有回答，仍往屋里走。

陆大奎又大声叫道：“站住，你翅膀硬了是不是，我在问你呢，你听见了吗？”

陆萍站住了，也大声回答道：“听见了。”

陆大奎看了一下陆萍，见她心事重重的样子，她毕竟是他的女儿，他知道这几天逼她太紧，但也都是为她好，难道她就不懂父母的心？他说：“女儿呀，我答应了刘家的这门婚事，也是为你好，你可要明白父母的一片苦心呀。能嫁到镇上去，又遇上刘家这样好的人家，不知是你哪辈子修来的福。刘家说了，只要你嫁过去，马上把你的户口转过去变成城镇户口，刘吉祥是独子，他家里那个服装店也交给你经营。你说这样的条件，哪点不好？”

陆萍回过头来问道：“爸，你说完了吗？”

陆大奎说：“还没有呢。你别怪爸话多，也别怪爸不讲情面，爸所做的一切，全是为了你好。再怎么说，你嫁给刘吉祥，肯定比嫁给王大虎好百倍千倍……”

这些话不知父亲说过多少遍了，陆萍也听烦了，她大声说：“爸，你别说了好不好，我明白了。”

陆大奎一听，眼睛一亮，他有点儿不相信，陆萍这么快就想通了。她一直不答应刘家这门亲事，怎么这么爽快地答应了，难道是他说的话起作用了？他问道：“那这么说，你同意刘家这门婚事了？”

陆萍想了一下，既然王大虎都这么绝情地与她分手，她还能怎么样呢？机会她是给他了，可他却不珍惜，更没把她当回事，她现在只能听天由命了。她说：“你叫刘家挑个吉日吧，我嫁过去。不然，我改变主意了，他就别想娶我。”

说罢，陆萍转身走进了屋里。陆大奎似乎还没弄明白陆萍为什么突然改变主意，这么爽快地答应了。他这才想起今天他给王大虎说的那一番话，本想王大虎不会理睬他，也不会同意和陆萍分手，现在他明白了，肯定是王大虎主动提出与陆萍分手，她才答应这门亲事。这倒让他心里产生了一种负罪感，论说陆萍和王大虎从小一起玩到大，俩人也情投意合，是很好的一对，但他们作为父母，总不能让女儿一辈子待在这穷山村，像他们一样受苦受累，为了能让女儿嫁个好人家，过上好日子，他只能这样做了。

同时，陆大奎一下就高看王大虎许多，关键时刻有担当，他是一条真正的汉子。为了能让他心爱的人过得好，他主动放弃了爱情。陆大奎在心里觉得亏欠他，更亏欠女儿。

陆萍进屋后，再也没出来，也没听见她哭闹，估计她已睡了。陆大奎仍坐在堂屋椅子上，不停地抽着叶子烟。以前陆萍不答应刘家这门亲事，他生气，现在她答应了，他心里似乎更难受，觉得他不该拆散他们……

张翠花走过来，说："她爸，这么晚了你不去睡觉，怎么还在这儿抽烟呢？"

陆大奎说："你去睡吧，我再坐会儿。"

第二天，陆大奎去找媒婆王二娘，请她传个话，说经过他好说歹说，陆萍已答应了刘家这门婚事，还是趁热打铁选择个吉日，早点儿把他们的婚事办了，以免夜长梦多。

王二娘一听笑了，说："好，我明白你的意思，我这就去镇上，催促刘家尽快办喜事。"

请人说媒，说什么也得送点儿礼物，陆大奎把两瓶好酒和一条烟递给王二娘，说："王二娘，麻烦你了。"

王二娘接过烟和酒，笑着说："你可不知道，为了你们的这门婚事，我不知费了多少口舌，跑了多少路，才把这事说成。说实在的，人家是街上人，是城镇户口，刘吉祥又是镇供销社正式职工，还愁找不到老婆吗？我是看在我们是亲戚的分儿上，才把你闺女介绍过去的。好吧，我这就去。"

陆大奎本来就看重这门亲事，听王二娘这样说，他更高兴了，说："那你快去吧，看刘家怎么说，你得尽快给我回个话。"

王二娘在屋里收拾了一下，便走了出来，说："知道了，你放心吧，只要我王二娘出面，没有搞不定的事。"

下午，王二娘回来了，她直接来到陆家，从她的表情上就能看出，这事她肯定搞定了。她给陆大奎说："这事说好了，定在下月初六，那可是个大好吉日，你看咋样？"

陆大奎算了算说："今天是五月二十一，六月初六，只有半个月了，这么急，我们怎么准备得过来？陪嫁的床、柜子、被子等，怎么做得出来呢？"

张翠花也说："就是呀，只有半个月时间，女儿出嫁，总得准备些嫁妆吧，时间这么紧，怎么来得及呢？"

王二娘笑了，说："刘家说了，他们家啥都有，至于嫁妆能有多少就是多少，他们不在乎这些。"

陆大奎听后说："我看，这婚事就这样定下来吧。"

张翠花赶忙说："她爸，我看还是先征求一下女儿的意见吧。"

王二娘听后有些不高兴了，她知道陆萍一直不同意这门亲事，她今天专门跑去镇上给刘家说了这事，日子也定下来了，要是陆萍不同意，她还怎么向刘家说去？她问道："什么，你今天一早就叫我去刘家说这事，难道你们还没和你女儿商量好？还要征求陆萍的意见，要是她不同意呢，那我还怎么向刘家交代？"

再怎么说，这也是女儿的婚事，别人是替不了她的，说什么也得征求一下她意见，陆大奎想了想，对张翠花说："她妈，你去问问她。"

张翠花赶忙走去陆萍的屋里，见陆萍坐在屋里，没出声也十分不高兴的样子。她说："陆萍，王二娘来了，你出去坐会儿吧。"

陆萍没说话，仍坐在她屋里，有气无力的样子。张翠花说："陆萍，是这样的，王二娘说，刘家选择个吉日，就是下月初六，你就和刘吉祥成亲，你有意见没有？"

以前陆萍不同意刘家这门亲事，是她对王大虎还有念想，现在王大虎提出了和她分手，她心中似乎也没别的想法了。此时，她脑海里一片空白。她大声说："我还有什么意见，一切都是你们安排好的。"

张翠花有些急了，她说："你到底同意不，你说明白点儿，王二娘还等着回话呢。"

陆大奎走了过来，站在门口，对着屋里的陆萍说："陆萍，是你说的，叫刘家选个吉日，你早点儿嫁过去，你可别反悔哟。"

陆萍仍没出声，她心里也很矛盾，虽说王大虎提出和她分手，可他们在一起这么久了，也有很深的感情了，一旦她做出决定，再也没有挽回的余地了，她也不知怎么回答。陆大奎生气了，说："你说句话呀，到底同意不？"

陆大奎不光是说话的声音大，他的目光也是凶巴巴的，好像一把刀刺在她的心口上，让她感到害怕。她猛地一下站起来，十分生气地大声说："我同意了，这下你们满意了吧？"

陆大奎见陆萍这样，更生气了，很想大骂她一顿。张翠花见状，赶忙走过来把陆大奎拉了出来，说："女儿都同意了，你还生这么大的气干啥，王二娘也在，这一旦传出去，不让人笑话才怪。"

陆大奎坐下后说："王二娘，麻烦你告诉刘家，这事就这样定了，就定在下月初六成亲。"

结婚的日子定下来了，陆大奎请来木匠做床、柜子、箱子等陪嫁的家具，也请弹花匠弹棉被，还四处张罗着办喜酒的事，很快陆萍要出嫁的消息在全村传开了。

知道陆萍要嫁了，最难受的是王大虎，他为了陆萍，把镇红砖厂的工作也辞了，结果他还是与她分手了。他现在开始后悔起来，都怪他听了陆萍爸的话，一时冲动做出了与她分手的决定，这样肯定让她伤心，对他彻底绝望了。现在他想挽回这段感情也不可能了，就是想见她一面，她也不肯见他了。

王大虎辞了工不再去镇上红砖厂上班了，他也没心思去地里干农活，而是在家里睡了两天，像变了个人似的。

中午，王生地进了他屋，大声说："大虎，快起来吃午饭了，吃了饭你和我一起去地里干活，把那块土挖过来，好种白芷。"

王大虎轻声说："我不想吃，我不饿。"

王生地看到儿子这样子，他也心疼，他在床边坐下说："大虎，我知道你喜欢陆萍，陆萍也是个好姑娘，可人家快嫁人了，而且还是嫁到街上，你们是不可能了，你别为这事想不开，好姑娘多的是。过两天我去请王二娘给你介绍一个，我们乡下人再穷，也不能没有志气。"

王大虎有点儿不耐烦了，他翻了个身，说："爸，你别说了，烦死了。"

王生地还想说什么，他看了看儿子用被子盖住头，只好起身走了出去。

2

王大虎这一睡又睡到下午，父亲去地里干活了，他起床后，虽然没吃午饭，仍不觉得饿，便走了出去。

太阳快落山了，又是初夏，田里的秧苗长得绿绿的，在微风的吹拂中，秧苗似乎又恢复了生机与活力。田野像一幅由天才画家创作的画卷，慢慢铺展开来，简单、流畅，寥寥数笔勾勒出引人入胜的意境。纵横交错的田埂，如农人胳膊上暴突的筋络，展示着无穷的原始之美。时有一两只白鹭优雅地展开翅膀掠过水田，黄鹂尽情地在山间竹林里鸣啭。微风送来一阵阵沁人心脾的馨香。要是往日，他肯定觉得这时的风景真美，可他这时心里很烦，再美的景色也不能让他的精神振作起来。

他去田埂上走了走，可又情不自禁地走去陆萍的院前，他不能走进她的屋里，透过院前的那片竹林，还是能看见她家的土墙屋，里面传出木匠为她做嫁妆的声音，似乎她家还在为她的婚事忙碌着。这时，他巴不得陆萍能看见他，还会像以前一样匆匆地走出来，虽然她很快就要出嫁了，不再是他的女人了，这已是不可改变的事实，但他还是想见她一面，哪怕和她说几句话，他也知足了，或者陆萍生气骂他几句，对他也是一种安慰……

王大虎在陆萍院前站了好一阵儿，仍不见陆萍出来，可他不死心，他想她是不是已经看见他了，有意不出来见他？这也难怪，是他伤了她的心，她为了能和他在一起，一次又一次与她父母闹翻，并一次又一次叫他辞工带她走，她已经做了一个女人最大的努力，可他却因为听了她父亲的话，心想他与她分手了，她就会同意刘家的婚事，只有她嫁到街上去，往后才不会跟着他受苦一辈子。他一时冲动，便匆匆地做了选择，可他很快就后悔了，一个人过得幸福不幸福，那不是家庭条件决定的，有的人放弃富贵的生活，与心爱的人生活在一起，哪怕生活再苦再累，也觉得很甜蜜美好。

王大虎等了好一阵儿，仍没见陆萍出来，这下彻底失望了，他转身就往回走。

这时，起风了，棉絮般的浮云重重叠叠，如给苍穹挂上了一床巨大的棉被。不知何时，乌云犹如听到集合的号角，从四面八方聚拢过来，云层之间电闪雷鸣，不一会儿，雨水如注，天地间的一切便隐没在烟雨中，朦胧如海市蜃楼。王大虎躲进旁边的一个草棚里，大雨来也匆匆，去也匆匆，过了一阵子雨就停了。经过雨水的洗礼，空气清新得有些醉人，每一片树叶都挂满晶莹的水珠，难耐的溽热一扫而空，大地上迎来短暂而又难得的清凉。

天还没黑，雨后的大地上显得是那么湿润，空气也格外的清新，让人一下子又有了精神。王大虎的心情没有因为这场雨而好起来，反而他的心事好像被雨淋湿发胀，在他的心中膨胀起来，让他无法接受这个事实。他没有见到陆萍似乎心有不甘，仍不想回去，依旧站在那里。

这时，常春春来了，她提着一个袋子，她见王大虎站在那里，而且有些发呆，不用问她也知道王大虎站在这里的原因，她说："大虎，你怎么在这里，你是来找陆萍的吧？"

王大虎赶忙装得若无其事的样子，说："不……不是，我是出来随便走走。"

常春春看了看王大虎，尽管他装着没事，但仍看得出他那十分失落的样子。要说别人她不了解，王大虎她太了解了，以前他和陆萍在一起，陆萍常在她面前说起他，有时陆萍说他傻，她还不信，现在看来，他确实很傻，而且傻得可爱。不说别的，陆萍都要出嫁了，他还在这儿守着，陆萍会见他吗？她说："大虎，这两天你怎么像变了一个人似的，是不是病了？看起来一点儿精神都没有。"

王大虎强装笑脸，说：“没有，我很好。”

常春春打心里喜欢王大虎，当她看到他这样失魂落魄地站在这里，她也有些心疼，在心中暗暗为他叫不值，但她却不便明说，更不知怎样才能给他安慰。她说：“大虎，你辞了工，又准备干啥？如果要去广东深圳打工，我可以辞工和你一起去，我在那儿打过工，我对那里很熟悉。再说，我俩一起出去，也好有个照应嘛。”

王大虎有点儿不想理常春春，也许因为他这时心里只想着陆萍，他说：“我现在还没想好。哎，春春，你在厂里干得好好的，你辞啥工呀，辞了工再出去另外找工作，也是不好找的。”

常春春笑了，说：“大虎，这些我都知道，当初你辞工时，我也这样劝过你，可你还是要辞工，你现在后悔了，是不是？”

王大虎说：“我才不后悔呢。”

常春春不信，看得出王大虎是在说假话。他这个人忠厚老实，嘴上这样说，可眼睛却告诉她，他心里不是这样想的。她说：“真的不后悔？”

王大虎见常春春提着袋子，她肯定是来找陆萍的，便问道：“春春，你提着啥？”

常春春笑了，好像还很开心一样，她说：“陆萍和我是闺密，过几天她就要结婚了，说什么也得送她个礼物。我今天中午在镇上买了一条围巾，我下班回来就直接来送给她。”

王大虎听后，脸上又布满了阴云，不知是生气还是难过，他转身就走，边走边说：“好，你给她送去吧，我走了。”

常春春好想走过去，给王大虎一个拥抱或者一个吻，只要能减轻他心中的痛苦，要她做什么都愿意。可这时的他深陷其中，不能自拔的样子，不管她为他做什么，他也不可能接受。她不知陆萍是怎么想的，放弃一个深爱她的人，去嫁给一个和她没有感情的人，别说王大虎接受不了这个事实，就是她也难以理解。她说：“大虎，我知道你心里难过，可这已经是事实了，你们再也不可能了。我也理解你此时的心情，肯定很难过，但你得想开点儿，是你的早晚会来，不是你的就是来了也会走的。”

王大虎站住了，他没有回头，以前他听常春春说话，还觉得烦，今天听起来却很好听，更有一种亲切感。他点了点头说："我明白了，谢谢你，春春。"

常春春看着王大虎那低沉的样子，她心里更加难过，说："大虎，我知道你这时来，是想见陆萍一面。你等着，我进去给陆萍说，看她能不能出来见你。"

王大虎没出声，但他没有再往前走了。常春春走了进去，两个木匠正在院坝里做家具，陆大奎也在跟着忙活，他见常春春来了，问道："春春，你是来找陆萍的吧?"

说罢，陆大奎冲里面喊道："陆萍，常春春来了。"

陆萍从屋里出来，她把常春春迎进屋里，俩人在她屋里坐下，陆萍说："春春，你怎么来了?"

常春春笑了，说："我是专门来看你的呀，你过几天要出嫁当新娘了，说什么我也得来看看你。"

陆萍苦笑了一下说："当啥新娘，我还巴不得不嫁更好。"

常春春从袋子里拿出一条红围巾递给陆萍说："别说傻话了，日子都定下来了，还能不嫁?这是我送你的结婚礼物，你收下吧。"

陆萍接过围巾，一点儿也没有高兴的神情，她说："你买什么礼物，我们是多年的好朋友，说真的，我真不想嫁人。"

常春春一把拿过围巾，给陆萍围上，说："你看，这红围巾一围上，你还真像个新娘，真好看。"

陆萍赶忙拿下围巾，说："还围啥围巾，这大热天的。"

常春春笑了笑，说："那你就好好收着，等冬天再围，这可是我送你的结婚礼物。"

陆萍收好围巾，说："我一定收好，谢谢你春春!"

过了一会儿，常春春轻声地对陆萍说："陆萍，我进来时，看见大虎站在你院前，我想他可能是在等你……"

陆萍一听生气了，她说："他来干什么?"

常春春说："看他那失落的样子，肯定是想见你一面。陆萍，再怎么说，你们也曾经好过，不管从哪方面讲，你都应该出去见见他。"

陆萍很生气地说："不见，我又不是没给他机会，叫他辞工我们一起走，去广东深圳打工，我们就可以一辈子在一起了。可他却舍不得辞工，还托人带张纸条给我，说和我分手，他就是一个懦夫，一个傻瓜，简直不是男人，我再也不想见到他了。"

听陆萍这么说，常春春才知道王大虎辞工的真正原因，深深地叹息一声，说："其实，大虎已经为你做了很多，那天他去车间辞工，车间主任一劝再劝他别辞工，还提拔他当组长，可他却坚持把工辞了，原来他辞工是为了和你私奔。"

陆萍听后大吃一惊，问道："大虎真辞工了？"

常春春说："是的，他已辞工了。"

陆萍又一脸疑惑地说："既然辞工了，那他为什么不带我走，反而还托人带来纸条，要和我分手？"

常春春摇了摇头说："这个……可能有其他原因吧。"

陆萍说："不管啥原因，他也不能这样对我，为了他，我和我爸妈吵了多少回，为了他我连死的想法都有了，可他……"

常春春见陆萍越说越难过，她拍了拍陆萍的肩说："好了，都过去了，还是别多想了，开开心心准备做新娘吧，我走了。"

常春春走了出来，张翠花过来说："春春，吃了晚饭再走。"

常春春说："阿姨，我不吃了，我才下班回来，还没回家，回去晚了我妈妈会担心的。"

常春春便走了出去，陆萍也跟着出来，她大声说，似乎这话是说给她爸听的："春春，我送送你。"

陆萍送常春春出去，她们来到屋前，却没有见到王大虎，她们又到处看了看，仍没见到他。

常春春说："陆萍，大虎可能回去了，你也回去吧。"

陆萍只好转身回去了，常春春也走了。

而王大虎却躲在竹林里，偷偷地看着陆萍，以这种方式见陆萍一面，对他多少也是一种安慰。

3

陆萍出嫁那天，全队的人都去喝喜酒，喜事办得热热闹闹。小山村一直都在平静中，除了哪家做生满十或嫁闺女娶媳妇热闹一下，平日里大家都在田间地头忙农活。陆大奎当了多年的队长，大家对他还是比较尊重，加上陆萍是嫁到镇上，新郎官又是一个有正式工作的，在乡下人眼里，这真是风光又体面。爱热闹的山里人，有说有笑，帮忙办酒席，陆家这喜事办得更是喜庆。

唢呐吹了整整一个时辰，鞭炮在喧闹声中开成遍地红艳的花朵，贴在门上的红喜鹊，仿佛要在今天欢天喜地地飞起来。村里的人们像赶集般地聚来。陆萍是嫁到镇上，但按乡下的风俗父亲给她做好了床、柜子、箱子等嫁妆，而且家具也漆得红红的，看起来十分显眼，这更增添了婚礼的喜庆，让乡下人在心里赞叹不已，谁娶了陆萍，不知是哪辈子修来的福呀！

外面坝子里摆着酒席，乡亲们高兴地喝酒。陆萍坐在屋里的镜子前，几个女人给她打扮。她今天是新娘，化妆、梳头等都由别人给她弄，可她似乎一点儿也不高兴，像个木偶人那样坐在那里，任由她们摆布。

这时，陆萍心里才真正想起王大虎，要说以前爱过他，也恨过他不带她走，今天她出嫁了，却真正觉得对不起他，也怪她一时生气才把这婚事答应了下来。过去他们在一起的美好时光，都一一浮现在眼前，仿佛一切都那么美好，哪怕是生他的气，也是一种难忘的记忆，要是时光能倒流，她肯定会反悔，再也不离开他。现在一切都晚了，想着想着她流出了泪水……

给陆萍梳头的大姐见她哭了，劝道："陆萍，你别难过了，我知道，女人出嫁时，想到要离开父母了都伤心。但男大当婚女大当嫁，再说你又是嫁到镇上，镇上条件多好呀，离家又不远，你可以随时回来看父母的。今天是你的大喜日子，高兴才对，别哭了，笑笑。"

另一个大嫂笑了笑，说："看你说些啥，陆萍是在高兴，她哪里是难过呀？如果不装着哭，人家还说她想嫁呢！”

这一句话，把大家都逗笑了，可陆萍却怎么也笑不出来。很快，陆萍妆化好了，她走出去站在大门口向外看，看见院坝里坐着很多喝喜酒的人，可看了好一阵儿，都没有看见王大虎，这是她出嫁的日子，王大虎怎么没来呢？此时，她多想见他一面。常春春走了过来，她轻声地问道：“陆萍，你是在看大虎来没有，对吧？”

陆萍觉得没有什么可隐瞒的了，常春春是她的好朋友，她和王大虎的事常春春也知道，她点点头说：“是的，大虎他……怎么没来？”

常春春叹息一声说：“我也没看见他，他可能……无法接受这个事实吧。”

这时，新郎刘吉祥走了过来，问道：“陆萍，你收拾好了吗？时间不早了，是不是可以出发了？”

陆萍没理他，却转身进了屋里。

陆大奎走了过来，说：“对，该出发了。”

刘吉祥请来的抬家具的、挑东西的早已准备好，随时待命出发，那大花轿也抬到了门前。陆大奎大声说：“各位，今天是小女陆萍出嫁的日子，承蒙大家前来贺喜，现在吉时已到，开始发亲，大家出发。”

两个伴娘把陆萍扶上轿，唢呐声中锣鼓敲起，随着“起——轿——”一声喊，长长的迎亲队伍吹吹打打、说说笑笑从陆家出来。坐在轿子里的陆萍，还时不时伸出头来看，可仍没见到王大虎的身影，这时她彻底失落了，在轿子里悄悄地哭起来……

迎亲队伍喜气洋洋从那条长长的石板路上走过来，唱着那支古老悠扬而又欢乐的歌。火红绸缎缠在民间艺人粗粗的腰间，舞出一阵阵久久不息的欢乐。

其实，王大虎没去喝喜酒，而是拿着一瓶酒，坐在陆萍屋外坡上的那片林子里独自喝起来，喝得醉醉的。他心里很难过，要是他带陆萍走，可能今天的新郎就不是刘吉祥而是他。本来他和陆萍好过，说什么也该去参加她的婚礼，可他没有勇气去面对她，是他一时冲动，负了陆萍对他的一片真心，他找不到任何理由原谅自己，也不知用怎样的心情去面对他心爱的女人成为别人的新娘的事实，他不停地喝酒。这时，似乎只有酒才能减轻他心里的痛。

当迎亲队伍从他身边的那条石板路上经过时，他站了起来，想跑出去看陆萍一眼。可他走了几步又站住了，他没有勇气去看她，只躲在一棵大树后面，默默地看着大花轿从他眼前经过……

常春春来了，她一把抢过王大虎手中的酒瓶，说：“大虎，你别喝了，如果再喝，不喝死你才怪。”

王大虎大声地说：“把酒还我，我要喝酒……”

常春春没有还他酒瓶，相反地，她却拿起酒瓶喝起来。这一举动让王大虎感到吃惊，他虽然喝得醉醉的，但还有几分清醒，他站起来去抓常春春手中的酒瓶，大声说：“你怎么喝酒？今天伤心难过的是我，而不是你，快把酒还我。”

常春春没有再喝酒了，她也没有把酒瓶还给王大虎，只说：“是的，今天看到你心爱的女人出嫁，才这么难过。那我问你，陆萍说了，她已经给你机会了，你为什么不珍惜，现在后悔还有什么用？”

王大虎听后，觉得常春春说得有道理，他没有出声，只低下了头。

常春春缓和了一下语气说：“大虎，陆萍已经出嫁了，你难过还有什么用？你是一个男人，男人就应该振作起来，好好开始自己的生活，这也许才是陆萍最想对你说的，她也不愿意看到你这样，对吧？”

王大虎稍微冷静了一下，说：“可我心里就是放不下她……”

常春春也在王大虎身边坐下，她看到王大虎那伤心的样子，说：“大虎，你想哭就哭出来吧，想说什么也说出来，闷在心里会更难受的，你的心情我理解，世上没有过不去的坎，这事很快就过去了。”

王大虎果真大哭起来，常春春赶忙用手抱住他，把他拉到她的怀里，并不停地给他擦着泪水。

王大虎哭了好一阵，他抬起头，控制了一下情绪，轻声说：“春春，对不起，我……”

常春春却一下扑进他的怀抱，亲切地说：“大虎，我喜欢你，我只能把对你的爱藏在心底，陆萍是我的好朋友，我不想从中插一杠子，只默默地祝福你们。本来我想把对你的爱永远就这样藏在心底，但今天陆萍出嫁了，看到你这么伤心难过，我才说出来，也许这样你的心里会好受些。”

王大虎听后没出声，却用手紧紧地抱住扑在他怀里的常春春……

时间是最好的良药，渐渐地王大虎也从难过中走了出来，红砖厂的工作他已辞了，不可能再回去上班，他便跟着父亲干地里的农活。

天还没大亮，王大虎便来到坡上挖土，他挖了好一阵儿，王生地才来，一看他挖这么多了，笑着说：“大虎，你才出来不久，就挖这么多了，别累着，过来歇会儿。”

王生地爬了一阵坡，似乎走累了，在土坎上坐下，又抽起叶子烟来。王大虎仍十分认真地挖土，边挖边说：“挖土这活不累，以前我在镇上红砖厂上班时，干的是向制砖机里铲泥土的活，那样干一天下来，才真正地累人。”

不提则罢，一提起这事，又让王生地有些不高兴了，他说：“大虎，我真不知你是怎么想的，在红砖厂干得好好的，怎么就把工辞了呢？我听常春春说，要是你不辞工，厂里还提拔你当组长了，那更是工资高活轻松，正当十年媳妇熬成婆了，该有发展前途了，你却把工辞了，这划得来吗？”

王大虎没当回事，说：“爸，我把红砖厂的工作辞了，难道就不吃饭了？我只要把这地种好，不一样有收入吗？像你，一辈子没出去打过工，种了一辈子地，也不照样过得好好的吗？”

王生地仍抽着烟，他看了看王大虎，说：“话不可以这样说，现在土地承包到户了，每家土地只有这么点儿，还能从地里挖出个金娃娃来？我计划着，等红苕挖了就拿一半的地来种白芷，明年白芷要是能卖上两千多元，加上你在红砖厂打工的收入，我们家就可以把那几间土墙房修成砖瓦房。你看，现在我们村里有好几户人家都修了砖瓦房，我们家可不能落后呀。”

王大虎听父亲这么说，也不知说什么好。其实，他还是后悔把红砖厂的工作辞了，如果不辞工，他也当上组长了，不说当组长有多好，至少每月可以多挣五十元工资，更重要的是他干活得到了厂领导的认可。现在工已辞了，想回去上班也不能了，他没有出声，仍在使劲地挖土。

王生地说：“要是我们家不把土墙房改修成砖瓦房，你以后去哪儿找老婆呢？”

王大虎说：“爸，你别说了，我还不想找呢。”

第四章　忘　却

1

王大虎干活十分认真，他想既然工作没有了，只要把地种好了，一样能有收入，按父亲的计划拿一半的土地来种白芷，按现在的价格明年卖了白芷后，就能收入两千多元，这也是一笔不小的数目。想到这些，王大虎就有了干活的力气，更对土地充满了信心，他似乎越干越有劲。

这天，天都快黑了，在坡上干活的人都收工回家了，王大虎仍在地里，常春春下班回来了，她见王大虎还在那里干活，便走了过去，问道："大虎，天都黑了，你怎么还不收工呀？"

王大虎见常春春来了，很高兴，也许是因为有常春春经常来找他，才让他很快就走出了失落的阴影。他说："还早，下午太阳太晒人，我出来得晚，天黑了还凉爽些，我再干会儿。"

可能是常春春干了一天活累了，或者是走了这么远的路脚走软了，她便在土坎上坐下，说："大虎，干活也不急这一时吧，过来坐会儿。"

王大虎听常春春这样说，便走了过来，挨着她坐下，说："春春，我没在厂里上班了，你在厂里下班后得早点儿走，走晚了在路上天黑了，万一出个啥事怎么办？"

常春春听出了王大虎是在关心她，她很高兴，想以前不管她说什么，他都爱搭不理的，也不管她对他怎么亲切，他都好像无动于衷。现在陆萍出嫁了，他对她像变了一个人似的，虽说这让她高兴，但也有点儿吃醋，她说："大虎，今天太阳从西边出来了，我还是头一次听你说这样的话，你现在懂得关心我了？”

王大虎是发自内心地关心常春春，也知道常春春心里有他，只是以前他心里有陆萍，不能接受她，只好视而不见。听她这么一说，他赶忙说：“我是怕你路上遇到坏人。”

常春春不高兴了，她生气地坐开了点儿，好心好意来找他，他却没把她当回事，她说：“我路上遇到坏人怎么了，难道坏人还会把我吃了？”

王大虎看了看常春春，知道她是在说气话，他又坐过去，想用手去拉她的手，她却把手拿开，有意不想理他。尽管这样，他还是感觉到她只是做给他看的，没有真生气，这就是她的可爱之处，不说别的，就是生起气来也可爱。她说：“先前我以为你现在知道去心疼女人了，知道怎么才能去讨女人开心了，没想到你还是那样，连好听的话都不会说一句，傻瓜一个，难怪陆萍要离开你。”

听常春春说起陆萍，王大虎愣了一下，脸上的笑容没有了，似乎又陷入了沉思之中。虽然陆萍出嫁快一个月了，他也稍稍淡化了对她的想念，可一旦听到有人提起陆萍，他那根神经就像触了电似的，让他的眼前又浮现出陆萍的身影，许多他们在一起的美好往事，就像放电影一样，一幕幕出现在他的脑海里……

常春春见王大虎不出声了，知道是她不小心说错了话，不应该在他面前再提陆萍，这等于在他伤口上撒盐。她坐过去拉住王大虎的手，说：“大虎，对不起，我不是有意的，以后不在你面前提她了。”

过了一会儿，王大虎似乎冷静了下来，他抽出被常春春拉着的手，轻声问道：“春春，你见到她了吗？她……还好吗？”

常春春是个爽快人，心里有什么就说什么。她说：“见到了，今天中午休息时，我去逛街，还见到了陆萍，她现在很好，在守着她家的服装店。”

王大虎起身说：“只要她好就行了。走，天黑了，我们回家吧。”

常春春说：“大虎，我还忘了告诉你，今天车间刘主任还问起你，他说如果你没找到活干，想再回红砖厂上班，他们非常欢迎，只是组长你当不成了，早已安排别人当了。”

王大虎想了想说："我都已辞工了，再回去上班不太好吧，也不知别人会怎么看我。"

常春春说："大虎，你别死要面子活受罪了。我知道当初你辞工的原因，从你内心讲你是不想辞工的，是为了陆萍才辞工，这个我也理解你的心情。现在一切都过去了，你也没有找到更好的活干，总不能一辈子就在家种地吧？要不，你还是回红砖厂上班吧。"

王大虎没出声，他仍往前走，看得出他是在思考到底回去上班不。常春春继续说："可能你辞了工再回去，开先几天会有人说你，也会有人笑你，慢慢地就没有人再说你什么了，你在厂里干活这么行，是大家都认可的，这事你认真考虑一下，我是为了你好。"

王大虎回头看了看常春春，说："谢谢你，春春，你到家了，进去吧。"

"那我回家了，去红砖厂上班的事，你一定要认真考虑一下哟。"说罢，常春春走了进去。

王大虎回到家里，母亲吴良贤把晚饭煮好了，她叫道："他爸，大虎回来了，吃饭吧。"

王大虎去灶房洗了手，走过来坐下端起碗就吃饭，母亲说："大虎，你早点儿收工嘛，又不是以前在生产队干活了，每天都要等到天黑才收工，现在我们家就那么点儿地，还怕种不完吗？"

王生地说："这点儿地我一个人也不够种，就别说我们家三个人都去种了。你看村里那些人，大部分都出去打工，家里留下一人种地就够了，这样在外面有人挣钱，家里也有人种粮食，有好几家修起砖瓦房了。"

王大虎听得出，父亲说这话的意思，是叫他出去打工挣钱，父亲在家种地就行了。他说："爸，我红砖厂的工作已辞了，你还叫我去哪儿上班？"

王生地大声说："红砖厂的工作辞了，就不能再回去？那个厂里的厂长和车间主任你不是不认识，你给他们说几句好话不就得了。"

王大虎说："辞了工，你还叫我回去上班，那多没面子呀！"

王生地听后，有点儿生气了，说："你当初突然辞工，是为了啥，以为我不知道呀？可人家现在已经嫁人了。你说，你这不是人没得到，工作也没有了，落得人财两空吗？”

吴良贤见王生地越说越生气，赶忙说：“他爸，你就少说两句，俗话说雷公不打吃饭人，儿子还在吃饭，事情都过去了，你还提这些干啥？”

王生地正在气头上，他没听吴良贤的劝，仍继续说：“你口口声声说面子，面子值几个钱？我还听说，要是你不辞工，你在厂里已经是组长了，你现在这样，全是陆萍害的……”

王大虎大声说：“爸，你别说得这么难听，陆萍害我什么了，我这不是好好的吗？”

王生地说：“怎么不是她害的，要是她不叫你辞工，你能辞工吗？既然她叫你辞工了，那她为什么不跟你一起走，却另外嫁人？”

王大虎再也听不下去了，起身走了出去。

王大虎走出去后，到田野上转了转，自从陆萍出嫁后，他也好久没出来走走了。今晚月光很好，照得田野里亮亮的，田里的稻子快黄了，在晚风的吹拂中，沉甸甸地摆动着，似乎还散发出浓浓的香味。

走着走着，他的心情好了许多。这时，有一个人走过来，走近一看，是村里的史小军，他叫道：“小军，你不是去深圳打工了吗，哪天回来的？”

史小军也认出了王大虎，他俩是一个村的，也是从小一起玩到大的，一年前他去深圳打工了，他说：“大虎，你怎么在这儿？”

王大虎笑着说：“我吃了晚饭，没事出来走走。”

史小军将手里提着的一瓶酒举起，说：“我刚去村里的小卖部买了一瓶酒，走，去我家陪我好好喝两杯，我俩好久没见了，也好好聊聊。”

王大虎赶忙说：“不去了，我已经吃过晚饭了，你还是回去自己喝吧。”

史小军拉着王大虎说：“走，我俩这么久没见面了。去我家，你吃了饭，我们也得喝两杯。”

王大虎没办法，只好跟着史小军向他家走去。

2

王大虎来到史小军的家，他母亲已弄好饭菜端到桌上，他父亲坐在桌边等他买酒回来，见他还带着王大虎回来了，便叫道："大虎，你来了，快坐过来吃饭了。"

王大虎赶忙说："你们吃，我已吃过饭了，我就是来和小军聊聊天的。"

史小军把王大虎拉过来，说："大虎，你怎么这么见外呀，先前我们不是说好的叫你来喝酒嘛。你吃了饭，也坐过来，喝点儿酒又有什么嘛。"

王大虎被史小军拉到桌前，他父亲拿来杯子倒上酒，他母亲也坐过来。他父亲端起酒说："来，我们一起喝一杯，小军也难得回来一次，今晚大虎也来了，难得这么高兴一回，喝！"

他们端起酒碰杯后就喝了一口，史小军母亲说："先吃菜，酒慢慢地喝。"

在王大虎心目中，史小军一直有些让人信不过，不管说话做事，都有一种不实在的感觉。他吃了一口菜，说："小军，你已去深圳打工一年多了，挣了不少钱吧？你家里的土墙房已修成砖瓦房了，真羡慕你。"

史小军端起酒，好像他真是一位成功人士，今天荣归故里一般。他说："爸，你自个儿慢慢地喝，我和大虎碰一杯，我俩是从小一起玩到大，又是好哥们儿，我们好久没见面了，喝。"

王大虎端起酒与史小军碰杯后，喝下酒，他说："听说深圳厂多，去那儿打工好挣钱，是吧？"

史小军一边吃菜一边说："深圳是改革开放的前沿阵地，自从土地承包到户后，全国各地的年轻人像水一样涌到了广东深圳，那儿确实是厂多，也好挣钱。我呀，去深圳时先是进厂当工人，老板见我干活认真，也觉得我的能力很强，后来就叫我当班长。在深圳可不像我们这里，当班长也要干活，在那里当班长是属于管理人员，是不去车间干活的，每月拿厂里固定工资，这样不但活轻松而且工资又高，不知有多少人来争哟。”

虽然没有人劝史小军父亲喝酒，可他却不停地喝酒，也许是高兴，几杯酒一下肚，他脸喝得红红的，话也多起来。他在心里为儿子有出息而高兴，一个农村人，啥叫有出息，不管是外出打工，或是做生意，只要能挣到钱，那就算有出息了。他说：“小时候，全村人都说我儿子聪明，长大后肯定会有出息，虽然他读书不行，没能考上大学，但他出去打工，也当上班长了，大小是个官，也算有点儿出息了。俗话说得好，七十二行，行行出状元嘛。”

父亲这么一说，史小军被说得有些不好意思了，他赶忙端起酒说：“爸，看你说的，我是去深圳打工，又不是正式的工作单位，当这么个班长算什么呀，只是活比别人轻松，工资比别人相对高点儿。来，我们喝酒。”

他们又端起酒，各自喝了一口。史小军的母亲见他爸喝得差不多了，就说：“他爸，你就别喝了，看你都喝成啥样了。”

他父亲似乎还很听话似的，说：“好，我不喝了，你们慢慢喝。我呀，吃好了，进屋去休息了。”

说罢，他父亲起身走了出去，他母亲吃了一会儿，说吃好了，也走了出去，屋里只有王大虎和史小军还在慢慢地喝酒。

喝了好一阵，俩人都喝得有几分醉了，史小军说：“大虎，我昨天在街上看见了陆萍，她在那个服装店里卖衣服。怎么，她已上街做起服装生意来了？”

王大虎没回答，不知史小军是真不知道陆萍嫁人了，还是有意说来笑话他。史小军又问道：“大虎，怎么了？我知道你和陆萍早就好上了，按说你们该结婚了，她去街上租门市做生意，你没和她一起去？她又哪来这么多本钱，开那么大一个服装店？”

王大虎稍微冷静了一下，他又喝了一口酒，说：“陆萍嫁人了。”

史小军不相信，他瞪大眼睛看着王大虎，大声问道：“什么，陆萍嫁人了，她嫁给谁了？”

王大虎很不愿意提起这事，但史小军突然问起这事，看得出史小军是真不知道。他说：“嫁给镇上的刘吉祥，刘吉祥是城镇户口又有正式工作，那个服装店就是刘家的，陆萍嫁过去后，她可能就守这个服装店。”

史小军听明白了，他深深地叹息一声，说：“说实在的，陆萍在我们村真算一个大美女，当初村里好多男人都想去追她，也包括我，可我知道你和陆萍好上了，我俩是好哥们儿，说什么我也不能再去追她了，只能在心里羡慕你艳福不浅。哪知，现在她却另外嫁人了，早知这样，我就不应该把这个机会让给你……”

史小军又端起酒和王大虎碰杯后喝下，他看到王大虎很失落的样子，也知道提起陆萍让王大虎不高兴，便换了个话题，问道：“大虎，听说你在镇上红砖厂上班，那儿活累不累？”

王大虎说：“在红砖厂干活，活当然累，不管是往制砖机里铲泥土或是出砖，都是重活，一般人是干不了几天的。”

史小军说：“那这么重的活，工资肯定高吧？”

王大虎说：“工资还可以，每月五十多元，在当地算是高工资了。”

史小军听后，大声地笑道：“大虎，你认为每月五十多元就是高工资呀，你真是没出过门，不知外面的情况。告诉你，在深圳打工每月最少也能拿到一百多元呢。”

王大虎听后大吃一惊，有点儿不相信，他问道：“每月能挣这么多钱呀，那是不是活比红砖厂还累？”

史小军端起酒说：“别只说话，来，喝酒。我们俩好久没见面了，今晚就喝个痛快。”

王大虎碰杯后，只喝了一点点，他说：“小军，我都快喝醉了，不能再喝了，你也少喝点儿。”

史小军笑着说：“这点儿酒算啥，我在深圳厂里陪我们车间主任喝酒时，哪次不是喝醉了才回家。现在呀，不管在哪里干，也不管干活行不行，更重要的是交际行才行。”

王大虎听史小军把深圳说得这么好，他也想去深圳打工，他问道：“小军，你们厂还要人不？我想和你一起去深圳打工。”

史小军说：“大虎，你不是在镇上红砖厂干活吗，你干得好好的，怎么想起要去深圳打工了？”

王大虎不知怎么回答，他又端起酒喝了一口，说：“我已辞工了。”

史小军以为听错了，他看了看王大虎，看他虽然喝了酒，也不是很醉，便说：“大虎，你怎么把红砖厂的工作辞了？当初叫你和我一起去深圳打工，你不去，偏要进那红砖厂，要是你和我一起去了深圳，现在你也挣很多钱了。”

王大虎不想给史小军解释了，他大声问道：“其他的不想说了，我就问你一句话，我想和你一起去深圳打，你同意不？”

史小军笑了，说：“我早就不在深圳那厂里上班了，我现在做生意，挣的钱比打工多。”

王大虎听后有些不相信，他说：“算了，你是不想要我跟你一起去，就故意骗我说不在厂里上班了。”

史小军赶忙说：“大虎，你怎么不相信人呢，我骗谁不好，还来骗你？我今年初就辞工了，自己做生意，在深圳摆地摊，卖服装，虽然现在本钱少，我还会把生意做大的。”

王大虎听后似乎相信他说的是真的，他说：“那好吧，我另外去找事干。”

史小军想了一下说：“大虎，看我俩是好哥们儿的分儿上，我可以带你一起去做生意，你愿意不？”

王大虎想了想说：“这个不行，我从没做过生意，也不知道怎么做，再说我又没本钱。”

史小军端起酒说：“来，我们喝酒，那些事以后再说，好吗？”

王大虎端起酒杯碰了一下，他没有再喝了，说：“酒，我们都别喝了。”

这时，史小军的母亲走了进来，见他们都喝得脸红红的，便说：“小军，酒就别喝了吧，菜可能冷了，我再去热热。”

王大虎赶忙说：“大婶，你别去热了，我们吃好了，时间不早了，我得回去休息了。”

史小军说：“好，那我送送你。”

王大虎见史小军喝得比他还要醉，便说：“你别送了，早点儿去休息，我没事，一会儿就到家了。”

史小军的母亲把王大虎送出门，说：“大虎，你喝了酒，走慢点儿，别摔倒了哟。”

王大虎边走边说：“大婶，放心吧，我没事的。”

3

小镇上，窄窄的弯曲的街道两边，由砖石水泥建起来的房屋参差不齐地排列着，路面是黄土加茅石铺成的，街面两旁摆起了各种各样的小摊，琳琅满目地摆着各种小商品，小贩扯着嗓子大声地叫卖着。街道上人群涌动，穿来穿去。辣椒、大蒜、各种豆类、瓜瓜菜菜，还有人抱着鸡鸭鹅，在市场上游走叫卖，热闹非凡。

陆萍结婚后，家里那个服装店就由她经营。她虽然是农村姑娘，从没做过生意，可她人很聪明，很快就熟悉了这店里的事。平日里店里的生意不算好，服装生意刚刚兴起，多数人还是买布回去自己做衣服穿，真正买衣服的人还是机关单位和街上的人。

每个赶集天，生意要好些，虽然是陆萍一个人在店里忙活，但买衣服的人不算多，她还是忙得过来的。自从陆萍嫁过来后，乡下那些认识陆萍的人凡赶集，总是来店里坐坐，有的便在这里放东西，说自己出去办点儿事再来拿。陆萍总是笑着说：“好的，你放心吧，我会给你看好的。”

来人听陆萍这么说，就放心地把背篼放在那儿，出去买东西了。

今天，李三叔背着背篼进来，说：“陆萍，今天你生意还不错吧？”

陆萍赶忙说：“还行，李三叔，你请坐吧。”

李三叔把背篼放下，坐了会儿，说：“我把背篼放在你这儿一会儿，我出去喝会儿茶再来背，麻烦你给我看一下。”

陆萍说：“行，没事，我会给你照着。”

李三叔说：“我呀，先前在街上碰到你爸了，他今天也来赶集了，他怎么没过来？”

陆萍笑着说：“你说我爸呀，他可能去喝茶了，一会儿他会过来吃午饭的。李三叔，你过会儿也过来吃午饭吧。”

李三叔笑了，似乎觉得陆萍说这话就够热情了，说：“午饭我就不来吃了，看你这店里也够忙的，哪还有时间弄饭呢？”

陆萍确实忙，有几个人在那儿挑选衣服，有一个人看上了一件白衬衣，还与她讨价还价呢。那人说：“还能不能少，这种衣服，我在广东打工时，买一件只要三元钱，你今天却要卖我五元，是不是贵了点儿？”

陆萍十分耐心地说：“你看看这布料、这做工，都是上等的牌子货，不管你去哪儿买，都要这个价。这样，看在我们乡里乡亲的，少收你一元，就四元吧。”

那人又看了看衣服，说：“你给我装好，我买了。”

陆萍忙完后，她才发现李三叔已出去喝茶了，另外又有几个乡下的邻居也把背篚箩篚放在那儿。

这时，在镇供销社上班的刘吉祥抽空回来，他是来看陆萍忙得过来不，如果忙不过来，他也好帮忙。他是镇供销社办公室主任，工作很自由，不像供销社那些守门市的售货员，一步也不能离开，他没多少事，多半时间是在玩。

刘吉祥去到服装店，看见里面放着很多背篚箩篚等东西，他大声说：“陆萍，这些东西是谁放的，挡了半个店了，你还怎么做生意？”

陆萍说：“这些东西都是我乡下娘家那些邻居放的，乡下人来镇上赶集，没有一个落脚之处，好歹他们也是我娘家的邻居，就让他们放放东西，他们一会儿就会来拿走的。”

刘吉祥生气了，说：“我这门市是卖服装的，又不是开茶馆的，他们这些东西堆了半间屋了，这生意还怎么做，依我的脾气，全部给他们扔到大街上去，你信不信？”

陆萍赶忙走过来，拉住刘吉祥，轻声说：“小声点儿，要是被别人听见，那不把他们得罪了，以后他们还怎样看我们娘家人呢？再说，大家都乡里乡亲的，放放东西有个啥嘛。”

刘吉祥听后，大声说：“陆萍，我警告你，今天就算了，要是以后再看见他们放这么多东西在这儿，别怪我不客气了，我就给他们扔到外面大街上去。”

陆萍知道刘吉祥的脾气，不能和他对着干，只能轻声说：“好，好，我听你的。”

刘吉祥也许还是很生气，又转身回单位去了，陆萍才大大地松口气。

这天，王大虎来到镇上赶集，他知道陆萍那门市在镇上花市街，不知怎么的，好像很怕见到她似的，他宁可绕着走另一条街，也不从她门市前路过。

王大虎今天上街，没有什么要卖的，也没有什么要买的，他就是没事来赶集逛逛街。街上也没什么好玩的，他只在街上走了走，到处看了看。

街上唯一能留住人的地方就是下面的电影院和街上那些茶馆，看电影的大多是年轻人，那些茶馆多半是老年人喜欢去的地方，在那里泡上一杯茶，聊上大半天。可王大虎却没有喝茶的习惯。说起去街上电影院看电影，以前王大虎和陆萍去看过几次，自从陆萍结婚后，他再也没去看电影了。逛了一阵儿街，王大虎准备回去了。这时，他却碰到了史小军，街上人多嘈杂又拥挤，王大虎装着没看见，他刚转身往前走，史小军大声地叫他：“大虎，你太不够意思了吧，见到我也不招呼一声，转身就走了。”

王大虎听见了叫声，他站住了，回过头来，史小军已站在他面前，他说：“街上人多，我没看见你嘛。”

史小军并没认真，手拿着一件衣服对大虎说：“大虎，你看我这件衣服如何？”

王大虎拿起看了看，说：“挺好看的，在哪儿买的，一定很贵吧？”

史小军神秘兮兮地说：“大虎，你猜，这件衣服多少钱买的？”

王大虎摸了摸，又看了看这件衣服，觉得质感不错，看款式也很新潮，说：“我猜不出，肯定贵。”

史小军笑了，说：“这件衣服按市场价，最少要五元以上，可我却只花了四元就买到了。你猜，我在哪儿买的？”

王大虎摇了摇头，说：“你在哪儿买的，我怎么知道？”

史小军说：“我在花市街陆萍的服装店买的，没想到，陆萍还很讲义气，她说这件衣服只收我成本价，绝不赚我一分钱。所以，我只花了四元就买到了。”

王大虎一听，原来史小军是想告诉他这个，这有什么好奇怪的，史小军愿意去哪儿买就去哪儿买，她愿意打折就打折，关他什么事呢？虽然他心里不高兴，但也不便说出来，便说：“可能是吧，不然，你能买到这么便宜的衣服？”

史小军赶忙说：“大虎，你也去买一件吧，我想陆萍同样也只收你成本，不会赚你一分钱的。”

王大虎说：“不去，我还没打算要买衣服呢。”

史小军看了看王大虎，说：“大虎，现在是啥年代了，你还穿着这种干活时穿的白布衫，得买件像样的衣服了，才显出一个年轻人的气质嘛。”

王大虎不想听他再说下去了，就说：“小军，你继续逛街吧，我有事得先回去了。”

史小军拉住他，说：“大虎，你太不够意思了吧，既然我们在街上碰到了，说什么我们也得去喝几杯，再一起回去。”

王大虎说：“不去了，你去喝吧，我家里有事，我得回去。”

说完，王大虎转身就走。先前，王大虎还怕去花市街，更怕从陆萍的服装店前经过，可他听史小军这么说，也想去看看陆萍的门市，他便走去花市街。花市街是镇上最热闹的一条街，这时正是人多的时候，街上十分拥挤，他在拥挤的人群中，从陆萍的服装店前经过，服装店里有人在挑选衣服，陆萍正忙着。

王大虎从她门市前经过时，没有进去也没有停下，而是随着人群大步往前走。他看见了陆萍，陆萍却没有看见他，尽管这样，他的心情一下高兴了许多。

这时，常春春走过来，叫道：“大虎，你今天也来赶集呀，也不给我说一声，我好陪你逛街。”

王大虎也许是心情好了许多，他笑了，说：“春春，你今天不上班呀？”

常春春说：“我今天休假，不上班，好不容易有一天清闲时间，你也不陪我玩，那我这一天假不就浪费了吗？”

要是以前，他见常春春这样还不习惯，可现在他反而认为她有些可爱，便说：“看你说的，你天天都在镇上的红砖厂上班，你那砖厂离这儿也没几步路，你随时都可以来逛街，好不容易才休一天假，就在家里好好休息，来赶啥集呀？”

常春春想了想说：“大虎，这时还早，我们去电影院看电影吧。”

第五章　打　工

1

王大虎知道常春春是啥意思，请他去看电影，就是想和他有点儿亲热的动作，他虽然在心里开始对她有好感了，但还没完全放下陆萍，自然对她不是特别亲近，于是就说："看啥电影，你去逛街吧，我回去了。"

常春春今天来赶集的目的，似乎就是让王大虎陪她逛街，陪她看电影，不然，她天天都在镇上上班，还来赶什么集呀？这个王大虎真是一个怪人，正当她想亲近他的时候，他却不接受她的这份情，有时她不想理他了，他又好像对她很依恋，他心底是怎么想的，真让人有点儿搞不懂。她有点儿不高兴地说："我不知怎么说你，你有点儿情趣好不好，谁像你呀，对人家冷冰冰的，像个木头人。"

王大虎听常春春这么说，也听懂了她话里的话，他想笑又没笑出来，说："随你怎么说吧，我就是这么一个人。要看电影你去，我回家了。"

说罢，王大虎转身就走，常春春大声叫住他："站住。"

王大虎站住了，回过头来问道："春春，你又怎么了？"

正好，史小军走了过来，见常春春有点儿生气的样子，他赶忙问道："春春，你怎么了，看你气成这样，是谁惹你不高兴了？"

常春春指着王大虎说："是他，除了他还能有谁呀？"

史小军又看了看王大虎，他是个聪明人，不用说他也知道她为什么生气，可他却装着不知道，笑着说："那你说，大虎怎么惹你了？"

常春春不知怎么回答，她想解释，可这事似乎又解释不清楚，她张了张嘴没说出来，却突然做出一个大胆的举动，伸手去拉史小军，说："史小军，走，你陪我去电影院看电影。"

史小军笑了，说："好呀，有你这个大美女陪我，当然要去。来，快牵着我的手，这样我俩才像一对小恋人嘛。"

常春春说："史小军，你别过分，差不多就行。什么小恋人，你别异想天开。"

说罢，常春春大步往前走，史小军赶忙追上去，他们就往下街电影院走去。

王大虎看着他们走了，心里更不高兴了，不管怎么说，常春春喜欢他，他是知道的。可不知怎么的，他心里已经接纳她了，却不知道怎么去讨她开心。这还是他心里没放下陆萍，人家都出嫁了，他还想念她什么呢？就像一首歌中唱道：想念她的情，想念她怀里的那份暖，想念她眉宇间淡淡飘过的忧伤，想念她动情时那深刻的爱意，想念她孩子般的神气，想念她那每一句贴心的话儿，想念她心间飘过的一丝丝温暖，想念陪她走过的每一点温暖的印记……

常春春叫王大虎去看电影，于情于理他都该陪她去，他这脑筋怎么一下就没转过弯来呢？这下真后悔了，依他对史小军的了解，这个人去深圳打过工，又在做生意，油嘴滑舌，又有钱，说不定没几下就把常春春骗到手。常春春是个不错的姑娘，不管从哪方面讲，他俩在一起都是很合适的。早知这样，他就应该陪她去看电影。哪知半路杀出个程咬金，这个史小军也是，早不来迟不来，偏偏这时出现，好像是拿准火候有意捡了个便宜。不能就这样让史小军捡了便宜，他得马上去电影院，陪常春春看电影。可他往前走了几步，却站住了，他想：如果这时去，不让他们笑话，也是自讨没趣。

王大虎转身回家了。他回到家里，心情仍不好，王生地刚从地里干活回来，正坐在大门前抽烟，见王大虎气冲冲地走了进来，他说："大虎，谁又惹你不高兴了，你今天出门时还好好的，怎么就气冲冲地回来，在街上与人吵架了？"

王大虎大声说："没有，我现在这个样子，还能和谁吵架呢？"

王生地也为儿子担心，自从陆萍出嫁后，他就沉默寡言，长此下去不生病身体也会吃不消的，便说："你呀，怎么变成这个样子了？以前你可不是这样，每天去镇上红砖厂上班，整个人多有精神呀。现在怎么了，整天愁眉苦脸的，我不知怎么说你，一个大男人，为了一个女人自暴自弃，值吗？"

王大虎心里有事，心情不好，更不愿意听这些，便说："爸，你别说这个了好不好，我都烦死了，你以为我想这样呀，我还巴不得有个事干呢。"

王生地听后更生气了，便说："你现在知道了，找个事干这么不容易，当初你在红砖厂干得好好的，谁叫你把工辞了？现在后悔了，这世上还有后悔药卖？"

王大虎不想再说什么了，他边往屋里走边说："你整天就说这些，我在家里没法待了，我明天就去深圳打工。我就不信，我有手有脚的，还怕找不到活干。"

这时，正在屋里做饭的吴良贤走了出来，她劝道："他爸，你就少说两句，儿子会去找活干的，他也不是那种贪玩的人。"

王生地仍在生气，大声说道："这都是你惯的，你看看，儿子现在都被你惯成啥样了。"

吴良贤叹息一声，转身去屋里做饭了。

夕阳西下，晚霞染红了西方的天空，屋前屋后的大树在微风中沙沙作响，虽说空气里还有熏蒸的热意，却比午后的炙热已经好了许多。王大虎又到坡上那块包产地里掰苞谷，这块地在山顶上，没有树林遮挡，快落山的太阳仍斜斜地照射下来，依然很晒人。还好，这地里的苞谷秆高，也能挡住一些阳光。

王大虎边掰苞谷边砍苞谷秆，干了好一阵儿，快掰了一挑苞谷，他得先挑回去后，再来坡上掰。他把苞谷挑回家又出来时，在半山腰那条石板路上，碰到陆萍和刘吉祥提着礼物回娘家。王大虎想躲，可这是在大路上又没地方躲，正当王大虎不知所措时，他们已来到他身边了。

还是陆萍大方，她说："大虎，你上坡去干活呀？"

王大虎低着头，似乎不敢看他们，他说：“嗯。”

陆萍仍像当年一样，对他一点儿也没变似的，说起话来也一样的好听。她说：“太阳还很大，你晚点儿再出来干活嘛，别中暑了。”

王大虎听着陆萍说话的声音还跟原来一样亲切，话语中也有几分关心他的成分。他抬头看了看他们，说：“没事，太阳快落山了，不是很热的。”

陆萍还想说什么，已走在前面的刘吉祥大声叫道：“快走吧，你怎么这么多话？”

在刘吉祥的催促下，陆萍只好转身大步走了。王大虎回头看着他们，从背影可以看出，他们的穿着打扮十分时髦，刘吉祥是镇上人，又是镇供销社正式职工，气质就是不一样。而陆萍才嫁到刘家几个月，头发也烫了，穿着也不像以前在乡下那样土了，跟城里人没什么区别了。

王大虎看了好一阵儿，直到他们下坡进了陆家的屋，他才转身继续上去，又去掰地里的苞谷。

不知是生气，还是在发泄，他掰苞谷时用力很大，节奏也快，只听见噼噼啪啪的声音……

2

对于一个乡下人来说，每天的美好时光，丰硕地留在麦尖上，悬在稻穗间，挂在树梢上，缠在如同彩绸一般的山间小路上。碧波荡漾在那清澈的流水之中，期待就像阳光般抚慰着蓬勃生长的庄稼。

可对于王大虎来说，乡村的日子是枯燥难耐的，平凡得不能再平凡了，每天都迎着日出，看着日落，无所事事地在家闲散着。他在家待了两个多月，尽管他认真在地里干活，可父亲总是埋怨他不应该辞掉红砖厂的工作，叫他说什么也得出去挣点儿钱，光靠那点儿地，还能种出金子来？

王大虎想来想去，还是准备去深圳打工。他没去过深圳，也不知道怎么去，或者去了深圳又去哪儿找活干。可他就不相信，他去了还找不到活干？那么多人去深圳打工，他们都能找到活干，他也不比别人傻，别人能行他为什么不行？想来想去，他觉得还是去问问史小军，史小军毕竟在深圳打过工，知道深圳什么地方厂多，哪些地方的厂好进。

史小军从镇上回来，刚好从他干活的地边路过。王大虎老远就叫他："小军，快过来，我有事要问你。"

史小军走了过去，他想是不是那天他陪常春春去看电影的事，让王大虎生气了，没想到王大虎还这么小气，为这么一点儿小事还耿耿于怀，看样子还把这件事记在心上了。他问道："大虎，有什么事，你说吧，是不是因为那天我陪常春春去看电影，你今天想兴师问罪？"

这事都过去这么久了，王大虎似乎已经忘了，现在史小军又提起了，他一下就不高兴了。史小军是乘人之危，捡了个便宜，要是别人陪常春春去看电影，他还无话可说，可史小军是和他一起玩到大的，也知道他和常春春的关系，却视而不见陪她去看电影，这就有些为人不地道了。他说："对，我问你，那天常春春明明是叫我陪她去看电影的，你为什么陪她去？"

史小军好像没当回事，觉得是常春春主动叫他的，又不是他强迫她去看电影，再说她是王大虎什么人，他还这么在乎她？他说："大虎，这可是你不对了，人家常春春好心好意叫你陪她去看一场电影，你却说什么也不去，你这么做，多伤她的心呀！既然你不陪她去，难道就没有人陪她去了吗，世上就只有你是男人吗？"

王大虎说："再怎么说，我们也是好哥们儿，你就是不能陪春春去看电影。"

史小军也一点儿不相让，他大声说："大虎，这就是你的不对了，我陪常春春看电影又怎么了，我这是在给你解围，也给她找回面子。再说了，她是你什么人啊，她是你女朋友吗？"

王大虎虽然觉得史小军这样做就是不对，但他一时也找不到更充分的理由来反驳史小军，他闷了好一阵儿，缓和了一下语气说："就算常春春不是我女朋友，她也不是你的女朋友呀。"

史小军不知是有意气王大虎，还是他真对常春春有什么想法，他笑着说："今天不是，说不定明天就是了。我觉得常春春很好，人长得漂亮，性格也开朗，又善解人意，这样的姑娘去哪儿找哟。"

尽管王大虎心里有一百个不满，但这事他也挑不出个什么毛病来，遇到史小军这样不讲理的人，他只能自认倒霉。可史小军说得没错，虽然他感觉到常春春对他好，也知道她很喜欢他，但他还没有答应人家，他们也没有正式确定恋爱关系，他凭什么不准别人去追她？他说：“算了，不说这个了。”

史小军是个得理不饶人的人，他仍说：“像以前，知道你和陆萍好上了，我再怎么喜欢陆萍都只放在心里，考虑到我俩是好哥们儿，心想你和陆萍能成就行。哪知，你还是被陆萍给甩了，她却另外嫁人了。早知这样，我就不应该把陆萍让给你，说不定陆萍已经嫁给我了……”

王大虎越听越生气了，他大声说：“够了，你别说了，我不想听了。”

见王大虎气得话都说不出来了，史小军说：“怎么，你现在才知道后悔了？”

王大虎说：“后悔又能怎样呢？”

史小军笑了，说：“对，后悔也无济于事。大虎，不是我说你，你已经失去了心爱的陆萍，你还想失去真心喜欢你的常春春吗？我看你也不傻，你也不是一个啥也不懂的人，为什么就不知道怎么去讨女人喜欢呢？”

王大虎听出了史小军的话，好像是在有意气他，更是在开导他，他抬起头看了看史小军。史小军这时一脸笑容，他问道：“小军，你说这话是啥意思？”

史小军哈哈大笑起来，说：“大虎，你别生气了，那天常春春叫我陪她去看电影，其实她是有意气你的，我们往前走了会儿，她就一把推开了我说，谁要你陪我去看电影，滚开。随后，她就走开了。”

王大虎半信半疑，问道：“你说的是真的？”

史小军说：“真的，我骗你是小狗。”

王大虎深深地叹息一声，为常春春这样做而高兴，也为他没陪她去看电影而后悔，好像真对不起她的一片好意。他说：“好，我相信你。”

话说开了，大家都不再为这事生气了，气氛也轻松了，心情也好了。史小军说：“大虎，你也兴师问罪了，没事了，我该走了。”

王大虎赶忙说："别忙嘛，我还有事要问你。"

史小军站住了，说："关于常春春的事，我已给你解释清楚了，你还有什么不放心的呀？人家对你是真心实意的，你还不相信人家。"

王大虎说："不是这事，我还有另外的事。"

史小军看了看王大虎，问道："那你还有什么事，快说吧。"

王大虎说："我红砖厂的工作也辞了，现在没事干了，我想去深圳打工。我是想问你，深圳哪儿厂多，哪些厂好进？"

史小军听后，想了想说："原来你是想问这个呀，这就问对了，说什么我也在那里打了一年多工，对那一带我很熟悉。要说深圳那地方厂很多，而且都好找活干，相比之下深圳龙岗区厂多些，那里电子厂多，电子厂活不累，对工人的技术要求也不高，对于才去那里打工的人，那样的厂好进些。"

王大虎听后说："好，那我就去深圳龙岗区，进电子厂。"

史小军想了一下说："大虎，你怎么想起要去深圳打工了？"

王大虎说："不出去打工又能干什么，总不能整天在地里干活吧，我家那点儿地，一年到头忙下来，又能挣多少钱呢？"

史小军点头说："说来也是，出去打工，肯定比在家种地强多了，不说一年挣好多钱，最少一年也得挣上一千多元。可深圳你人生地不熟的，你怎么去，去了你可能南北东西都不知道，还怎么去找活呀？"

王大虎想了想说："去了再说吧，我这么大的人了，难道还能走丢？"

史小军赶忙说："不如这样，看在我们从小一起玩到大的分儿上，又是好哥们儿，你别去深圳了，干脆跟着我做生意，尽管我现在生意还没做大，但肯定比打工来钱快也挣钱多。"

王大虎说："我哪里是做生意的料，言迟口钝的，还有我更没有做生意的本钱，怎么做生意呢？"

史小军想了想说："这样，那你就帮我好不好，不要你出一分钱，我每月给你发工资，你看如何？"

王大虎问道："什么，你叫我帮你，你每月给我发工资？"

史小军十分认真地说："对呀，说白了就是你给我打工，我是老板，不管我亏本赚钱，我每月发你工资就是。大虎，我不是找不到人，我是觉得我们是好兄弟，俗话说，打虎亲兄弟，上阵父子兵，我信得过你，才叫你帮我的。”

王大虎想了想，他觉得这样行，不用再跑这么远去深圳了，再说史小军又和他关系不错，帮他打工肯定比帮别人打工好。他问道：“小军，你说的是真的？”

史小军说：“大虎，你怎么了，我说的话你还不相信？那我问你，我什么时候骗过你？”

王大虎说：“没有。”

史小军说：“那行，这事就这么定了。”

3

尽管王大虎答应去帮史小军打工，但他觉得史小军这人有些信不过，也没说在做啥生意，可他已答应史小军了，不去也不好。他再三考虑，还是去，又不是去和史小军合伙做生意，也不用出一分钱本钱，就算史小军是骗他的，大不了不给他工资，其他的还骗得了他什么呢？他便和史小军说好，每月给他三十元工资，他去帮他打工。

史小军见农民买化肥难，认为是一个很好的商机，便通过关系去泸州化工厂联系化肥代销业务。他在村里小卖部旁边租了一间小屋，那儿人流集中，也在公路边，虽然这是一条土路，但大家还是习惯从这儿经过，如果在这里卖化肥，生意肯定不错。

王大虎不知道史小军的用意，这儿有一个小卖部了，他还在这儿租一间屋干啥，难道他也想在这儿开一家商店，那多不道德呀，纯粹是在抢别人的生意。便问道：“小军，你租这间屋来干啥？村里人买东西一般都去街上买，难道你也要开个小卖部不成？”

史小军说：“我开个小卖部有啥用，卖点儿盐、酒、烟什么的，能卖几个钱呀？”

王大虎仍没听明白，他边收拾屋边说：“那你想在这里干啥？”

史小军显得神神秘秘的，问道：“你想想看，现在土地承包到户了，家家都把土地种得那么好，老百姓最缺的是什么？”

王大虎想了想，也没想出个究竟来，他摇摇头说：“我没想出来，哎，你别卖关子了，快说吧。”

史小军笑了笑，好像他真看到了很大的商机一样，说：“亏你还是农民，告诉你吧，现在不管种菜还是种小麦，老百姓最需要的是化肥，可现在买化肥只能去镇上供销社才能买到，在镇供销社买到化肥，也得挑回家来，多麻烦呀，如果把化肥运到这里来卖，你说村里人还不来我这儿买吗？”

王大虎听后觉得也是，这确实是一条发财之路，他说：“小军，听说镇供销社有时也没有化肥卖，化肥现在这么紧俏，你难道还能搞到？”

史小军说：“你小看我了吧？这就得看关系，只要关系到位，凡这世上有的，啥不能搞到？”

王大虎听史小军这么一说，这才觉得自己以前似乎小看他了，难怪他做生意挣得到钱，不说别的，就凭他这种思维，也是自己不及的。

可王大虎突然想到，村里只有一条土路，要是晴天还勉强进得来车，要是下雨天别说车进来，就是人走都困难。他说：“小军，村里只有一条土路，你的化肥怎么运进来？”

史小军说：“这确实是个问题，我思考了一下，还是有办法的，虽然这条土路大卡车不能开进来，我可以找手扶拖拉机转运进来呀。只要是天气好，手扶拖拉机转运化肥进来是没问题的。”

他们收拾好屋后，史小军说：“大虎，这屋收拾好了，这儿没事了，你回去吃个饭，换件衣服，下午我俩出发去泸州。”

王大虎问道：“我们去泸州干啥？”

史小军说：“去泸州进化肥呀，那里有家很大的化肥厂，我们就去那儿进货。”

王大虎听明白了，便回家里吃午饭。吃了饭他就去换了衣服出来，王生地问道：“大虎，你这是要去哪儿？”

王大虎说：“我去出差。”

王生地听后，以为王大虎是在说笑，吃惊地问道：“大虎，你没发烧吧？你已经不在红砖厂上班了，整天在地里干活，出什么差呀？”

王大虎高兴地说："爸，我忘了告诉你了，我呀，现在给史小军打工，他每月给我三十元工资……"

王生地有些不相信，说："打住，你说是给史小军打工？打什么工，他是开办工厂了还是开公司了，他不就是在深圳打工，还请你帮他打工？"

王大虎想到马上要去出差了，心里高兴。以前听说出差，是那些正规单位人说的话，就是不用自己出钱，却可以出去玩，这就是出差。虽然他没有进过正式单位上班，是帮史小军打工，可史小军出钱叫他去的，其意义也差不多，让他也享受一下出差的滋味吧。他说："爸，看你说的，十年河东十年河西，你别总是老眼光看人好不好，人家史小军现在可不是以前的他了，他早就没打工了，现在可在做生意，是大老板了。"

王生地听后仍不相信，他大笑道："你说啥，史小军也成大老板了？你吹嘛，他的公司在哪里？他的门市又在哪里？要是他都成大老板了，那全村人不都成大老板了。"

王大虎不高兴了，说："信不信由你，我懒得给你说了，我得赶快过去，他还在村口等我。"

王生地大声说："大虎，你得小心，别被他骗了，到时他把你卖了，你还帮他数钱呢。"

王大虎说："爸，你怎么老是不相信人呀？这都是啥年代了，还是你那些旧思想。再说，我又不是和他合伙做生意，我是给他打工，不管他是不是大老板，只要他每月给我发工资就行了，管他赚钱还是亏本。你说，他还会骗我啥？"

王生地想了想说："说来也是，不过你还是要小心点儿，别上他的当。"

王大虎来到村口，史小军已等在那里了，他着急地看了看手表，说："你怎么才来呀，我都等你好一阵儿了，要有点儿时间观念，你现在是在给我打工，就得听我安排。"

王大虎说："明白了，老板。"

史小军听王大虎叫他老板，心里美滋滋的，说："别啰唆了，我已叫了一辆摩托车，在前面公路上等，快走吧。”

这是一条乡村土路，这几天天晴，摩托车还是能进出的，他们坐上那辆摩托车后，摩托车就开走了。摩托车行驶在这条土路上，抖来跳去，开摩托车的人技术还行，不管路怎么坑坑洼洼，还是很快就到了镇上。

到了镇上后他们又乘车去到县城，在县城再转车去泸州，到了泸州已是下午六点钟了。史小军看了看表，说：“唉，现在化工厂的人都下班了，只能明天去联系业务了。我叫你早点儿出来，你就是不信，要是早点儿，我们就能乘上一班车了，就可以五点前到，说不定今天就可以把事办好。”

王大虎知道确实是他来晚了点儿，耽误了时间，他有些自责地说：“都怪我，早知这样，我就早点儿出来了。”

史小军想了一下，说：“这也不全怪你，你是第一次跟我出来办事，是我没给你说清楚。”

王大虎问道：“那我们接下来去哪儿？”

史小军说：“还能去哪儿，先逛逛街，再去住旅馆呀。”

王大虎眼亮了一下，他从没来过这么大的城市。十里滨江路上，那繁茂葱茏的林木，被雨水一冲更显得清丽无比。有的花儿正在开放，有的已经凋谢。如织的行人三三两两悠闲地迈着碎步。聪明的老板们把桌椅摆到了江边，客人们也非常乐意，在江边的鹅卵石上休闲品茶更别有一番滋味。

逛了一阵儿街，他们便来到一家小旅馆，开好房后，史小军给他把房间打开，指着这间房说：“你今晚就住这间。”

王大虎问道：“那你呢？”

史小军说：“我住那间。”

王大虎看这间房，开的是一个单间，里面有一张大大的床，完全可以住两人。他说：“小军，我俩就住一间嘛，你开两间房多浪费呀。”

史小军一听，就知道他是个没见过世面的人，他说：“大虎，这可是出门办事，哪像在家里，几个人挤在一张床上也能睡。再说，住一晚旅馆能花几个钱，两个人住一个房间，哪还像个做生意的老板？别说了，快进去洗漱一下，我们出去吃饭。”

王大虎便走了进去，虽然这是一家小旅馆，比起其他大旅馆差远了，但对从未出过门也没住过旅馆的王大虎来说，已经非常高兴了。他往床上一坐，这席梦思床垫一下又把他弹起来，他又看了看房间，卫生间、黑白电视机，什么都有，像做梦一样。他进卫生间洗了洗脸，然后出来叫道：“小军，我洗漱好了，出去吃饭吧。”

史小军仍在房里洗漱，他大声道：“你在外面等着，我一会儿就出来。”

王大虎怕像先前那样出来晚了又误事，虽然他们是好哥们儿，但现在史小军是他的老板，他也不能太随便，不好推门进去，只能站在外面等，等了好一阵史小军才出来。

王大虎说：“你怎么才出来呀，我都等你好一阵儿了。”

史小军说：“你这时还忙啥，今晚又办不成啥事了，不就是出去吃个饭吗？”

第六章　出　事

1

过了好一阵，史小军出来了，看样子他是在屋里认真洗漱了一番，头也洗了，而且头发梳得油光光的，皮鞋也擦得很亮。真是人靠衣装树靠枝帮，经过这么一打扮，他还真像个有钱的大老板。王大虎跟着他走了出去，到街上一家路边摊，点了两个菜。

王大虎以为史小军会带他去大餐馆吃，因为史小军一直是很要面子的，现在是出来办事，肯定不会这么寒碜，没想到却带他来这路边餐馆吃。他问道："小军，今晚我们就吃这么简单呀？"

史小军端起饭就吃，边吃边说："我们是出来联系业务的，又不是出来旅游，只要吃饱就行。我说过，我的生意才起步，等我以后生意做大了，有你吃香喝辣的时候。"

听史小军这么说，王大虎也不好再说什么了，他也端起饭就吃，他说："其他的不说，难得出次差，酒总得喝一杯吧？"

史小军不高兴了，他看了看王大虎，觉得平时看他很老实，可今天一出来他就变得油腔滑调了。他说："吃饭，你哪有这么多话，到底你是老板还是我是老板？"

王大虎笑了，赶忙说："当然你是老板。"

史小军说："这就对了，出门得小心，哪像在家里能放心喝酒。今晚要是我们都喝酒了，明天还怎么去联系业务？快吃饭，吃完就回旅馆休息。"

他们吃好饭后，到附近的街上逛了逛，泸州是个地级市，又是一个工业城市，街上十分热闹。有句话说“泸州出美女”，这话有一定的道理，泸州城地处长江边，长年空气湿润，不但孕育出这座美丽的城市，还让这里的女人个个长得水灵灵的。

他们在街道上走着，路上人来人往。宽阔的马路上车水马龙，把繁华都市渲染得更有色彩。街道两旁的绿化带穿起一片深绿的色彩，在五彩缤纷的灯光映照下，像一幅清晰幽静的绿色古画。那些穿着时髦的女人从路边经过时，王大虎便目不转睛地看着，在他眼里，这些美女长得像天仙一样。

史小军实在看不下去了，拉他快走，并说：“大虎，你真是一个乡巴佬，城里的女人是漂亮，但你不能这么看着人家呀，说不定人家会把你当成流氓。”

王大虎赶忙回头，他这才回过神来，笑了，说：“我就看看而已，怎么会是流氓呢？”

他们逛了一阵儿街，回到旅馆后，史小军说：“今天你也累了，早点儿休息，明天我们得早点儿起床去化工厂联系业务。”

说罢，史小军便进到他的房间休息了，王大虎也回到他的房间里，却一点儿睡意也没有，他觉得这泸州城真是太热闹了，也太好玩了，他真想出去玩会儿。可这里他人生地不熟，走出去怕找不着路回来，他只好洗漱后倒在床上睡觉了。第二天，史小军一早就起床了，他在外面叫道：“大虎，快起床了，我们得去化工厂联系业务了。”

王大虎听见了叫声，翻身起床，说：“好，我起来了。”

王大虎穿好衣服，洗了洗脸，跟着史小军去到泸州化工厂。这个厂很大，一看那里的办公楼和车间，还有那些穿着工作服的工人，就知道这是一个很正规的厂。王大虎说：“小军，这厂真大呀。”

史小军笑了，说：“当然，能生产化肥的厂还能不大，化肥是什么，是化工产品，这化工厂是国营企业，现在的化肥供不应求，人家这厂效益好得很。”

王大虎听后，更高看史小军了，他没有其他背景，也只是一个打工的，后来做了点儿小生意，可他怎么就能联系到这里呢，他难道真那么神通广大，这连镇供销社的采购员都难买到的化肥，他还能弄到？便问道："小军，你真能从这里买到化肥？"

史小军有点儿不耐烦了，说："你怎么这么多话，我有我的门道，要是没把握弄到化肥，那我们跑这么远来干啥？"

王大虎看史小军那信心百倍的样子，他也没有再说什么。他们从厂大门进去，来到那幢办公楼前，史小军说："你在这里等，我上去找销售科吴科长，把出货单开出来。"

王大虎说："行，那我就在这里等你。"

史小军走进那幢大楼，沿着大楼的楼梯走了上去。王大虎便在楼下的厂区里等，他到处看了看，这厂里进进出出的人很多，也时不时有大货车从这里运着化肥出去。他看着货车上那装得满满的化肥，感叹道："每天运出这么多化肥，这个厂每天不知生产多少化肥呀！"

王大虎在厂区里转了好一阵儿，也没见史小军下来，他又到厂那边的生产车间看了看。车间里的工人正在干活，他们在车间里忙来忙去。想到这是国营大厂，能在这里上班的人都是正式工人，王大虎就不由得羡慕和向往，要是他能在这里上班就好了。陆萍嫁给刘吉祥，她父亲不就是看刘吉祥是镇供销社正式职工吗，如果他是正式工人，陆萍可能就会嫁给他了……

这时，史小军来到他的身后，大声叫道："大虎，你是怎么搞的，我叫你在那边等我，你却跑到这边来了，让我找半天。"

王大虎问道："出货单开好了？"

史小军着急地说："快走吧，吴科长已在那边等，他亲自带我们去那边仓库出货，还开什么出货单呀。"

王大虎和史小军走了出来，跟着吴科长一直走出了厂门。王大虎想：这不是去出货吗，怎么还要出去出货，那些大卡车都是一车一车地从厂里把化肥拉出去的，怎么还要去别的地方出货呢？他轻声问道："小军，我们这是去哪儿？"

史小军当着吴科长的面，也不好回答，只说："你别问了，到了你就知道了。"

他们跟着吴科长穿过大街，又绕过一条小巷，走了好一阵，来到一座破旧的农房前。吴科长打开卷帘门，说：“化肥就在这里，你们叫车来没有？”

史小军看了看屋里堆放着的化肥，说：“吴科长，这里面这么多化肥，你怎么才批一吨给我呢？”

吴科长难为情地说：“小史呀，我们是第一次合作，现在化肥这么紧缺，到处都找我要化肥，我总不能全部给你吧。如果我把这些化肥给你，你也没有本钱，就这点儿化肥，还是欠我的账。”

史小军听出了吴科长的意思，他确实没这么多本钱，也是第一次通过熟人介绍与吴科长做生意，好说歹说吴科长才答应由他担保卖了再付钱，而且史小军也给了吴科长好处，他才批了这一吨化肥。凡事别操之过急，慢慢来，细水长流嘛。他笑了，说：“谢谢吴科长了，放心，我卖了化肥后，不但如数付你本钱，还少不了你吴科长的好处。”

吴科长听后说：“可别人是先付钱后才能拉走化肥，你是我一个好哥们儿介绍的，我就相信你一回。哎，你找车来了吗？”

史小军赶忙说：“我走得匆忙，还没来得及找车，如果先把车叫来，万一你这里没有化肥了，那我也一样要给运费嘛。所以，我就没叫车来，要不麻烦吴科长给我找一辆车，运费我来付。”

吴科长财大气粗，凡事好像都是别人求他，前来买化肥的人也是自己把车准备好，哪有像史小军这样还叫他找车的，他有些不高兴了。但他想了一下，说：“小史呀，你不叫车来，难道化肥你扛回去，你是啥都要我给你包完不是？好，看在我那个好哥们儿的分儿上，我就帮你这一次，下次可不行了。”

史小军高兴地说：“谢谢吴科长了。”

吴科长说：“你们在这儿等会儿，我这就去给你找车来。”

不一会儿，一辆小货车开来，吴科长从驾驶室下来，他叫道：“你们去装车吧。”

史小军叫道：“大虎，快去装货。”

王大虎便去把化肥从仓库里扛出来，往车上装，史小军也走过来，帮着装化肥。他俩毕竟是干过活的人，一吨化肥没多久就全部装上车了。吴科长点了数后，说：“化肥装好了，你们走吧。”

史小军说："好，开车。"

司机上车后，汽车开走了。由于是专车，车开了三个多小时就到了镇上那条土路边，司机停了车，下来看了看说："你还叫我从这里开进去？"

史小军笑了，说："是呀，这虽然是条土路，但天晴这么久了，这条土公路小货车还是能开进去的。"

司机有些生气了，说："这土路这么烂，万一车被陷下去了，吊车又来不了，你叫我怎么办？"

史小军想了一下，说："这样，在原来谈好的运费价格上，我再给你加二十元，麻烦你给我把货送进去。不然，这么多化肥，你给我卸在这里，我又怎么办呢？"

司机一听加了钱，便把车开上了土路，慢慢地往村里开去。

2

化肥运到村里后，史小军叫王大虎搬进屋去，王大虎以为史小军也会帮着搬，可史小军却不知去哪儿了。他心里有点儿不舒服，又想到自己是给别人打工的，干活的事当然由他干，便慢慢地把化肥搬到屋里。虽然只有一吨化肥，但还是搬了半天，终于把这些化肥全部搬进去了。

史小军手里拿着一张纸走过来，他说："大虎，快拿去贴在门上。"

王大虎由于搬了化肥，全身还冒着汗水，他本想歇会儿，可听史小军叫他，他走过去接过这张纸，问道："这是什么呀？"

史小军大声说："我们才租下这间屋子，虽然这是在大路边，但又有谁知道我们这儿卖化肥呢，你把这个贴在门上，大家一看就知道了。"

王大虎这下明白了，他赶忙去那边小卖部买了一瓶胶水，把这写有"化肥销售点"的纸贴在门上。这就奇怪了，公路边的这么一间小屋，门也是破旧的，把写了这几个字的纸一贴上，这里似乎一下就亮堂起来了。纸上的字可能是史小军写的，歪歪斜斜，写得很大很粗，老远就能看见，这就是他们想要的效果。

王大虎忙了大半天，太阳都快落山了，他还没有吃午饭，他说：

“小军，我还没吃午饭，我的生活你是怎么安排的？”

史小军想了一下，他说：“什么，你还没吃午饭，你怎么不回去吃了再来干活？”

王大虎说：“我是给你打工，你是我的老板，我帮你干活，怎么还让我回家去吃呢？”

史小军不高兴了，说：“对呀，你不回家去吃，难道还去我家吃？那我问你，你在镇上红砖厂上班时，红砖厂一日三餐都包了吗？”

王大虎听后笑了，说：“那不一样嘛。”

史小军说：“怎么不一样，你在厂里干活给了你工资，你给我干活我也同样给你工资，厂里管你饭了吗？”

王大虎想也是，他在红砖厂干活时，早晚都是在家里吃，中午在厂里也是买饭票打饭吃，说白了也是吃自己。他说：“明白了，那我这就回去吃饭了。”

史小军看了看屋里堆放着的化肥，想了一下说：“化肥刚拉来，今天又是第一天开张，你这就关门走呀？如果有人来买化肥，找不到人怎么办？现在时候也不早了，等会儿天黑了回去午饭晚饭一起吃嘛。”

不管怎么说，史小军现在是他的老板，他这么说了也不好再走，王大虎只好说：“行，那我再守会儿。”

史小军笑了，说：“这就对了，我们现在生意才起步，还在创业阶段，俗话说创业难，创业辛苦，等以后我生意做大了，吃香的喝辣的，还少得了你的份？”

王大虎这次出去，也见识了史小军的能力，史小军能说会讲，更是到处都拉得上关系，像是一个生意场上混得开的人，他在心里不得不佩服史小军，便说：“知道了，小军。”

这时，一辆小货车开了过来，在他们的化肥销售点前停下了，从车上下来几个人，其中就有刘吉祥。

刘吉祥走过去大声说：“谁叫你们在这里销售化肥的，你可知道私自销售化肥是违法的？”

这下把王大虎弄得不知所措，他说：“什么违法，我们又没偷没抢，这些化肥是我们从泸州化工厂花钱买回来的，卖化肥怎么了，违什么法了？”

又一个人一把将门上写着“化肥销售点”的纸撕了下来，叫道：“你们进去，给我把里面的化肥搬上车，全部没收。”

史小军赶忙走过去阻挡：“你们干什么，我们是做正当生意，到底犯什么法了？”

刘吉祥说：“按我们镇上规定，化肥只能由镇供销社销售，不允许私人销售，因私人代销质量得不到保证，万一老百姓买到假化肥，他们地里的粮食产量还怎么得到保证？”

那几个人走进去搬化肥，史小军跑过去阻挡，他随手抓起一根扁担，大声说：“我看谁敢？”

刘吉祥走过去，大声说：“史小军，我再一次警告你，你私自销售化肥是违法的，你这化肥我们镇供销社全部没收。”

史小军似乎认识他，看样子他们也打过交道，他大声说：“刘吉祥，别以为你是镇供销社的就不得了了，专门来找我们的麻烦！告诉你，我要不是看在陆萍的分儿上，我今天不打死你才怪，你别欺人太甚。”

王大虎一见，气一下就来了，他冲过去抓起史小军手里的扁担，就向刘吉祥打去。刘吉祥躲闪得快，没有被打着。那几个人一起上，把王大虎按在地上。

史小军走过去帮忙，说：“你们放开王大虎，他是帮我打工的，这儿不关他的事，我是老板，有什么事冲我来，我奉陪到底。”

刘吉祥也许知道王大虎以前和陆萍的一些事，他十分生气地说：“王大虎，你行呀，有脾气，有个性，难怪以前陆萍那么喜欢你。告诉你，今天我非把你送去镇派出所不可，告你妨碍我们执行公务，不关你几天才怪。”

王大虎虽然被几个人控制着，但他力气大，很快就挣脱了，他想不能再与刘吉祥硬碰硬，再怎么说刘吉祥也是来执法的，而他们是私自销售化肥，不是违多大法，至少不能赢道理。七十二计跑为上计，他转身就跑走了。

刘吉祥大声说：“王大虎，我看你跑，跑得了初一还能跑得了十五？你们快去镇派出所报案，到时看镇派出所的警察来抓他不。”

史小军见王大虎跑了，他也不知道私自销售化肥是违法的，这不知是哪儿规定的，就算是镇供销社为了垄断化肥销售自行规定的，但也是一个规定呀。还有就是他也心知肚明，那化工厂的吴科长虽然是化工厂的销售科长，他们厂是国营企业，但按正规采购渠道只能对各地供销社或农资公司，一般是不销售给个人的。他本人和吴科长没有交往，是通过一个朋友介绍的，不用说，吴科长卖给他的这一吨化肥，肯定是厂里检验不合格的产品。从哪方面讲，这事对他都不利，他也只好转身跑走了。

他们见史小军也跑走了，还想去追，刘吉祥说："别去追了，快进屋去搬化肥，运回镇供销社没收。"

几个人把化肥装上小货车拉走了。王大虎跑走后，他不敢回家，只能去屋后的山上躲藏。

天黑下来了，山上到处静静的，他在山上转悠着，也十分小心地听着山下的动静，要是有响动或有人说话，他随时准备跑。可他转了好一阵儿，山下仍没有什么动静，只有小孩打闹的声音，农舍里都亮着灯，人们似乎正在忙着做饭。

王大虎还没有吃午饭和晚饭，这时他似乎一点儿也感觉不到饿，满脑子想的都是警察会不会来抓他。他十分痛恨那个刘吉祥，也可能是因为刘吉祥抢走了他的陆萍，他才出手打刘吉祥的，他后悔怎么那一扁担没打着刘吉祥，要是打着了他才解气。

王大虎没有去处，只能去山上那片林子里，那是他以前和陆萍偶尔去约会的地方，自从陆萍嫁人后，他也好久没来这里了。

天黑了好一阵儿了，夜幕笼罩着这里，这片林子显得黑黑的，静得出奇，有些怕人。

王大虎在那大树下坐下，他也许累了，头靠着树干想闭上眼睛睡会儿，可怎么也睡不着，他仿佛看见陆萍的身影，过去他们在这里约会的点点滴滴，像电影一样一一映现在他的眼前……

这时，外面有人在叫他："大虎，大虎，你在哪儿？"

王大虎站起身，又认真听了听，是有人在叫他。他听出了，是父亲的声音，他赶忙走出去，回答道："爸，我在这里。"

3

王大虎走出去，看见父亲打着手电筒提着一个竹筐，他赶忙迎上去，问道："爸，你怎么来了？"

王生地叹息一声，他将那个竹筐递给王大虎，说："你还没吃饭吧，先把饭吃了。"

王大虎接过竹筐，心里一下就温暖起来。说真的，他一直担心先前发生的事，还没觉得饿，看到竹筐里的饭，似乎一下就感觉饿了，现在是吃晚饭的时候了，他连午饭都没有吃，便端起饭吃起来。

王生地找了一个地方坐下，说："没想到你惹出这么大的事，你想想，那可是镇供销社的人，他们是代表供销社来执法的，私自销售化肥是违法的，违法的事你们也干？"

王大虎听父亲这么说，心里有点儿不服气，他虽然不懂什么法律，但他知道杀人放火是违法，可从没听说运点儿化肥回来卖也违法，这到底是怎么回事呀？他说："啥违法，我们是靠劳动挣钱，这也有错？那化肥又不是我们偷来的，是史小军去泸州化工厂买的，在村里卖也方便老百姓购买，这违什么法了，这不准私人代销化肥是谁规定的？"

王生地是个老实巴交的庄稼汉，一辈子没干过违法犯罪的事，他也不知卖化肥到底犯什么法了，可镇供销社却不准卖，说明这就是违法。他生气了，说："就算是镇供销社规定的，那你也得遵守。史小军这人靠不住，整天想东想西的，总想天上掉馅饼，这可能吗？我不知说过你多少次了，别跟他混在一起，你就是不信。现在好了，你给他打工，他的化肥都被没收了，他还哪来钱付你工资，还害得你家都不敢回，这值吗？"

王大虎想，父亲当时又没在现场，他怎么知道得这么仔细，是不是这事在村里传开了，或者有人听到什么消息，他赶忙问道："爸，你说什么，我真要被抓去派出所呀？"

王生地也只是听到一些闲言碎语，有的说得很严重，有的却说没什么大事，他也不知道这事到底有多严重，不知怎么回答，只说："先吃饭，把饭吃饱了才是真。”

王大虎想也是，不管天大的事，总得把饭吃饱，饿死不如饱死，他又端起饭吃起来，边吃边说：“是的，是刘吉祥带人来的，说要把我送去镇派出所。”

王生地大声说：“这就对了。”

王大虎吃完饭，把碗筷放进竹筐里，问道：“爸，你说什么，啥对了？”

王生地点燃一支烟抽起来，他没有马上回答，好像不知怎么说，或者想该怎么说，说出来会不会让王大虎为此难过。他抽着烟，低着头沉默着。

王大虎问道：“爸，你刚才说什么呢，啥对了，你快说吧。”

王生地抬头看了看王大虎，说：“大虎，镇供销社的人是刘吉祥带来的，对吧？陆萍就是嫁给了刘吉祥，陆萍以前和你的事，是不是被刘吉祥知道了？你想，一个男人知道自己的老婆以前和你有关系，他心里会怎么想？这次，他是不是想借这个事，来有意公报私仇？”

王大虎听后，觉得有这种可能，不说刘吉祥，就是他也是这样的心情，那人要不是刘吉祥，他肯定不会用扁担去打人。这化肥被没收了，也不关他的事，说白了他是给史小军打工，大不了他不要工资就是了，还能追究他什么责任？他说：“就是，都怪那个刘吉祥，要不是他，我还能出手打人吗？”

王生地没有在现场，也不知道具体情况，他只听说了一些，只知道他们不该私自销售化肥，哪知王大虎还出手打人，他大声说：“什么，你还出手打人了？”

王大虎点头说：“是的，我用扁担打了刘吉祥。”

王生地听后，知道事情严重了，他一下站起来，生气地说：“你还用扁担打了刘吉祥，把他打成啥样了？你也是，化肥又不是你的，没收了就算了，你打什么人呀，这不是没事找事吗？”

王大虎现在回想起来，确实是他太冲动了，不应该出手打刘吉祥。不管陆萍过去和他再好，现在她已嫁给刘吉祥了，再打刘吉祥又有什么用？他说：“他躲闪得快，没打着他。”

王生地这下大大松了口气说："万幸，真是万幸呀！要是真把人家打死打伤了，我看你早就被派出所的人抓去了。"

王大虎这下生气了，大声说："我还真后悔没打着他，算他运气好，我还巴不得打死他才解气。"

王生地赶忙叫住他，说："你说这么大声干吗，怕全村人听不见呀？我知道你心里一直解不开这个结。现在陆萍已嫁给他了，你就是把刘吉祥打死，陆萍还能回来再嫁给你？"

王大虎觉得父亲说得有道理，他低下头说："现在，我该怎么办？"

王生地说："走吧，回家去，天都黑这么久了，估计今晚没事了。"

王大虎仍有些担心地问道："我回家去，万一派出所的人来抓我，又怎么办？"

王生地大声说："你如真犯了法，躲得掉吗？"

王大虎想了想，便跟着父亲回到家里。

其实，这事陆萍也听说了，她不知王大虎怎么这样鲁莽，化肥被没收了就算了，还出手打人，这下把事闹大了。当晚刘吉祥没回家吃饭，说是在外面吃了回来，她盼着刘吉祥早点儿回来，好把这事问个清楚。她突然想到，刘吉祥去没收化肥，王大虎用扁担打他，他们这场风波，可能就是因她而起。

要是以前，陆萍的服装店关了门后，她吃了晚饭还会到街上走走，晚上的街上虽比不上县城那么热闹，但比起乡下还是好玩多了，三三两两散步的，也有一些在空坝上锻炼身体的，还有街边卖唱的，让小镇的夜晚别有风味。

可陆萍今晚没有出去逛街，也没有心情看电视，她在屋里等着刘吉祥回来，好问清楚这事。等了好一阵儿，刘吉祥终于回来了，他却喝得醉醉的，走起路来也摇摇晃晃的，一进屋就差点儿摔倒了。陆萍赶忙走过去把他扶到椅子上坐下，又去给他倒了一杯水来，说："你怎么又喝酒了，你天天都喝得这么醉，会伤身体的，喝点儿水吧。"

刘吉祥接过茶杯，喝了口水，说："今天呀，我高兴，今晚是我请客，特地请兄弟们喝酒。"

陆萍似乎听出刘吉祥说这话的意思，便问道："你说啥，你今天高兴，为啥高兴呢？”

刘吉祥虽然喝得醉醉的，但似乎头脑还清醒，说：“今天下午，我们去长河村查处私自销售化肥一事，你猜，这化肥是谁的？”

陆萍已听说了，可她却装着不知道，问道：“是谁的？”

刘吉祥说：“是王大虎他们的，本来是去制止他们别再私自销售化肥了，按我们供销社的规定，化肥只能由镇供销社销售，可我去了才知道，是王大虎他们开的销售点，我立即决定没收他们的化肥，要是换了别人的，我们可以没收一半或者不没收……”

陆萍听后十分生气，她大声说：“你为什么不严格按规定办事，不准他们销售化肥就行了，为什么给他们没收了？你给人家全部没收了，他们要损失多少钱？”

刘吉祥哈哈大笑道：“我就是要让王大虎背一身的债，一辈子都翻不了身。”

陆萍生气了，说：“你这不是有意坑人家吗？那我问你，他和你有什么仇，又有啥地方得罪你了？”

刘吉祥大声说：“他以前和你的事，以为我不知道呀？我要让他知道，我也不是好惹的，让他从此对你死了这条心。”

第七章　后　悔

1

这个时候，陆萍最担心的是王大虎，虽然她与王大虎分手了，但她心里仍放不下他，在她寂寞的时候，会时不时地想起他。有时她独坐月下凝视远方，她的眼前会划过他的身影，当她走进甜美的梦乡时，会看到他就在梦的路口等着，或许有很多话她只能藏心里，但想想也是一种快乐。也许是习惯了，没事时她想着从前的时光，在那月光如水的夜晚，让淡淡的夜曲如流苏般弥漫，放飞心绪，她可以像小鸟般自由飞翔。

可现在她已嫁人了，她只能面对现实。王大虎的事，正如陆萍预感的那样，刘吉祥是在假公济私，发泄心中对王大虎的怨恨，这有点儿出乎她的想象。她以为刘吉祥知书识理，又是镇供销社的正式职工，也是明事理的人，哪知他却心胸狭窄，暗中吃起醋来，让她无法理解。她说："那我问你，你这样做是不是太过分了？"

刘吉祥似乎酒已醒了许多，他站起来大声说："你说我过分了，王大虎用扁担打我，看他打人的样子十分凶狠，是要把我往死里打，他不过分吗？"

陆萍听后很吃惊，这事她也只是听一个从乡下来镇上买东西的人说的，具体情况她也不清楚，本以为只是因为没收了他们的化肥，他们之间发生了争吵，哪知还动手打架。她问道："什么，你们还打架，你们把王大虎打得怎样了？"

刘吉祥听后十分生气，他用手指着陆萍说："我还真没看出来，你都嫁给我了，还在想着王大虎。听说我和王大虎打架了，你却没问我伤到没有，反而担心起王大虎来，你……"

陆萍知道其中的原因，打断刘吉祥的话，大声说："你别误会，你们去了这么多人，王大虎一个人能打得过你们吗？再说了，我现在都嫁给你了，我和王大虎还有啥关系呢？"

陆萍一口一个王大虎，让刘吉祥越听心里越不舒服，他大声说："够了，你一提起王大虎我就心烦，他出手打人，妨碍我们执法，得把他送去派出所，不关他几天，他还不知道我的厉害。"

陆萍听刘吉祥说这话的语气，好像他与王大虎有不共戴天之仇，她知道，不管她怎么说，他也不会信她的，更不管她怎么解释，他一时也解不开心中这个结。她缓和了一下语气，说："那你把他送去派出所了吗？"

刘吉祥越说越来劲，巴不得把王大虎抓起来关几天才甘心。他说："要不是他跑得快，看我不把他送去镇派出所才怪。"

陆萍听后大大松了口气，她听明白了，王大虎跑走了，她赶忙过去扶刘吉祥，说："好了，你喝了这么多酒，去睡觉吧。"

陆萍把刘吉祥扶到床上，去打了盆水来给他洗了脸和脚，她也上床睡觉了。现在她心里那块石头落地了，只要王大虎没事就好了。

刘吉祥一把抱住陆萍，想和她干那事，可陆萍却推开他，说："没心情，你好好睡觉吧。"

说罢，陆萍转过身去睡。刘吉祥说："我知道，因为没收了王大虎的化肥，你心里不高兴，告诉你，我明天还要去镇派出所报案，告王大虎暴力妨碍我们执行公务，必须治他的罪。"

陆萍十分生气，说："刘吉祥，你还有完没完，你没收了人家的化肥也就算了，还找各种理由害人家，王大虎惹你什么了？再说，他们卖化肥，又犯什么法了，人家是靠劳动挣钱，这还有错？"

刘吉祥一下坐起来，更加生气，用手指着陆萍，说："我就知道你放不下王大虎，那你当初为啥不嫁给他，而嫁给我？本来我想这事就这样算了，没想到你还这么护着他，那明天我非去镇派出所告他不可。"

陆萍也坐起来，气急了，说："你……真是不可理喻，平白无故捡个绿帽子来戴，你不怕人笑话吗？"

说罢，陆萍下床，刘吉祥一把拉住她，问道："这么晚了，你想去哪儿？"

陆萍披上衣服，说："我去哪儿，不要你管。"

刘吉祥大笑一声，说："你是想去找王大虎吧。他跑了，你担心他，你怕他在山上被狼吃了，还是怕他被老虎咬了？"

陆萍气得不知怎么说了，大声骂道："你……简直不是人。"

刘吉祥见陆萍真要出去，下床去拉住她，硬把她抱到床上，就去脱她的衣服，然后扑了上去。他说："我看你走，你走呀，你是要去找王大虎吗，你去找呀……"

刘吉祥发泄完后，感到很满足，说："我知道你还在担心王大虎，现在我想好了，看在你的面子上，不再去派出所告他了。"

听刘吉祥这样说，陆萍心情一下子好了许多，她转过身去问道："真的？你再也不去派出所告王大虎了，这就是说，王大虎没事了？"

刘吉祥说："当然，我们不再去派出所告他了，他还能有什么事，这下你开心了吧？"

陆萍没出声，只要王大虎没事了，她心里也不再担心了。可陆萍却怎么也睡不着，虽然她听刘吉祥说不去派出所告王大虎了，但她知道王大虎逃走了，依她对王大虎的了解，他这人平时老实本分，也从没去闹过事，突然遇到这事，就是派出所不抓他，也会把他吓坏的。

王大虎不可能为这事逃去广东深圳吧，他从没去过那么远的地方，肯定不可能走那么远。那他又会去哪儿？会不会就躲在她屋后的那片林子里呢？这是秋天，晚上在外面躲着不算冷，待上一阵儿还没啥，要是他真在那儿待上一晚上，或者几天几夜，那种日子可以想象，不知他怎么熬得过。林子里蚊子多，不把他咬坏才怪，他怎么这么傻呀，这不是自己害自己吗？

陆萍越想越睡不着，在床上翻来覆去。可身边的刘吉祥却睡得很香，还打着呼噜，这更让她睡意全无，陆萍就这样在床上折腾了一晚上。

第二天一早，陆萍以回娘家看父母为由，叫婆婆给她守一天服装店，她便回乡下娘家了。陆萍没有直接进娘家屋，而是去到屋后那片林子里，她的直觉告诉她王大虎就在那里。

果然不出陆萍的意料，王大虎真的在那林子里，当他听见有人走进林子，转身就跑。陆萍大声叫道："大虎，你别跑，是我。"

王大虎听见陆萍的叫声站住了，没有回头，他知道昨天就是她男人刘吉祥带人来没收他们化肥的，而他打的也是她男人，说不定是刘吉祥使的计，让陆萍出面引他出去，好把他抓去镇派出所。他回头看了看陆萍，转身又跑。

陆萍追了上去，王大虎跑了一阵，快跑出林子了，他觉得好像后面除了陆萍，没有其他人追过来，他站住了，大声说："陆萍，你来干什么？"

陆萍跑得上气不接下气，说："大虎，没人来追你，你跑什么呀？"

王大虎指着她说："你不是在追我吗？"

陆萍笑了，说："大虎，我不是来追你，我是来告诉你，你不用怕了，刘吉祥说他们不去派出所告你了，你现在没事了。"

王大虎看着陆萍，似乎不相信，说："什么，刘吉祥不去派出所告我了？陆萍，你别骗我了，刘吉祥他能不去告我？"

2

陆萍知道王大虎的脾气，这个时候她再说什么，他都不会再相信她了，他是把对刘吉祥的恨记在她头上了。她想，反正她也把这事告诉他了，信不信由他。

陆萍只好转身往回走，当她穿过那片林子，来到她以前和王大虎约会的地方时，她站住了，许多以前的往事浮现在眼前。这片林子，位于她老家屋后面，小时候她也经常和小伙伴来这里玩，在里面捉迷藏，打打闹闹，这里留下了她童年时美好的记忆。长大后，她和王大虎经常来这里约会，在这里留下了她甜蜜的青春梦想。现在她又来到这片林子里，这是秋天了，满地的落叶勾起了她的往事。她捡起一片叶子，满是温暖的脉络，季节染成的黄色，泛映着岁月的斑驳，那些燃烧的惆怅游走在指缝间。总有那么一片落叶让她不知如何取舍，握在心里，怕它孤寂，因为它的归宿是深爱它的土地，舍去或许会释然淡定，她只能把那份爱深深地印在脉络里，好好珍藏在心中。

这时，陆萍好想大哭一场，但她很快就控制住了情绪。她现在已嫁人了，是有夫之妇了，那过去的事再美好，也都成了过去。突然，她听见有人走过来了，她感觉到那个人就是王大虎。她回头看了看，果真是王大虎，她高兴地叫道："大虎，你终于相信我说的话了。"

王大虎却远远地站着，没有走近她，他看了看陆萍，问道："刘吉祥真不去派出所告我了？"

陆萍看王大虎那担心的样子，笑着说："大虎，你怎么还不相信我呢，我会骗你吗？刘吉祥亲口告诉我的，他不再去镇派出所告你了，你没事了。"

王大虎这才相信了，可他仍没走过去，还是远远地站在那儿，他说："谢谢你，陆萍，都怪我一时冲动，才惹下这么大的祸。我知道，这一定是你在帮我，刘吉祥才不去告我的……"

她笑了，说："不是的，大虎，你别多想，哪里是我帮忙，本来你这事就不算啥事，镇供销社把你们的化肥没收了，这事就算处理好了。"

王大虎大声说："都怪那个史小军，我把红砖厂的工作辞了，本来想去深圳打工，他却硬要我去帮他卖化肥，说每月给我三十元工资。早知这样，我还不如去深圳打工，他的化肥都被没收了，他还在泸州化工厂欠了账，说好卖了化肥再付钱，现在他去哪儿拿那么多钱来付，别说付我的工资了。"

陆萍听明白了，王大虎是给史小军打工，不是他和史小军合伙卖化肥，她大大松了口气，说："哦，原来是这样，我还在担心你们的化肥被没收了，你会欠下一大笔债，我还在想……先支持你一点儿钱，去把欠账还些。"

王大虎听后，吃惊地问道："陆萍，你说什么，你今天不只是来告诉我刘吉祥不去告我了，还给我送钱来让我还账？"

陆萍是真心想帮王大虎的，她知道他家穷，肯定一时也拿不出这么多钱来。她从包里拿出一沓钱，说："是的，这钱是我带来的。大虎，你如果还想去做点儿别的什么小生意，你就先拿去吧，虽然这点儿钱不多，但我想也够你起个本了，我是发自心底想帮你一把。"

王大虎笑了，他有些感动，本以为陆萍出嫁了，他们也分手了，她就不再关心他了，哪知她还是像以前那样，对他一样的好。他说："不用了，陆萍，钱你拿回去吧，我经历了这件事，也知道我不是做生意的料，我准备过几天就出去打工，老老实实挣点儿下力钱算了。"

这时，常春春来了，她见陆萍也在这里，虽然他们站得远远的，但还是听见他们亲切的谈话，她有点儿不高兴了，便说："哟，你们俩这是……我会不会打扰你们呢？"

陆萍和常春春是好朋友，以前她俩无话不说，啥高兴或不高兴的事都说，谁也不计较什么。自从陆萍嫁到街上后，仿佛变成另外一个人了，别说王大虎见了她就躲，常春春也与她远了很多。她说："春春，你别误会，我今天是回娘家，在这里碰见了大虎，所以才找他说了几句话。"

先前，王大虎还站得远远的，可常春春来了，他觉得这里不只是他和陆萍俩人了，就走了过来。他问道："春春，你今天怎么没去红砖厂上班呀？"

常春春大声说："去了，但我又回来了。"

王大虎没听明白，问道："是厂里没活干了，还是怎么了，你去厂里上班，现在还不到下班的时候，你怎么又回来了？"

不知是因为看到他和陆萍在这里亲热地说话，还是她真有什么事，常春春有些不高兴了，她有点儿不想再理他，可她还是没走，仍站在那里，大声说："我都是为了你，才请假回来的。"

王大虎越听越不明白，常春春在厂里不上班，与他有何关系，他已辞了红砖厂的工作了，便说："那你说说，到底是为啥事？"

常春春说："我知道你出事了，也知道你怕派出所的人来抓你，躲在这山上的林子里，我今天去厂里上班，托一个工友去镇派出所打听，镇派出所的一名警察是他的表兄，他帮着问了问你这事，说派出所没接到这个报案，再说这违规销售化肥，只能是违规，不是什么犯法，最多把化肥没收。所以，我回来告诉你，你没事了，不用躲了。”

王大虎一点儿也不感到意外，说：“你专门从厂里请假回来，就是为了告诉我这个呀？”

常春春见王大虎听后不以为然的样子，就说：“对呀。我专门回来告诉你，你还不高兴呀？”

王大虎说：“哦，这个呀，陆萍刚才告诉我了。”

常春春听了很不高兴，说：“大虎，你一口一个陆萍，你要明白，人家现在已嫁人了，是有夫之妇了。”

陆萍见状，也不好再说什么。她知道常春春也一直喜欢王大虎，以前是看在她和王大虎相好的分儿上，常春春一直藏在心底，从没说出来，现在她结婚了，常春春对王大虎好，也是合情合理的。

陆萍只好说：“春春，你陪大虎聊聊吧，我还有事，先走了。”

说罢，陆萍转身走了，王大虎心里是想陆萍陪他说说话，虽然她已结婚了，但他们也曾经相恋了好几年，心中似乎还有许多话想对她说，可又不知道怎么说，或者说什么。他说：“那好，我也该回家了。”

常春春明白，王大虎是想和陆萍一起走，这个王大虎简直不知好歹，陆萍都结婚了，他还对她放不下，但那又有用吗，她难道还能离了婚再嫁给他？常春春一把拉住王大虎，说：“大虎，我不知怎么说你，陆萍是回娘家，难道你还要跟着她回她娘家？”

王大虎站住了，说：“春春，你怎么这样说呢，她回娘家关我啥事，你不是告诉我现在没事了，那我也该回家了。”

常春春轻声说：“大虎，我为了你，专门从厂里请假回来告诉你这事，没有功劳也有苦劳吧，我就这么让你讨厌吗？”

王大虎听常春春这样说，站住了，说实在的，他也感觉到她对他好，不只是现在才感觉到的，而是以前就明白她喜欢他，那时他身边有陆萍，他没有在乎她，现在陆萍已结婚了，他与陆萍再也不可能了。常春春为了他，托人去派出所打听消息，还专门请假回来告诉他，这说明她是真心对他好，也愿意为他做任何事。他这样做，是不是有点儿伤她的心？可他还是不知该对她说什么，也不是他不会说那些让女孩子开心的话，只是他无法说出口。他说：“谢谢你，春春。”

常春春见陆萍走了，心想这也是一个难得的机会，又是在山上的林子里，她为了他专门请假回来，不说他得感谢她，至少也得陪她在这里坐会儿。她说："大虎，你现在没事了，又可以去找事干了。"

王大虎想了一下，说："红砖厂的工作我也辞了，又去哪儿找事干呢？"

常春春赶忙说："昨天，我碰见生产车间刘主任，他还问起你的情况，他的意思是你如果没找到事干，还想回红砖厂上班，厂里随时欢迎你去。"

王大虎一听，有点儿不高兴了，他抽出手说："什么，春春，你把我的事告诉厂里刘主任了，你怎么能这样呢，我卖化肥出了事，刘主任也知道了？"

常春春见王大虎对这事这么敏感，笑了，说："大虎，你别紧张嘛，再怎么说我也没那么傻，说得说不得的都说吧？告诉你，我啥也没说，这下放心了吧？"

王大虎听后笑了，说："春春，你说的是真的，刘主任又叫我回厂里去上班？"

常春春说："是的，刘主任是这么说的。"

王大虎想了一下，记得那天他辞工时，刘主任一劝再劝他别辞工，是他没听劝，坚持要辞工的。现在没找到事干了，又回去上班，就是刘主任不说什么，工友们不知怎么看他。他说："我不回厂里上班了，别人会笑话我的，我还是去深圳打工好些。"

常春春赶忙说："大虎，你要去深圳打工，你决定了吗？"

王大虎说："是的。"

常春春又一把拉住王大虎的手，十分亲切地说："大虎，你什么时候走，告诉我一声，我也把工辞了和你一起去深圳。我前些年在深圳打过工，那里我熟悉。"

王大虎听后，赶忙说："别，你别辞工，我还没决定呢。"

常春春生气了，说："王大虎，你是不是不想我跟你一起出去？告诉你，你不要我和你一起，有人还巴不得叫我跟着他呢。"

3

这天下午，王大虎扛着锄头去地里除草，在路上碰到陆大奎，看样子他又去哪儿喝了酒。现在土地承包到户了，他这个队长虽然没有以前那么大的权力，整天安排这个做什么那个做什么的，但村民还是有些这样那样的事找他办，比如哪家要修房子批房基地，哪家要嫁个女或娶个媳妇转户口，也得通过他签字盖章才行，表面上看他这个队长就是闲职一个，实际上他一样地忙来忙去。

因为听了陆大奎那些话他才放弃与陆萍私奔，没想到陆大奎鬼点子这么多，几句话就把他给算计了，现在想来真后悔，要是他不听他的话，下决心和陆萍私奔，陆萍还能嫁给刘吉祥吗？王大虎真不想见到他，便赶紧往旁边走，想躲开他，哪知陆大奎叫道："王大虎，你的地在这边，你往那边走啥？你是有意躲我吧，我又不吃人，你怕我干啥？"

王大虎听见叫声，站住了，也没有回头，更没有回答。

陆大奎又大声叫道："王大虎，你听见没有，我在叫你呢！你过来呀，我有话给你说。"

王大虎想，这个陆大奎叫他肯定没啥好事，自己已吃他一回亏了，还能再信他吗？再怎么说，他也算计不过陆大奎，陆大奎是队长怎么了，土地承包到户了，又不像以前那样，靠在队上挣工分分粮食，还怕陆大奎干啥？他说："我哪有时间听你说话，我还有事。"

说罢，王大虎又往前走。陆大奎大声说："那好，你不想听就算了，到时你别后悔哟。"

王大虎觉得不对，陆大奎今天好像真有事，不管怎么说，他想听听陆大奎到底说什么。他站住了，回过头来问道："那你说吧，有啥事？"

陆大奎嘿嘿一笑，说："你站这么远我还怎么说，你是想让全队的人听见呀？告诉你，这事得保密。"

王大虎只好走了回来，站在陆大奎跟前，说："这里没其他人了，你说吧。"

陆大奎喝得脸红红的，看起来有些醉了，可从他的话中，听得出还是清醒的。在王大虎的印象中，陆大奎自从当队长以来，很多时候都是喝成这样，而他喝了酒，似乎才有激情，在开队会时，他要喝了酒说起话来才没完没了，在解决问题时，只有喝了酒才发得起脾气，只要他一顿骂，啥事都解决了。

陆大奎问道："王大虎，我听说你已把红砖厂的工作辞了？"

王大虎说："对。"

陆大奎叹息一声说："你在红砖厂干得好好的，把工作辞了干啥？现在找个事情干多不容易，我不知你是怎么想的，有了工作不好好珍惜，现在后悔了吧？"

王大虎只想听陆大奎说事，他哪里想听陆大奎说这些，他辞工为啥，还不是想和陆萍一起走，怪陆大奎几句话就让他上了套，不但没有和陆萍私奔，反而还失去了工作。他生气了，大声说："队长，你叫我来到底有啥事，快说吧。"

陆大奎见王大虎有些着急了，笑了，说："年轻人，性格别这么急嘛，你看你，前几天差点儿惹下大祸了，平时看你很老实，怎么会干出那种傻事呢？我也年轻过，我也理解你当时的心情，可就是这个急性子惹的祸。"

这个陆大奎喝了酒就这样，不管说啥事都先是天南地北扯一通。王大虎哪有耐心听他说这些，赶忙说："那好，你不说我就走了，我还得去干活呢。"

陆大奎见王大虎真要走了，赶忙说："好，我说。王大虎，你以前不是想承包队上的那个鱼塘吗？现在土地承包到户了，还有一个鱼塘和一个果园，我也打算承包出去。你想呀，土地承包到户后，大家都种得很好，不但粮食产得多，而且有的还种经济作物增了收。这个鱼塘和果园，如果也承包出去，可以最大化发挥作用，让这鱼塘和果园也效益最大化。我问你，你愿意承包鱼塘或果园吗？"

王大虎似乎对队上的果园不感兴趣，他就是想承包鱼塘，虽然他没有学过养鱼技术，但他偏偏对养鱼感兴趣。他想了想，问道："这个鱼塘怎么承包？"

陆大奎见王大虎对鱼塘感兴趣，想了一下说："说句心里话，我今天找你，就是想征求你的意见，如果你愿意承包这鱼塘，我每年可以少收你点儿承包费。"

王大虎睁大眼睛，他不理解陆大奎说这话的意思，可他知道这鱼塘水源好，而且塘面宽。在集体时，每年过年从这鱼塘里打起鱼来，每家都能分到几斤。土地承包后，队上请了一个人管理鱼塘，好像卖那点儿鱼还不够付人家工资。他说："如果我承包这鱼塘，每年交队上多少钱？"

陆大奎似乎早已算好了，说："我们初定承包鱼塘的人，每年交队上五百元承包费。不过，如果你承包，可以少交一百元，就只交四百元。"

王大虎不明白陆大奎的意思，他看了看陆大奎，问道："这是为啥，别人承包每年交五百元承包费，我承包为啥只交四百元呢？"

陆大奎叹息一声，有些不高兴了，他觉得王大虎不应该问这个，有些话他不知道怎么给王大虎说，但看王大虎傻里傻气的样子，又好气又好笑，便说："王大虎，你傻呀，我少收你一百元承包费，你还要问个为什么，我实话告诉你，我是看在你以前和陆萍好过，而且最关键的时刻，你能为陆萍的未来着想，主动与陆萍分手，我从心底里感激你，也更觉得是欠你的。所以，我想把这鱼塘承包给你，明白吗？"

陆大奎不提这事还好，一提起这事让王大虎更生气了，他很想骂陆大奎几句，以发泄一下心中的气愤。但陆大奎毕竟是队长，又是陆萍的父亲，他话到嘴边没有骂出来，大声说："这鱼塘，我不承包了。"

说罢，王大虎转身就走。陆大奎一时还没反应过来，他见王大虎转身走了，大声说："王大虎，你可要考虑好哟，过了这个村就没有这个店了。"

不知怎么的，王大虎先前还好好的，可他听了陆大奎这番话后，却不开心起来，按理说陆大奎也是一番好意，劝他承包鱼塘，而且还少收他的承包费，完全是在关照他，可他为什么就转不过这个弯，总觉得心里不舒服呢？

不高兴归不高兴，活还得干。王大虎去到坡上的土里，土里刚收了苞谷，得把土里的草除了再施上肥，让红苕好长，他便一个劲儿地干活。虽是下午，太阳也被大山挡住，但还是很热，干了一会儿，他的全身就被汗水打湿了。他用毛巾擦了擦汗，又继续干活。

这时，史小军来了，王大虎吃惊地问道："小军，你怎么来了，你不是跑去深圳了吗？"

史小军一副垂头丧气的样子，深深地叹息一声，说："我是想去深圳，可现在没本钱了，去深圳还能干啥，又去打工，那多没面子。"

王大虎也放下锄头走了出来，站在史小军身边，说："是呀，这一车化肥被没收了，得损失多少钱呀？"

史小军说："这一车化肥，本来我可以挣一百多元，可这下惨了，不但没赚到钱，反而还损失五百多元。你是知道的，这车化肥我还是欠账，由吴科长担保，才把化肥运回来，说好卖了就付钱给他，现在化肥没有了，我拿什么付给他呢？"

王大虎听后也着急，他劝道："小军，你别急，总有办法的，你慢慢地挣钱来付就是。"

史小军说："大虎，再怎么说这车化肥也是我俩一起去泸州运回来的，现在化肥被没收了，这也不光是我一个人的责任吧，这欠下的账应由我们共同来还。"

王大虎听后急了，没想到史小军会来这一手，他是帮史小军打工的，现在化肥被没收了，史小军倒把他赖上了。他大声说："什么，小军，你这人不地道吧，你是老板，我是帮你打工的，你赚钱亏本是你的事，关我啥事呢？还有，你还没有付我工资呢。"

史小军听后十分生气，他用手指着王大虎，说："什么，你还要我付你工资，我看你就是想钱想疯了。"

王大虎见史小军翻脸不认人了，也大声说："我帮你干了活，你就得付我工资，这是天经地义的事。"

史小军说："你等着，这欠下的化肥钱，我们一人一半，你不认也得认。我不会向你要的，总有人会来找你的。"

第八章　承　　包

1

王大虎没想到，他给史小军打工，以为找到一个好工作，不像在红砖厂里天天干那么重的活，这活轻松又体面。哪知，史小军私自销售化肥不合规，化肥被没收亏了本，把他也连累进去了。

按史小军的说法，这损失五百多元，就算一人一半他也得赔二百五十元，这二百五十元对于他来说就是天文数字，他去哪儿拿这么多钱来赔呢？不对，他只是给史小军打工的，赔了本关他啥事，他一点儿责任也没有，更别说要他赔钱了。相反地，他还要找史小军付他这几天的工资，哪怕只有几天，也得向他要。

晚上，王生地有些不高兴的样子，他没喝酒也没说话，却时不时看着王大虎。王大虎心想，父亲今晚怎么了，是不是听到史小军要他赔化肥钱的事了，要真是这样，那不把父亲气死才怪。他想干脆给父亲把这事说了，可他又觉得不能说，万一父亲不是为这事，或者说父亲根本就不知道，那不是没事找事吗？

过了好一会儿，王生地说："大虎，我不知怎么说你，你在镇上红砖厂干得好好的，怎么就把工作辞了？你现在明白了吧，工作是这么好找的吗？你去帮史小军打工，不但工资没得到，还差点儿进了派出所，我早就说过，这个史小军靠不住，以后离他远点儿，你怎么算也算不过他。说不定他把你卖了，你还帮他数钱呢。"

以前王大虎还不知道，通过这次他也认识到了，史小军确实像父亲说的那样，又奸又滑，说话一点儿也算不了数，一般人是算不过他的。他说："知道了，放心吧，我以后再也不和他打交道了。"

父亲吃了一会儿饭，又说："大虎，我认为你以后不管干什么事都得用脑子想想，别总是去想那些不切实际的东西，比如陆萍，我以前不止一次给你说，你们在一起是不可能的，结果怎样？害得你工作丢了，人也没得到……"

听父亲说起陆萍，王大虎生气了，他说："爸，你还有完没完，老是提那些干啥，我都烦死了。"

吴良贤赶忙说："他爸，你别再说这些事了，陆萍已嫁人了，难道我儿子还找不到老婆，好姑娘多的是。"

王生地没听妻子的劝，仍继续说："比陆萍好的姑娘确实多，但人家能看上他？现在村里那些年轻人，不是出去打工，就是摆摊做生意，哪个没挣钱，哪个像他，整天待在家里。土地承包了，我们家那点儿地，就是把土地翻过来，也挖不出个金娃娃来。"

王大虎再也听不下去了，放下碗，起身说："这饭没法吃了，我不吃了。"说罢，他就走了出去。

没走多远，碰见了常春春，他问道："春春，你去哪儿？"

常春春没想到会在这儿遇到他，说："我来找你呀，怎么，不欢迎？"

本来王大虎想叫常春春去家里坐坐，可刚才见父亲生气的样子，估计现在父亲的气还没有消，这时把常春春叫进去，父亲当着她的面，又说个没完没了，那岂不是让他一点儿面子也没有？他问道："那你找我有事？"

常春春看了看王大虎，笑了，说："我没事就不能来找你呀？"

王大虎明白常春春说这话的意思，她可能也没事，是专门来找他玩的。自从陆萍结婚后，常春春就对他展开了追求，并毫无掩饰地表露出她喜欢他，尽管他心里还没完全放下陆萍，可毕竟陆萍已为人妻，他俩再也不可能了，也只能面对现实。他说："正好，我也刚吃了饭，反正没事，我们出去走走吧。"

常春春想进屋里坐坐，听王大虎这么说，便说："大虎，你就这么怕你父母见到我呀？”

王大虎赶忙说：“不是，春春，你别多想，外面空气好些，还有我们说话也自由得多嘛。”

他们来到小河边，王大虎说：“这小河真美，春春，我们在这里坐会儿吧。”

王大虎在一棵柳树下坐下，常春春也在他身边坐下了，她感觉很激动。缘分真的是一件很奇怪的东西，在不经意间偷偷地溜走了，又悄悄地向她走来。她似乎对村里的小伙子都是那么不屑一顾，不知什么时候被他的眼神灼伤，她在心里就悄悄地喜欢上他了。当她每次握住他的手时，她好有安全感，心里一股暖流划过她的心房，好像从未有过的急促的心跳再一次加快，她对他有一种直觉，总觉得他们之间会发生什么，可她却不好主动说出来，只好等他开口。

坐了好一阵，王大虎问道：“春春，这段时间厂里忙不？”

常春春不高兴了，没想到王大虎闷了半天，却只说出这样的话，他是不是真傻，或者是他在装傻。她想了想，以她对他的了解，只要他能陪她这样坐坐也不错了。她缓和了一下情绪，说：“大虎，告诉你吧，我被厂里提拔为统计员了，每月拿厂里固定工资，不在车间干活了，每天只负责各组生产的产量，还有对销售出去的砖进行统计，属于厂里的管理人员了。”

王大虎听后很高兴，说：“真的呀，春春，真看不出，你还有这种本事，你真行，祝贺你。”

常春春说：“对呀，这个用大家的话说，是吃厂里的‘皇粮’了，不知有多少人争，我都没想到这样的好事竟然落到我头上。大虎，要是你不辞工，我想你会发展得更好的。”

王大虎觉得常春春说的是真的，他在厂里干活也不比别人差，车间还提拔他当组长，只要他认真干，也会像常春春那样，被提拔为厂里的管理人员。但现在他辞工了，那些只能想想而已，绝不可能了，他说：“唉，我已辞工了，现在不想这个了。”

常春春见王大虎一脸失落的样子，一把拉住他的手，说：“大虎，你也该去找点儿事干了，你打算干什么呢？”

王大虎摇了摇头，心里很烦的样子，说：“我父亲每天都吵我，要我去找点儿事干，老是待在家里没出息，可我每天都去地里干活呀，但父亲说我就是把土地翻过来，也挖不出一个金娃娃来。”

常春春紧紧握着他的手，似乎在给他安慰，或许是想表达对他的爱。她说：“大虎，你也别急，慢慢地来，一切都会好起来的，我知道你不管干哪样活都行，还怕找不到事干吗？”

王大虎心里确实很烦，他不知道自己以后干什么，也不可能一辈子这样待在家里，可他就是找不到合适的事干。更主要的是，史小军要他赔化肥钱，这事让他心里更烦了。他抽出手，说：“我不是因为找不到事干心烦，而是为其他事烦透了，对父亲我又不能说，只能憋在心里，你说我还会有好心情吗？”

常春春不知道王大虎最近遇到啥事了，听他这么说，看出了他是真有事，便问道：“大虎，你最近遇到啥事了？不就是你打人的事，刘吉祥没有去派出所告你，他们把化肥没收了，你就没事了，你还在担心这事？”

王大虎说：“不是这事。”

常春春问道：“那又是啥事呢？你告诉我，就是有天大的事，我也会帮你想办法的。”

王大虎不知怎么说，但他又好想说出来，憋在心里确实让他太难受了，哪怕常春春帮不了他什么忙，但只要说出来了，他心里也许会好受些。他说：“春春，你知道，我是给史小军打工的，说好的他是老板，我帮他做事，他每月给我三十元工资。”

常春春说：“对呀，我听你说过，怎么了？”

王大虎越说越生气，他一下站起来，大声说：“这个史小军就是个无赖，就是一个小人，这次他的化肥被镇供销社没收了，损失了五百多元，他却说要我赔一半，你说天底下哪有这个道理？”

常春春听后也觉得这事不合理，史小军是老板，他请王大虎去帮他打工，他赚钱亏本是他自己的事，怎么还要王大虎承担责任呢？她说：“史小军怎么能这样呢？你是给他打工，他亏了本还要你出一半，简直太过分了。”

王大虎说："他还说，如果我不付给他一半的钱，他不会让我好过。你说，我现在该怎么办，我又去哪儿拿这么多钱来付他？"

常春春见王大虎为这事十分着急，她站起来，又拉着王大虎的手，轻声说："大虎，这事你别急，你也别管他，这是史小军欺你老实，谅他也不敢对你怎样的。"

王大虎听常春春这样说，他想也是，本来这事与他无关，谅史小军也不敢把他怎样，便说："春春，你也认为这损失的钱我不应该赔，是吧？"

常春春紧紧握着王大虎的手，十分肯定地说："对，一分也不应该赔。"

2

这天，队长陆大奎召集全队社员开会，说实在的，自从土地承包到户后，这样的社员大会就很少开了。

要是以前在土地没承包到户时，这样的会是经常召开的。开春后，是农活最多的时候，会也开得最勤，需要安排春耕播种。收割完小麦和打完谷子，这会开得更勤了，送公粮和分粮食最为关键，有时这会天天开，直到把国家的公粮交了，还有把粮食分到各家各户才算完事。只有冬天，活相对就少些，会就开得少了，每天就是干些刨粪、送粪、除草等闲活。

这时，大家都来到队上的晒坝里。尽管通知开会时，没说具体开会的内容，但好久没召集全队社员开个会了，平日里大家都在家各忙各的，很少这样坐在一起聊聊天，不管开什么会，大家还是准时参加。

农村的多数男人都会抽烟，有含小烟袋的，有叼喇叭筒的，也有抽烟卷的。烟的品种不同，似乎一个比一个有劲儿，一个比一个呛嗓子。烟味、臭脚丫子味，五味俱全，大家谁也不烦谁。开会前，闹闹哄哄，大家开着玩笑，各种"骚话"一出，大家便哄堂大笑，妇女们也不觉得不好意思。有的妇女比男人们的嘴还厉害，什么话都敢说。年轻的姑娘们成为了会场里的一道风景，她们都提前特意打扮一番，叽叽喳喳像小鸟一样坐在墙的一角，一边听老少爷们儿高一声低一声地瞎侃，一边用眼角瞄着自己暗恋的小伙子。小伙子们有了姑娘们在，更能显摆，使出各种各样怪动静来吸引姑娘们的注意。

这只是一个队上的会，没有镇里和大队的领导来，大家都很随便，有的坐在石坝子上，有的站着，只有陆大奎坐在一把竹椅子上，他见人都来得差不多了，便大声说："大家静一静，现在我们准备开会了。"

随着陆大奎这样一说，大家都静了下来，陆大奎站了起来，他似乎习惯了站着说话，只有站着说话他的声音才洪亮。他说："今天，把大家请来开个会，只有一件事，就是现在土地承包到户了，队里还有一个果园和一个鱼塘，也该承包下去了，不知有人愿意承包不？"

陆大奎这话一说完，大家便开始议论起来，有人说，现在还承包啥鱼塘和果园呢，随便出去进厂打工，一年下来也能挣几百元，养鱼和种果树，要成本还要技术，弄不好本钱都得赔进去，别说赚钱了；又有人说，这果园可以承包，果树好管理些，活少，平时修修枝给果树施施肥就行了，那鱼塘千万别承包，弄不好涨个洪水，鱼儿就会被冲走，或者来个干旱，也会把鱼塘里的鱼干死，天老爷的事，谁也说不清楚；还有人说，果园承包不得，那些果树都已老了，就是那些柑橘树，结果都一年比一年少了，如果承包了，就是一分钱不卖，队上的承包费一样要交……

陆大奎听大家议论纷纷，他知道大家这样议论下去，也不会有什么结果。他大声说："这鱼塘和果园呀，不管谁承包，合同最少签三年，而承包费嘛，经商议，承包鱼塘的人每年交队上五百元，承包果园的人每年交队上七百元承包费，这可是难得的发财机会哟。"

王大虎站在后面，没有出声，平时他话就少，也不爱出风头，现在他就更没话说了，他在默默地听别人议论。陆大奎时不时看看王大虎，似乎在暗示他，要承包鱼塘就赶快说话，不然要是别人承包了，他再想承包就不行了。

从心里讲，王大虎确实很想承包鱼塘，他觉得这鱼塘承包下来，他能赚钱，更主要的是，他想证明一下自己也并不比别人差到哪里。

这时，马二娃站起来大声说："队长，我想承包鱼塘，但承包费是不是少点儿，你想呀，村里那条公路还是土路，买鱼苗进来，运鱼出去卖，都得请人挑，这人工费也得算进去呀。”

以前，陆大奎在队会上说话总是凶巴巴的，好像每次开会只有他说话的份儿，不管别人问什么，他都会狠狠批评一顿，意思是说这是队会上，只能听他说，有啥意见下来说。可今天他却像变了一个人似的，笑着说：“马二娃，我不知怎么说你，你目光这么短浅呀？这鱼塘一承包就是三年，今天这条公路还是土路，说不定明天就能修成水泥路了，现在是改革开放，啥事要用发展的眼光去看。”

陆大奎边说边看着王大虎，这些话虽然是在说马二娃，却好像是专门说给王大虎听的。他心里明白，王大虎虽然没做成他的女婿，但他知道王大虎对女儿陆萍好，陆萍也在心中对王大虎念念不忘，更重要的是，他觉得欠王大虎的，那天他一席话，王大虎就主动放弃了陆萍，就凭这一点，他嘴上没说出来，但他心里一直想找个机会弥补一下。

马二娃就没有王大虎这么老实了，他想到什么就说什么，不光是现在他不怕陆大奎，就是以前在生产队时他也这样，多次和陆大奎吵过。他又说：“队长，你说的道理我都懂，至于那条乡村公路能否修成水泥路，那是以后的事，而眼前事实就是这样。这样吧，我承包鱼塘每年交队上承包费三百元，你看行不，如果行我就承包。”

陆大奎一听也有点儿生气了，他本来就没耐心，又当着全队人的面，他说：“这是队里规定的，没得商量，你愿承包就承包，不愿意承包就算了。但我得多说一句，现在虽说大家出去打工能挣钱，但那永远是打工，如果承包果园或鱼塘，就等于自己办了一个厂，自己当老板。只要经营得好，肯定比在外打工强，俗话说宁肯自己当个小老板，也不愿去帮别人打工，到底是不是这么回事呢，你们自己掂量吧。”

不知是陆大奎这一席话说得王大虎心动了，还是他早就想承包这鱼塘了，他当即就做出一个大胆的决定，一定要承包到这鱼塘，他大声说：“这鱼塘我承包了。”

大家都回过头来，齐刷刷地把目光投向王大虎，好像听错了一样。他们都认为王大虎老实巴交，哪里像干大事的人，要说干点儿活他绝对没问题，可他要承包鱼塘，简直不敢相信。陆大奎笑了，大声地问道：

“王大虎，你真要承包这鱼塘？”

王大虎走上前去，十分肯定地说：“是的，我要承包鱼塘。”

这可急坏了王生地，他从没听儿子说过要承包这鱼塘，这鱼塘他太了解了，以前是修起来蓄水灌田的，后来里面喂了点儿鱼，可这么多年来从没卖出过一分钱。今天队上要社员承包，这不是在坑人吗？他忙走上来，拉王大虎说：“大虎，你承包那鱼塘干啥，你不是要去深圳打工吗，先别做出决定，我们回家商量一下再说。”

王大虎就像一头犟驴，他认定了的事九头牛也拉不回，他轻声说：“爸，你别管了，这事我决定了。”

陆大奎赶忙说：“王大虎，你爸不让你承包，你们商量好了吗，到底承包这鱼塘不？”

马二娃见王大虎要承包这鱼塘了，也站起来说：“队长，这鱼塘我也要承包。”

见马二娃和王大虎争鱼塘承包，王生地一时也拿不定主意，也没再阻挡王大虎，他不知怎么办，只看着王大虎，意思是看他怎么办。

王大虎一咬牙，大声说：“我决定了，这鱼塘我承包了。”

陆大奎巴掌一拍，大声说：“成交，我宣布，这鱼塘由王大虎承包。但我有言在先，承包期为三年，每年交队上承包费五百元。”

眼看鱼塘被王大虎承包去了，马二娃不服，大声说：“队长，你偏心，为什么王大虎能承包，我就不能承包呢？王大虎每年交队上五百元承包费，我交队上六百元承包费，每年多交一百元，你看，这鱼塘能承包给我吗？”

陆大奎生气了，说：“你怎么能这样呢，你以为这是在菜市场呀，谁出价格高我就把鱼塘承包给谁。告诉你，这承包费是队上研究定的，谁也不能更改，少交一分钱不行，多交一分钱也不行，凡事得有个规矩，这事就这么定了，鱼塘由王大虎承包，你可以承包果园呀。”

马二娃被陆大奎说了一通，虽然不服气，明知道队长是在偏向王大虎，但队长说得句句在理，他也找不到更好的理由反驳了，只能坐下去不出声了。

可能见王大虎承包鱼塘了，周大狗赶忙站起来，大声说：“队长，那果园我要承包。”

又一个人也站起来大声喊道：“我也要承包果园。”

陆大奎大声道：“好，还是按先后顺序，排轮子，第一个说承包的是周大狗，周大狗，你是不是要承包果园？”

周大狗大声说：“是的，队长，果园我承包了。”

这下，队上的鱼塘被王大虎承包了，果园被周大狗承包了，陆大奎大声说：“王大虎、周大狗留下来马上签合同，其余人散会。”

王大虎和队长签了承包合同，他心里十分高兴，自己终于承包到鱼塘，可以大干一场了。可他刚一到家，王生地便叫住他，问道：“大虎，你是不是脑壳又发热了，出去打工有啥不好，你去承包鱼塘干啥？”

王大虎说：“爸，你也看到了，鱼塘这么多人争着承包，要不是队长偏袒我，我能承包到吗？”

王生地一下就来气了，大声说：“你以为陆大奎安的好心吗？这么个破鱼塘，一年还要交队上五百元承包费，这不在坑你吗？”

3

王大虎心里高兴，他心情好，不管别人怎么看他，至少他现在终于找到事干了，也不用像以前那样去给别人打工，相信通过他的努力，会把这鱼塘搞好的。他笑着说：“爸，你怎么还记得那些陈年往事，以前是生产队，现在土地承包到户了，是改革开放年代了，你要用发展的眼光看事情，别老是记着私人恩怨。”

王生地听后生气了，起身说：“好，我思想落后了，那我问你，我哪次说的话没说准，你和陆萍的事，我说你们是不可能的，你们成了吗？我叫你别辞工，你却辞了，找到更好的工作了吗？我叫你别跟史小军混，你硬要去帮他，结果怎样，差点儿把你弄牢房里去了……”

没想到父亲说出一连串的事来，虽然这些都已是事实，他也承认父亲说得没错，但他听起来心里不舒服，更不愿去想那些过去的事。他打断父亲的话，说：“行了，爸，现在这承包鱼塘的事跟那些不一样，队长说了，承包了鱼塘就等于自己办了一个厂，我就是老板了，再怎么说我也干自己的事，将来我发展好了，我还要请人帮我打工。”

王生地越听越急，也越听越生气，他说：“什么，陆大奎说的话你也信，他这是坑你没商量，你也不想想，老板是这么好当的吗？如果真是这样，那人人不都成老板了？还有，你也不看看自己，是个当老板的料？你呀，别高兴得太早了。”

在屋里做饭的吴良贤听见他们父子又在争吵，赶忙走出来，劝道：“他爸，你就少说几句，儿子愿意承包鱼塘，就让他去，只要他想干的是好事，像有的年轻人整天啥也不干，吃喝玩乐，那才没出息。”

王生地看了看妻子，他怒气未消，说：“你又来了，啥都由着他，将来他亏了，还不是我们给他擦屁股。”

吴良贤一向不和丈夫正面交锋，她这性格跟许多农村妇女一样。她走过去对王大虎说：“大虎，你快去忙你的，别管你爸，他就是这个脾气。”

王生地缓和了一下语气说：“我看这样，一会儿放下我这张老脸去求陆大奎，这鱼塘我们不承包了，让他转包给别人。你还是去深圳打工，每月能挣上几十元就行了，我们不图发财，只图每月挣的那点儿工资拿到手就行，我们家底子薄，亏不起呀。”

王大虎回过头去说：“不行，这鱼塘的合同我也签了，还能反悔吗？这合同可是受法律保护的，私自毁约是违法的。”

王生地大声说：“什么，你还用国家法律来吓我了？嘿，我看你是翅膀硬了，当初陆大奎害我时，也是这么说的，还是没有人把我抓去坐牢。”

吴良贤赶忙推着王大虎走了，她又回过头来轻声说：“他爸，你就相信儿子一回吧，说不定他会干出一番事业的。”

王大虎承包了鱼塘，就一心一意投入到鱼塘的管理中。鱼塘有十多亩的面积，夹在大片的农田中间，远远望去，就像绿色的天鹅绒上嵌着晶莹的水晶。塘水清澈透明，虽然没有投放鱼苗，水也只有半塘水，但还是偶有小鱼在里面游来游去。堤坝上绿树成荫，各种野花野草疯开狂长。他先在鱼塘边搭了个棚，在棚里铺上床，白天干活累了就在棚里休息，晚上也在这棚里睡觉，好像这里就是他的家了。

虽然，王生地不愿意王大虎承包这鱼塘，可现在王大虎已经承包了，看着儿子整天在鱼塘边忙这忙那，他知道再反对儿子承包鱼塘也没用，相反地，他还时不时去到鱼塘边帮忙。

那天，王大虎正在鱼塘边清淤泥，好在鱼塘边铺上石板，以护塘坝不漏水。王生地扛着锄头来了，他没出声走过去也帮着弄。

王大虎知道父亲一直反对他承包这鱼塘，今天却来帮他干活了，这说明父亲可能开始默认这事了，他高兴地说："爸，你别干了，让我来，怕你不小心掉进水里。"

王生地笑了，说："什么，你怕我摔进鱼塘里，我还担心你摔进去呢。你这人干活东一头西一头的，一点儿也不细心。我也干了半辈子农活了，再怎么说还是比你骨头硬，放心，没事的。"

王大虎听父亲这么说，他也不好再让父亲不干了，就说："那行吧，小心点儿，你年纪大了，干累了就歇会儿。"

王生地看了看这鱼塘，里面只有半塘水，再看看这塘坝，见干出了很多裂缝，便说："你看这鱼塘怎么能蓄上水，塘坝都干裂了，不漏水才怪。我早就说了，这个陆大奎就是没安好心，这不挖了个坑让你往里面跳吗？我就说嘛，要是真有这么好的事，还会轮到你？"

王大虎听后笑了，说："爸，你别总是说人家，你们之间的过节我不知道，但我想陆大奎也没你说的那样坏。"

王生地说："好，好，不说他了，现在再说也没用了。那你说，这塘坝你打算怎么弄？"

王大虎想了想，说："我准备把这塘坝边的稀泥清除，再买些石板来铺一下，这样干裂的塘坝就不会漏水了。等秋雨一来，这鱼塘蓄满水，明年开春就可以投放鱼苗了。"

王生地看了看这塘坝，说："你一个人清理，要何年何月才能清理完？"

王大虎信心百倍地说："慢慢干嘛，早晚会弄完的。"

王生地摇了摇头，说："大虎，你不是说抢在秋雨到来之前把这塘坝修好吗？现在是初秋了，像你说的那样你一个人干，能行吗？"

王大虎本来是想叫父亲拿点儿钱出来，请人帮着清稀泥和买石板铺塘坝，考虑到父亲一直不支持，他也不好开口。正好父亲问到这事了，他说："爸，那你说，怎么办好？"

王生地明白儿子的意思，他笑了，说："你不外乎就是想叫我拿钱给你，请人来帮你清稀泥，还有买石板来铺。既然陆大奎说你承包了这个鱼塘，就等于办了一个厂，你就是老板了，那我先借点儿钱给你，办厂哪有不投资的呢？你得把账记好，明年底你卖了鱼得还我，再怎么说也得公私分明。"

王大虎赶忙说："好，那就算我先借，明年底我卖了鱼就还你。"

这时，马二娃来了，见他们父子干得十分认真，他想承包鱼塘没承包到，心里非常不舒服，大老远就说："大虎，你真行，一下就把这鱼塘承包到了，看样子，你们是要大干一场了。"

王大虎笑了，说："是的，既然承包到这鱼塘了，说什么也得好好干一下，总不能连队上那点儿承包费都交不起吧。"

马二娃坐在坝干上，明显地看得出他因为没承包到鱼塘而有些不服气，他说："那天开队会时，我看队长就是偏心。"

王生地不高兴地说："马二娃，你在会上提出要少交承包费，队长当然不干，我们承包了，你还说是队长偏心？人家队长说得明白，这承包费是队上研究定的，能少吗，是你自己没拿定主意，还来怪人家抢了你的先。"

马二娃听后有些不服气，说："我主要是与队长商量，生意可以讨价还价嘛，没见过像你们这样，好像承包不到了一样，赶忙就抢去承包了，这下好了，承包费一分钱不少，你以为捡了个便宜呀，我看未必。"

王大虎见马二娃越说越生气了，便说："马二娃，你也别生气了，这鱼塘承包到当然好，实在没承包到也可以干别的，比如养鸡养鸭，也能致富嘛。"

马二娃说："我并不是一定要来争这鱼塘，我早就准备养鸡了，你看那些养殖专业户，哪个没赚钱。我爸叫我出去打工，我已在广东打了几年工，总认为打工没多大的发展前途，还是回来创业为好，只有这样才能真正致富。"

王生地听后，觉得年轻人尽想些不切实际的事，就说："马二娃，不是我说你，你们这些年轻人总是东想西想，想我们那些年，连饭都吃不饱，也没出去打过工，更没办个什么企业，还是一样地过日子。古人说，生意买卖眼前花，锄头落地才有庄稼，明白吗？”

马二娃起身说：“王叔，你怎么还是那个旧脑筋呀？你是哪代人，你想我们还像你们那些年一样过日子，那还有什么出息？”

说罢，马二娃走了。王生地可能是听马二娃这样说，让他又不高兴了，他大声说：“我们怎么了，在集体时，不管栽秧打谷，犁牛打耙，我哪样比别人差，凡生产队有啥重活，队长哪次不是安排我去干？在我们生产队，说别的不行，说干活又有几个比我强？”

王大虎知道父亲被马二娃那些话刺激了，心里不痛快，想发泄一下，他没有出声，就听着父亲说，好像这时他觉得父亲说的这些，还特别的有意思……

第九章　鱼　塘

1

王大虎没想到父亲这么爽快就答应了，他知道父亲好不容易才存这么一点儿钱，都是土地承包后，父亲种了些蔬菜、母亲喂了些鸡鸭卖了挣的，他也不忍心让父亲拿钱来投资他的鱼塘。他还是下定决心，既然父亲都答应借钱给他了，他得赶紧请人把鱼塘弄好，等秋雨一来，这鱼塘就好蓄上水。

那晚，王生地从装粮食的袋子里拿出个红布包，打开后拿出一沓钱来，钱虽然用布口袋装着，但还是有些发霉了，不知他把这钱放了多久了。他拿着钱左看右看，好像看到这么多钱也高兴，更有些舍不得交给儿子。过了好一阵，他说："大虎，我们就这一千元钱了，这可是我们家几年存下的，也是全部家当，我现在就把钱给你。"

王大虎笑了，说："好，我会节约花，我这就去请人帮我清理稀泥，去山上石厂买石板，这几天天气好，抓紧时间把这鱼塘弄好。"

王生地却没有把钱递给王大虎，仍在他手里拿着，说："但我话说到前头，这个算我借给你的，你明年底卖了鱼得还我，明白了吗?"

吴良贤知道王生地是怎么想的，不就是怕这么多钱给了儿子，到时鱼塘钱没挣到，还投进去这么多，这么多年挣下的这点儿辛苦钱就打水漂了。她赶忙说："他爸，你把钱给儿子吧，还要他还什么呀，我们都是一家人。"

王生地十分认真地说："这点儿钱，是我存起来将来给他娶老婆花的。再说，他这是承包鱼塘，用他的话来说是办企业，得公私分明。”

王大虎：“好，就算我借你的，明年卖了鱼我一定还，行了吧？”

王生地把钱给了王大虎，说：“这还差不多，你一定要放好，家里再也没钱了。”

王大虎拿着钱走进他的屋里，把钱放好后走了出来，说：“爸，我这就去请人明天帮我弄鱼塘。”

王生地叮嘱儿子说：“现在可不像以前在生产队时，请人干活开点儿工分就是了，土地承包了，各干各的活，请人干活得付工钱了，你要找那些干活行的，不然那些只来混时间的人，他来混一天，你也得照样付他一天的工钱。”

王大虎说：“放心吧，爸，我心里有数。”

王大虎出去了，乡村的夜晚是静寂的，但也是热闹的，在地里劳作了一天的人们，有的吃了晚饭，坐在院坝里休息，有的还在弄晚饭，农家小院里的灯照得亮亮的，似乎家家都充满着温馨和欢乐。他顺着那些院子走了一圈，请了五个人明天来帮他弄鱼塘。全部安排好后，又走回来，刚到院前，就看见常春春在那里等他，他问道：“春春，这么晚了，你还在这里干啥？”

常春春见他回来了，显得很高兴，说：“我在这里等你呀。”

王大虎看常春春也不像有事的样子，就问道：“什么，你在这儿等我？这么晚了，你等多久了？”

常春春说：“等好一阵儿了。”

王大虎说：“那你怎么不进屋，这么晚了，你一个人站这儿，万一出个啥事怎么办？”

常春春笑了，说：“大虎，你不是一直不要我去见你父母吗，是怕我在你父母面前说你的坏话吧？告诉你，我如果见了你父母，我不但不说你的坏话，还要多说些夸你的好话，让你父母高兴。”

王大虎本就心里高兴，又见常春春专门跑来见他，心情更好了，便说：“那好，走吧，去我家里坐会儿。”

常春春却不想进去，说：“以前呀，我想去你家里坐坐，你却不让我进去，现在你叫我去你家里，我还不去了。”

王大虎睁大眼睛，有些不理解地问道："为什么？"

常春春说："不为什么，你说的，外面空气好些，说话也方便嘛。"

王大虎明白了常春春的意思，说："那好，我的事已办好了，那我们还是去河边坐会儿，那儿清静，好陪你说说话。"

也许是真如了常春春的愿，她十分高兴地答应道："这还差不多。"

随后，他们便去到河边，又在那棵柳树下坐下，常春春也挨着王大虎坐着，她还有意往王大虎身边靠了靠，说："今晚月光真美。"

王大虎抬头看了看，今晚的月光确实很亮，将河水映照得亮亮的，有微风吹来，水面上也荡起微波，岸边的绿柳也似乎在微风中轻轻地摆动着。那柳树的影子仍映在水里，虽不清晰，但还是看得见树的影子……

王大虎赶忙问道："春春，你找我有事吗？"

常春春问道："大虎，村里那王二娘又来给我说媒了，她给我介绍邻村的一个小伙子，说那里条件很好，他家在公路边修起了一楼一底的楼房，还在那里开了一个小卖部。"

王大虎听后，也没当一回事，说："好呀，这样的家庭条件不错，虽然比不上陆萍嫁到镇上好，但与我们乡下人相比，还是很好的。"

常春春说出这个，是想来刺激一下王大虎，好让他抓住机会，向她表明喜欢她，不然她就要答应王二娘介绍的那门亲事了，见王大虎没当回事，她一下站起来，很生气地说："好个屁。王大虎，我问你，你是真不明白还是在装糊涂？"

王大虎被常春春这一举动惊呆了，他不知自己说错了什么。他回过神来后，笑着说："春春，你说这个的意思我明白，你的心思我也懂，只是我现在一事无成，家庭条件也比不上别人，只要有好的人家，你就同意嘛……"

常春春打断王大虎的话，大声说："王大虎，你混账，以前陆萍对你多好，她愿意放弃一切和你私奔，你却不顾人家的感受，提出与她分手，你还有点儿良心吗？现在陆萍出嫁了，你却在装糊涂，你心里明明喜欢我，却不敢向我表白，你还算个男人吗？"

常春春生气了，一席话说得王大虎不知怎么是好，他也知道常春春说的这些全是真心话。自从陆萍出嫁后，他在心里也渐渐喜欢上她了，可不知怎么的，他就是没有勇气说出来。他叹息一声说："对不起，春春，我……"

常春春似乎看出了王大虎是心里自卑，他家里穷，还一事无成，他没有底气去追求一个爱他的姑娘。她调整了一下情绪，紧挨着他坐下，说："大虎，我知道你心里是怎么想的，如果一个姑娘真心喜欢你，她并不在乎你什么。再说，你也不比别人差，现在你承包了鱼塘，我相信你会有出息的。"

常春春说这话，真正感动了王大虎，因为他也看好这鱼塘，也想通过这鱼塘起步，干出一番事业来。他说："春春，你真这么认为，我承包鱼塘能赚钱？"

常春春赶忙拉住他的手，十分肯定地说："能，你一定能赚大钱的。"

王大虎笑了，他承包这鱼塘时有很多人不理解，到底能不能赚到钱，他自己也没把握，听常春春这样说，他似乎看到了希望，也觉得有一个真正理解他支持他的人。他一把将常春春拉入怀里，激动地说："春春，你别去那里相亲了，我喜欢你，不说别的，就凭你刚才说的那些话，我也不能没有你。"

常春春顺势倒入王大虎的怀中，长长地出了口气，王大虎总算说出了那句她想听的话，如果是其他男人可能说了一千遍了，但王大虎说这句话却比登天还难。她说："大虎，你刚才说的那句话……是真的？你再说一次，让我听清楚点儿。"

王大虎笑了，说："还说啥呀，说多了都没意思了。"

常春春没有再难为他，她只感觉到王大虎把她搂得更紧了，她说："大虎，你既然向我表白了，那我回去就把王二娘说的那门亲事推了，不再去相亲了，我这辈子就跟定你了。"

王大虎也许是经历了与陆萍分手的痛，对谁都没有信心了，他担心地问道："春春，你不同意那门亲事，你父母那儿你怎么交代？"

常春春猛地站起来，大声说："我不像陆萍那样，全听父母的，我的婚事得由我自己做主，如果我父母逼我，我就离家出走，永远也不回这个家。”

王大虎听常春春说得这么肯定，他站起来，说：“好了，春春，我相信你。时间不早了，我送你回家吧。”

常春春走过去，挽着王大虎的手，说：“走吧，回家。”

王大虎把常春春送回家后，他也回家了。这一晚，他怎么也睡不着，在床上翻来覆去，一整夜都失眠。

隔壁的王生地似乎也没睡着，他不像王大虎那样在床上翻来覆去的，而是起来坐在椅子上抽叶子烟。吴良贤叫道：“他爸，这么晚了，你怎么还不睡，是在担心儿子承包的鱼塘吗？”

王生地说：“是呀，能不担心吗，你看队上的那个鱼塘，这么多年了，哪年卖到钱了？队上每年请人管理鱼塘，前些年给工分还好，土地承包后，请人管理鱼塘得付工资，一年下来卖那点儿鱼还不够给人家开工资。大虎把鱼塘承包了，不但每年要交队上五百元承包费，还要我们投入这么多钱。”

吴良贤笑了，说：“他爸，你一辈子就心疼钱，该花的还得花。你说儿子都把这鱼塘承包了，不投入钱去把鱼塘弄好，还能怎么着？”

王生地想了想，也是这么个道理，便说：“只能这样了，死马当成活马医，这就看大虎运气了，说不定还真能赚钱呢。”

吴良贤说：“就是，你就相信儿子一回吧，他肯定能行的。别再多想了，睡觉吧。”

2

这天中午，常春春下了班，在厂里吃了午饭，趁中午休息时间去逛街。镇上不宽的街道两边是零零散散的店铺，出售的都是一些日常生活所需的物品。也有炸油条的，有卖杂货的，有理发的，还有压面条的。老人们悠闲地盘腿而坐，聊着家常，一点儿也没有想着怎么去卖掉面前的菜品，任凭这些购买的人自己挑选。菜价也是出奇的低，一两块钱就能买一堆青菜，末了老人们还会给你添上一些。理发店、服装店似乎要热闹些，偶有人进出。这时的小镇，也像还在午睡一样，多少有些冷清。

常春春在街上逛了好一阵儿，正好走到花市街陆萍的服装店前，她便走了进去，叫道："陆萍，你店里今天的生意还好吗？"

陆萍见常春春来了，问道："春春，你下班了，吃饭了吗？"

常春春看了看店里的服装，说："我在厂里吃了午饭，没事便出来逛街，正好转到你这儿来了，你这服装店里的衣服，品种越来越多了。陆萍，你真行呀，你一来，就把这服装店打理得这么好。"

这时，店里没人来买衣服，她便走过来陪常春春说话，她说："其实，现在的服装店也不好经营，进高档品牌服装嘛，这是在小镇上，买这种高档品牌服装的人很少，如果进点儿低档次服装呢，有人会说我在卖假货。还有，现在街边那些摆地摊的人多，他们销售的全是一些杂牌服装，进货也便宜，就是很好看的一件衣服，也只卖三四元。你说，那些图便宜的人愿意去买地摊货，还是愿来我们这些服装店买高档一点儿的服装呢？"

常春春听后笑了，说："说来也是，但我看你这服装店经营得这么好，看来你真是做生意的料。"

陆萍虽然是乡下人，也从没做过生意，自从她接手经营这服装店后，确实对进的服装的款式、品种等做了调整，生意比以前好多了，她认为自己还真是做生意的料，这不只是常春春夸她，就是镇上好多做生意的同行也是这么说。她说："当然，我也不傻，人家能做生意，我为啥不能呢？春春，你今天有啥好事呢，看你这么开心的样子，快告诉我，你最近有啥好事，让我也分享一下。"

常春春想了一下，是不是陆萍看出什么了，便说："我哪有啥好事呢，我天天都这么开心。陆萍，我可不像你，整天闷闷不乐，我呀，想说什么就说什么，这样多开心呀。"

陆萍看了看常春春，觉得她今天特别高兴，而且是发自内心的，一定是她真遇到什么好事了，便说："春春，我感觉得到，你确实遇到什么好事了，我猜，你是不是找到中意的男朋友了？"

陆萍这一问，说得常春春有些不好意思了，很想把王大虎向她表白了，他喜欢她的事告诉陆萍，可她知道陆萍和王大虎好过，把这事告诉陆萍，还是有点儿不好。她转过身去看服装，转开了这个话题说："陆萍，这件衣服这么好看，卖多少钱一件？"

陆萍取下衣服说："你先去试衣间里试试，看你穿起合身不？"

常春春拿着衣服到里面的试衣间里穿上出来，对着镜子一照，确实好看也合身。陆萍看后也说："春春，你穿起这件衣服真的好看，这衣服好像就是专门为你做的。"

常春春听后高兴，她又到镜子前认真看了看，问道："陆萍，这件衣服卖多少钱？"

陆萍说："这件衣服正常卖六元，不过，我们是多年好朋友，我只收你本钱，拿四元就行了。"

常春春高兴地说："这么便宜呀，这件衣服真漂亮，我想买。"

陆萍经营服装店一年多，天天与顾客打交道，也练出了一些经营口才。她说："春春，不是这衣服好看，是你人长得漂亮嘛。"

常春春听后更高兴了，说："陆萍，看你说的，我哪有你长得漂亮呀。"

常春春又到里面试衣间把衣服脱下来。陆萍说："春春，你要买，那我就给你装好。"

常春春想了一下，说："不买了，我不要了。"

陆萍回过头看了看她，以为是她觉得价格高了，她笑了，说："春春，我俩是这么多年的好朋友，说真的，这件衣服我没赚你钱，我确实只收你进货的本钱，你还嫌贵呀？我说春春，你怎么不相信我呢？"

常春春赶忙说："陆萍，我不是这个意思，也没有说你收我高价了。我是想，我还是别买了，给大虎买一件衣服。"

陆萍以为听错了，常春春连给自己买衣服都舍不得，还去给王大虎买，他俩是啥关系呢？她吃惊地问道："你说什么，你想给王大虎买一件衣服？"

常春春点点头说："是的，王大虎现在承包了村里的鱼塘，怎么说也是老板了，他要买进卖出的，一趟县城一趟镇上，得有一件好衣服了。"

陆萍听后更不明白，她父亲是队长，要想承包这鱼塘说什么也得经过父亲同意才行。因为她和王大虎的事，父亲对王大虎很不满意，而王大虎也恨她父亲，所以，依她对父亲的了解，怎么可能把队上的鱼塘承包给王大虎呢？她问道："春春，你说什么，王大虎承包了队上的鱼塘，签合同了吗，会不会反悔？"

常春春十分认真地说："陆萍，你怎么不相信呢？这是真的，前几天在队会上敲定的，并当场签了合同，还能反悔吗？"

陆萍大大松了口气，她笑了，说："合同签了当然不能反悔了。那好，你给他选一件衣服吧。"

常春春就去挑选男式衣服，终于选了一件西装，她拿过来说："陆萍，你帮我看看，这件衣服大虎穿起好看吗？"

陆萍看了看衣服，说："这件衣服可以，大虎穿起来会很好看的。"

常春春说："那就这件吧。"

陆萍看了看上面的标签，笑了，说："春春，这是小号，大虎的身材微胖，这件衣服他不能穿，他要穿中号，我去给你换一件。"

陆萍过去拿了一件中号的衣服来，常春春又担心地问道："陆萍，这件衣服好像有点儿大，大虎穿起是不是大了点儿？"

陆萍说："这个你放心，他穿多大的衣服我知道，我以前给他织过毛衣，这件衣服他能穿的。"

常春春听陆萍这样说，心里有点儿不高兴了，也在无形中吃起醋来。她说："那好，装好吧，多少钱？"

陆萍说："你就给三元吧。"

常春春听后高兴了，她想多好的一件衣服才收三元钱。她把钱拿出来，这才反应过来，先前看的那件衣服给成本都要四元，怎么这件衣男式衣服才收三元呢？她问道："陆萍，你是不是记错了，这可是一件男式西装，怎么才三元呢？"

陆萍说："跟你买衣服一样，只收成本价。"

常春春越听越不对劲儿，陆萍一定是听说她给王大虎买衣服，是有意只收这么点儿钱的，如果一分钱不要，又怕她接受不了，所以才象征性收点儿。她说："不对，就算进货本钱也不止三元呀。"

陆萍没出声，常春春也懒得说了，她知道陆萍心里是怎么想的，她放了六元钱在柜台上，提着衣服就走了。

刚才陆萍和常春春的对话，被在服装店后面的床上睡午觉的刘吉祥听见了，他走了出来，十分生气地问道："陆萍，你一件男式服装只卖三元，这是什么意思，这么便宜的衣服，你有多少我要多少，卖给我呀。"

陆萍说："是常春春来买，再怎么说她也是我的好朋友，我们又是一起玩到大的，人家是第一次来我们店里买衣服，只收点儿本钱，也是人之常情嘛。"

刘吉祥生气了，醋意大发，大声地说："以为我不知你心里是怎么想的，你是借常春春给王大虎买衣服，就这么便宜卖给她。三元钱连进货的成本都不够，你怎么不一分钱也不收，送给他穿得了？"

陆萍也生气了，大声地说："刘吉祥，你话别说得这么难听，我们结婚也有一年多了，我哪点对不起你，我还和王大虎有什么？看你吃干醋的样子，你还算是个男人吗？"

刘吉祥也不依不饶，说："我吃干醋？你以前和王大虎的事以为我不知道呀？我刘吉祥是什么人，你们那些破事还能瞒得过我吗？"

陆萍十分生气，她以前是和王大虎好过，可那是她和刘吉祥结婚之前，自从结婚后她一心一意对他好，他还这样说，真是太伤心了。她大声说："刘吉祥，算我瞎了眼，当初怎么嫁给你这个无赖。这服装店是我在经营，我想怎么卖就怎么卖，你管得着吗？"

刘吉祥越说越来劲儿了："你在经营，这服装店是你开起来的？你要明白，这服装门市是我们刘家的，你自己去弄个服装店，那才叫本事。"

陆萍懒得和他吵了，刘吉祥为她以前和王大虎的事，不知和她吵过多少回了，这人怎么这样呢？

刘吉祥吵闹了一通后，去镇供销社上班了。

3

这天，天气晴好，秋阳高照，王大虎的鱼塘边，他请来干活的人有的在帮他清理稀泥，也有的在帮他用石板铺塘坝，大家干得热火朝天。

自从土地承包到户后，大家好几年没这样在一起干活了，他们一边干活一边说笑，好像出来帮人干活，不仅仅是为了挣工钱，更多的是图个热闹。王生地拿着烟，大声叫道："大家干累了，来抽支烟，歇会儿再干。"

那些干活的人要抽烟的，便走去抽烟，不抽烟的也坐下来歇歇。王大虎仍在干，其中一个人说："你看，大虎越干越有劲儿了，也难怪，鱼塘他承包了，他就是老板了，当然越干越来劲儿。"

另一个人边抽烟边说："对呀，你看这鱼塘，想承包的人多着呢，还是大虎运气好，承包到了，该他发财了。"

王生地听后也有些高兴，便说："就是嘛，那天在队会上，我还阻止大虎去签合同，没想到鱼塘还有这么多人盯着呀，那这么说大虎承包这鱼塘，是承包对了哟。"

那人点头说："当然，要是你现在不想承包了，就转包给我，我每年除了交队上的承包费外，还给你二百元，你干不？"

不管怎么说，这鱼塘他家都承包到了，现在又投入这么多钱来弄鱼塘，怎么可能再转包出去呢？王生地说："那怎么行，这是大虎费了好大的功夫才承包到的。还有，你看我们在那里修好守鱼棚了，现在又投入这么多钱来修坝干，你以为我傻呀，现在还能转包给你？"

那人笑了，说："你紧张啥呀，我只是说说，又没来真和你抢。"

王大虎也走过来，说："别说你每年给我二百元，就是每年给我五百元，我也不会转包给你的。"

王生地听王大虎说得这么肯定，他真不知道，王大虎为什么把这鱼塘看得这么重，问道："什么，他每年让你挣二百元也不干？"

王大虎十分认真地说："对，我这鱼塘弄好了，每年才收入二百元吗?”

那人有些不理解,带着一些讽刺说:“你以为这鱼塘是摇钱树呀,能让你一下就成为万元户?”

歇了一会儿,大家又开始干活,铺石板的铁锤打得叮当当,清稀泥的一挑一挑地挑去坝上倒,看得出大家是认真在干。而王大虎的母亲吴良贤更是一会儿送开水来,一会儿送吃的来,跑上跑下,全家人都在忙碌着。

这时,马二娃急匆匆地走过来,他站在坝干上,大声地吼道:“王大虎,你给我上来。”

王大虎听见了吼声,又看马二娃十分生气的样子,他知道马二娃没承包到鱼塘,心里有些不舒服,便想他是不是有意来找麻烦的,就没有上去,而是大声问道:“马二娃,怎么了?有啥事,你说吧!”

马二娃两手叉腰,大声说:“你别只为了你的鱼塘,就不管我下面的水田,你上来看看,你放的水把我坝下的水田冲成啥样了,你承包鱼塘,我也要吃饭。”

王大虎走上坝干看了看,虽然他为了修坝干放的水是从他田里经过,但他田里谷子已打了,没有啥呀,田埂也没冲坏,便说:“马二娃,我放水没冲坏你的田呀,你田里的稻谷已收割了,田里啥也没有呀,怎么就冲坏了你的田了?”

马二娃越说越生气了,他想出手打王大虎,并大声说:“你是不是眼睛瞎了,我田里真没什么吗?我那田里可有再生稻,你水这么一冲,我那再生稻还能有收吗,你得赔我损失。”

王大虎也生气了,他明白马二娃心里有气,但他再有气,也不能冲自己来呀,那是他自己没把握好机会,便说:“要我赔你损失,赔你啥损失,你这简直是在胡闹。”

马二娃听王大虎这么一说就更生气了,他便和王大虎打了起来,在下面干活的人和王生地赶忙上去把他们拉开,但马二娃仍大声骂道:“王大虎,你放水冲毁了我的田不赔,还出手打人,这个账我早晚得和你算的。”

王大虎也不怕他，说："我难道还怕你不成，你没承包到鱼塘，心里不舒服，那你找队长闹去，你跑来找我闹有什么用，我看你就是存心来找事的。"

王生地也生气了，说："马二娃，今天大虎惹你了吗，你跑来闹，还打人。你说你的水田被冲坏了，那我问你，冲坏了你田里什么了？"

马二娃见王生地来帮忙了，更生气了，他三两下挣开拉着他的人，随手抓起一根木棒，向王大虎打去。王大虎躲开，他又打……

这时，陆大奎过来了，他大声叫道："马二娃，你干什么，给我把木棒放下。"

不管怎么说，陆大奎也是队长，大家还是怕他几分，马二娃听见陆大奎的喊声，没再追上去打了，而是回头来说："正好，队长来了，那就给我评评理，王大虎为了修他这鱼塘坝干，放水时把我田里的再生稻冲没了。这利用稻桩蓄再生稻，可是队长你下达的任务，你说，这该怎么办？"

陆大奎看了看坝下马二娃水田里，可并没有像他说的那样，他这田里只有稀稀的一些从收割的稻桩上长出的苗子，像这样没施化肥没管理的再生稻，还能收得了谷子？他问道："马二娃，你说冲坏了你那田里的再生稻？"

马二娃说："对呀，就是那块田，他这鱼塘放水时，也没给我商量一下，以前这田是集体的倒不说，现在这田分给我了，放水从我田里经过，总得让我同意吧？"

陆大奎听后，也明白了马二娃的意思，更知道他是没有承包到这鱼塘，心里有气，跑来找麻烦的，便说："马二娃，那你说，这事怎么解决？"

马二娃赶忙用手捂着胸口，装作被打伤了的样子，说："他们不但不赔我田里的损失，反而一起打我。队长，你给我评评理，如果这事得不到解决，我就跟他没完，他这鱼塘也别想再养鱼了。"

陆大奎听后，大声说："马二娃，你这是什么话，人家这鱼塘承包了，不养鱼难道是用来看的？你要是敢做出一点儿破坏养鱼的事，那可是违法的，你知道不，现在国家鼓励和扶持种养专业户，明白吗？”

马二娃不服，说：“队长，你太偏心了，承包鱼塘时，你就有意偏向他，他才承包到这鱼塘。我知道，王大虎以前和你女儿陆萍好……”

陆大奎一听这话，更加生气了，大声说：“马二娃，你信不信我今天就把你送去镇上派出所？”

马二娃见陆大奎来真的了，也有些怕了，说：“那你总得为我主持公道，他放水冲坏了我田里的再生稻，得赔我，这是天经地义的。”

陆大奎想了一下，大声说：“王大虎，你放水没有征求马二娃同意，并冲坏了他田里的再生稻，你就赔他十元钱。”

王大虎没回答，他好像心里不服，明明知道是马二娃有意来闹事，怎么还要他赔钱？王生地似乎明白了陆大奎的意思，赶忙说：“行，我赔。”

马二娃又说：“队长，那他们父子把我打伤了，总得付我医药费吧？”

陆大奎大声说：“马二娃，你就是在装，我来时你正拿着木棒打人呢。你说，你还被他们打伤了，这么多人都在，他们说说看，看见王大虎打伤你了吗？”

大家摇头说：“没有。”

陆大奎说：“好了，马二娃，你别得寸进尺，赔你田里再生稻的损失就行了，你说别人打了你，你也打了别人，我看这医药费就不赔了，回去自己找点儿药酒擦一下就好了。”

马二娃虽然心里仍有气，但他听陆大奎这么说，也正好有个台阶下，就转身走了。马二娃走后，王生地走过去，虽说他和陆大奎以前有矛盾，但今天要不是陆大奎来，还不知道这事怎么收场。他抽出一支烟说：“队长，你抽烟吧。”

陆大奎接过烟点上，看了看他说：“没事了，你们继续干活吧。”

说罢，陆大奎转身走了，那些干活的人又继续干，只有王大虎心里很不舒服，他说：“这明明是马二娃没事来找事，硬说我们放水冲坏了他田里的再生稻，可队长还要我们赔他十元钱，这是怎么回事呀？”

王生地说：“要说赔钱我们确实冤枉，十元哟，能买一百斤谷子，他那点儿再生稻能打几斤谷子，如果我们不赔，这事能解决吗？”

王大虎说：“就算赔，也不能赔这么多呀。”

第十章　下　岗

1

记不清多久没有下过雨，天地间弥漫着灰色尘雾，就像一幅苍凉而又沉闷的水墨画。远处的山没有青的颜色，乌云压顶下只有灰蒙蒙佝偻的身影。一身灰尘的大树，树叶没有一丝一毫的鲜绿，长期缺少水的滋润，就像缺乏生机失色的植物标本，整个大地变得格外的干燥。

这正好是个修整鱼塘的好时机，王大虎想赶在秋雨到来之前，把鱼塘弄好。他请来干活的人也干得十分认真，直干到天黑才收工。收工后，帮忙干活的人在王大虎家吃了晚饭都回家了，也许是为了招待干活的人，王生地喝了不少酒，不知是今天看到马二娃来闹事心里有气，还是他先前酒还没喝尽兴，此时他坐回桌前，倒上酒又喝起来。

王大虎见父亲一个人在喝酒，这几天父亲帮他弄鱼塘，让他心里好感动，他也坐下去，说：“爸，我来陪你喝。”

王生地看了看王大虎，赶忙给他倒上酒说：“好，那就喝吧。”

王大虎端起酒就喝了一口，他说：“爸，你今晚是有啥事不高兴，还是真的酒没喝够？”

王生地端起酒喝了一口，说：“大虎，我在想，你承包鱼塘是队会上决定的，怎么就有人不服气呢？他再怎么对你承包这鱼塘有意见，也不应冲你来呀，应该找陆大奎说去。”

王大虎为这事心里也有些想不通，说：“爸，我承包这鱼塘是和队上签了合同的，马二娃凭什么来找我麻烦，你说这鱼塘放水不从坝下他的田里放出去，难道还能从天上飞下去？”

王生地想了一下，说：“大虎，既然马二娃对你承包鱼塘有意见，他以后可能还会找你麻烦，上面这么大一个鱼塘，总不能不放水，如果放一次水吵一次架，那以后只能是矛盾越积越深。我想，干脆我们把坝下他的那块水田换过来，你看？”

王大虎听后，喝了一口酒，大声说：“这鱼塘又不是我才修的，是生产队时就有的，他坝下的田也是以前生产队时就在那里的，以前鱼塘放水都是这么放，我凭啥拿好田去把他这田换了？”

王生地想，冤家宜解不宜结，拿好田去换那块薄田，肯定不划算，但这样也少很多事，自己吃点儿亏也没啥，只要马二娃以后不来找他们的麻烦就行了。他说：“大虎，在分田时马二娃不就和我们争河边那块大田吗？干脆我们就把那块大田换给他，以后呀，我们放个水什么，就方便多了，我们都是乡里乡亲的，放一次吵一次也不值呀。”

王大虎坚决不同意，说：“不行，我坚决不换，看他马二娃能把我怎样！”

吴良贤听见他们的话后，也劝道：“大虎，你爸说得没错，干脆把我们的那块好田换给他，这样就省事多了。”

王大虎站起来，说：“我看你们就是太老实了，你以前不是常说陆大奎安起心害你，把你生产队保管员弄掉吗？他为什么弄你，还不是看你老实……”

不提这事还好，一提起这事，又让王生地生气了，他大声说：“你别说了，陆大奎虽然想方设法把我撤掉，但我还是没被饿死，也还是把你们养大了。我原以为陆大奎这队长能压我一辈子，现在土地承包到户了，他这个队长还能有啥用？”

王大虎知道是他这句话又让父亲生气了，他赶忙说：“爸，喝酒，别再说以前那些事了。”

王生地说：“是你提起的嘛，还叫我不说。”

吴良贤说：“好了，你们都别喝酒了，酒喝多了伤身体。”

王大虎说：“话又说回来，今天要不是队长来，马二娃来闹事还不知道怎么收场，不管怎么说这事也得感谢他。”

王生地说："感谢他？你还把他当恩人了？他还没有把我们家害够？如果他不逼陆萍嫁给刘吉祥，你还能丢了红砖厂的工作？你能跟着史小军去卖化肥差点儿进牢房……"

王大虎一听这事，他的气也来了，本来他想好好陪父亲喝酒，和父亲说说话，怎么父亲又说起那些事了。他起身说："爸，你怎么老是说那些事，烦不烦呀，这酒我不喝了。"

说罢，王大虎走了出去。吴良贤问道："大虎，这么晚了，你去哪儿？"

王大虎说："今晚我去鱼塘边棚子里睡。"

王大虎来到鱼塘边，这个鱼塘在一个山脚下，远处的山上黑压压的，借着周围农家小院透过来的灯光，塘边的树映在水里，亮亮的，也朦朦胧胧。他在塘坝上站着，似乎觉得鱼塘边的夜色还真美，这不是他第一次来，可他似乎觉得，今晚这里别有一番美景，美得让他不知道怎样去形容。

这时，常春春来了，他问道："春春，这么晚了，你去哪儿呀？"

常春春说："大虎，你说，这么晚了，我还能去哪儿呢，我是专门来找你的。"

王大虎听后，高兴地笑了，可他不明白，常春春怎么知道他来这里了，难道她在跟踪他，他去了哪儿她都知道？他问道："春春，你怎么知道我来鱼塘了？"

常春春笑了，说："你以为你是神仙呀，来无踪去无影，你别忘了，你要从我家院前经过。大虎，你也不够意思，刚才你从我家院前经过，我明明就站在院坝里，你也不进来看看我，低着头就走了，我这么让你讨厌吗？"

常春春性格开朗，有话就说，这是他早就知道的，可她说她刚才站在院坝里，他确实没看见。他说："春春，你站在院坝里，你院前那么多竹子，又是晚上，我怎么能看见呢，可你为什么不叫我一声？"

常春春想了一下，说："也是，这样更好，这儿多清静，夜色这么美，是个约会的好地方。"

王大虎赶忙问道："春春，你说是来找我的，你找我有啥事呀？"

常春春又不高兴了，说："大虎，每次你都这样问，你这是啥意思，我要有事才能来找你呀？你别忘了，你亲口对我说过，你喜欢我。"

王大虎说："对，这是我亲口说的。"

常春春笑了，说："只要你记着说过的话就好。我今晚来找你，是我给你买了件衣服，你试试吧，看穿上合身不？"

王大虎接过衣服，问道："春春，你为啥给我买衣服？"

常春春说："你傻呀，我为什么给你买衣服你不明白？我喜欢你，给你买件衣服不行吗？再说，你现在承包鱼塘了，是老板了，一趟县城一趟镇上的，没一件好衣服怎么行，别愣着了，快试试吧。"

王大虎听常春春这么说，高兴地准备试衣服，可当着她的面，他不好意思脱衣服。他说："还是别试了，你买的肯定合身。"

常春春笑了，说："这是西装，是穿在外面的，又不是衬衣，不用脱衣服试的，你直接穿上试试就行了。"

王大虎便从口袋里拿出来穿上，很合身。他说："春春，你买这件衣服很合身，你真行呀，又没问我就知道我穿多大的衣服，你真细心。"

常春春叹息一声，说："我哪里知道你穿多大的衣服，我先前给你选的那件小了，是陆萍说你穿中号。所以，我才给你换了一件中号的。"

王大虎一听陆萍这么说，他赶忙脱下衣服，说："什么，这衣服是陆萍给我买的，我不要，你给她拿回去。"

常春春说："王大虎，你这是什么意思，你想得美，现在陆萍已嫁人了，她还能给你买衣服，你做梦吧。告诉你，这件衣服是我出钱给你买的。"

王大虎听后笑了，说："这还差不多。哎，春春，这件衣服这么好，你花了多少钱买的？"

常春春说："六元钱。"

王大虎以为自己听错了，他看这件衣服也不像地摊货，他说："什么，六元能买这么好的衣服？"

常春春知道自己说漏了嘴，可现在她又不得不说实话，她说："是这样的，我去陆萍的服装店给你买衣服，她叫我只给点儿本钱，她说这件衣服进价三元，我想再怎么说也不会三元，我就给了她六元。"

王大虎似乎明白了，这肯定是陆萍知道常春春给他买衣服，才象征性收点儿钱，但看常春春一片好心，给他买衣服，他也不好再说什么了。他说："春春，走，我们去鱼塘边走走。"

常春春说："好呀，我就是来看你的鱼塘的。"

月亮给大地抹上一片银光，星星居高临下窥视着春夜的秘密，原野正在悄悄地更换着盛装，大地上洒满了雾的沁凉。夜的芳香弥漫在空中，织成了一只温柔的网，把所有的景色都罩在里面。秋天夜的美丽，像花在明镜中的投影。此时，有常春春陪着他，王大虎感觉很温馨，山变得丰腴，水变得温柔，风变得凉爽，云变得淡远。夜色在静静地流淌着，从坠着石榴、柿子、板栗的枝头上流淌，从挂着扁豆、丝瓜、葡萄的藤蔓上流淌，从裹着稻谷、高粱、玉米的长穗上流淌，整个田野洒着一片金浪，流淌着喜悦，流淌着欢声笑语。

他们沿着鱼塘边慢慢地走着，边走边说着话，常春春说："大虎，我知道你已失去陆萍了，你是不是不想再失去我了？"

王大虎点点头说："是呀，春春，我越来越觉得你很可爱，也很好，我现在真的喜欢上你了。"

常春春不敢相信，王大虎现在还能说这话了，是他进步了，还是他变坏了？她说："那你这么喜欢我，去找村里王二娘来我家说媒，这事得早点儿定下来，不然，我爸真要逼我去另外相亲了。"

王大虎笑了，说："现在是啥时代了，还要请王二娘来说媒，我俩不是已经谈上了吗？"

常春春生气了，说："大虎，你怎么还不明白呢，这是在乡村，我们虽然好上了，但我父母他们会怎么想？"

王大虎想了想，说："春春，你看我这鱼塘才承包下来，现在正请人弄鱼塘，我还有很多事要忙，等以后我这鱼塘真的养上鱼了，卖了钱后，我会风风光光找媒人去你家提亲。"

常春春听后，有些生气地说："我不知怎么说你，你就是傻子一个。"

2

这天晚上，刘吉祥很晚才回来，他喝得烂醉，陆萍赶忙把他扶到椅子上坐下。他也不是第一次喝得这么醉了，陆萍见他这样就生气，她大声说："看你，每天都喝得这么醉，你还回这个家干什么？你怎么不在外面喝个通夜，喝死了更好，省得我心烦。"

刘吉祥大声说："我喝酒怎么了，我高兴，我就是要喝酒，看你能把我怎么样？"

再怎么说，刘吉祥也是她丈夫，她虽然吵他，但看他醉成这样，还是有些心疼。她赶忙给他泡了一杯浓茶来，说："快喝点儿浓茶，浓茶能解酒。"

刘吉祥端起茶杯喝了一口，说："我们供销社转制了，转成私人企业了，镇供销社由一个科长承包了，我下岗了。"

陆萍听后很吃惊，大声地问道："什么，你们供销社不是国营企业吗，怎么这么快就转成私人企业了？你是喝了酒说胡话吧，这怎么可能呢？"

刘吉祥虽然喝了酒，话也有些说不清楚，但头脑还清醒，他说："农村土地承包到户了，大多数人不是出门打工就是经商，现在进城摆地摊的人很多，而且卖的商品价格便宜，镇供销社也就年年亏损，现在只能转制，改国营企业为私人企业，我们自然就下岗了……"

陆萍听明白了，她不相信，短短几年间就发生了这么大的变化，但她也知道，这是改革开放年代，以前所有物资由供销社经营，现在谁都可以卖了。

在陆萍的记忆中，供销社建在镇上最热闹的街道，更是个十分让人向往的地方，它那高高的木柜台、漆黑的算盘珠子，充斥着酱油、煤油、尿素等气息的空气，凝固在她鼻腔的记忆里，让她不能忘记。两扇虚掩的天蓝色大木门，三间坐北朝南向阳的大房子，砖混结构的样式，一角二分钱一包的腐豆糖、一分钱一粒的水果糖、印着大白兔样子的软糖、称斤卖的脆皮五香瓜子、叫不出名的各种蜜饯及糕点饼干等，都静静地躺在玻璃柜台里。中间一排柜台里，放着小人书、铅笔以及家里常用的保温瓶、针头线脑、别针纽扣、百雀羚雪花膏之类的东西。右边的一排柜台里，散乱堆放着大人们穿的解放牌胶鞋、雨鞋及塑料底之类的物品。柜台的后架上，有过年才能喝到的水蜜桃香槟、大人们舍不得买的白瓷瓶五加白好酒，以及一摞一摞的红糖。柜台角落的转角处，存放着白布口袋装的白糖、铁皮大桶装的香油、猪板油及点灯用的煤油。柜台左边的板面上，放着蓝色、黑色以及红色的确良布匹，一把长长的木尺子规矩地压在布匹上面……

转眼间，镇供销社怎么就改制了呢？这改制意味着没有了，不存在了。她说："那镇供销社改成私人企业了，也要人上班，你怎么下岗了？"

刘吉祥又喝了一口茶，说："现在镇供销社由一个科长承包了，他哪肯要我们这些坐办公室的人，只要守门市的售货员，他留下的人还不到三分之一，而另外三分之二的人全部下岗。"

刘吉祥也许是喝了酒，或者是因为他在镇供销社干了这么多年，工作说没有了就没有了，他竟伤心地哭了。别说刘吉祥在镇供销社上了这么多年的班，就是陆萍听后也接受不了这个事实，可这毕竟发生了。他说："好好的一个正式工作，怎么说没有就没有了呢？我在镇供销社干好几年了，刚当上办公室主任，怎么就改制了，我以后干什么呢？"

陆萍赶忙走过去，劝道："吉祥，你也别难过了，下岗也不止你一个，别人能生活，你为什么不能？你有手有脚的，还怕饿死不成？"

说着说着，刘吉祥闭上眼睛，他想睡觉了。陆萍扶他去床上，并打来水给他洗了脸和脚，给他盖上被子，她却坐在椅子上，一点儿睡意也没有。

陆萍知道，刘吉祥一时还接受不了这下岗的事实，还有就是像刘吉祥说的，以后他又能干什么呢？虽说他们家经营着一个服装店，但这个店小，现在摆地摊的人多，地摊上的衣服便宜。这是乡场上，来乡场上买衣服的都是些乡下人，乡下人爱买便宜的衣服，所以她这服装店里的生意，也一天不如一天了，那点儿收入也只能够维持家里的日常开支。

这时，婆婆吴丛花进来了，她披着衣服，看样子是睡了，可能是住在隔壁的她，听见了他们刚才的对话，才特地过来看看。她去床边看了看，问道："吉祥睡了？"

陆萍点了点头说："是的，睡着了。"

吴丛花在椅子上坐下，说："陆萍，吉祥说镇供销社改制了，他也下岗了，真的吗？"

陆萍说："我也是刚才听他说的，看样子是真的。"

吴丛花叹息一声，说："怎么会这样，我只知道土地承包到户了，没想到镇供销社也要改制。那年，吉祥想去当兵，他是独子，我们就没让他去，后来镇供销社招工，我们是找熟人，通过关系才把他弄进去的，心想镇供销社是个好单位，大到化肥布匹，小到油盐都得在供销社才能买到。哪知，现在改革开放了，所有吃的穿的用的，人人都买得起了。我知道镇供销社早晚会被淘汰，没想到这么快呀。"

陆萍也感到十分意外，她能嫁给刘吉祥，虽然并不是完全看重他是镇供销社正式职工，但她父母却十分在乎这个，她的亲戚朋友更是把她能嫁一个供销社正式职工当成一种荣耀。更实际一点儿的，刘吉祥每月的工资，不说能办多大的事，也是家里开支的一个重要来源，现在他下岗了，家里收入少了不说，爱面子的他怎么去面对这个事实？她说："不过，我想吉祥会接受这个现实的。"

吴丛花说："陆萍，我知道吉祥好面子，他以前因为是供销社正式职工而风光，现在他没工作了肯定难过，你要好好劝他，毕竟你们是夫妻。"

陆萍说："妈，你放心，我会劝他的，没工作了没关系，关键是自己要振作起来，你看乡下那些人，都没有正式工作，他们出去打工或经商，一样过得好好的。"

吴丛花听陆萍这样说，松了口气，说："你这样想就对了，你以前可能是看到吉祥有一个正式工作才嫁给他的，现在他没有工作了，我怕你想不通，听你这么说，我就放心了。"

陆萍说："我们不是还有个服装店吗，以后我和吉祥好好经营这个服装店，我还想扩大经营规模，多进一些品种，不说能挣大钱，至少维持得了家里的日常开支。"

吴丛花笑了，说："对，我们家还有个服装店，经营好了，比他上班强。时间不早了，我过去睡觉了，你也早点儿睡。"

说罢，吴丛花出去了，陆萍也关门睡觉了。

第二天早上，陆萍的服装店刚开门，王大虎便走了进来。她吃惊地问道："大虎，你这么早上街，是家里有事还是去办什么事？"

王大虎背着背篼，他笑了，说："我呀，承包了村里的鱼塘，你可能知道了吧？"

陆萍边忙着摆她店里的服装边说："知道了，怎么了？"

王大虎似乎因为承包了队上的鱼塘，找到事情干了，说话也有底气了，他大声说："我请人帮我清理鱼塘里的稀泥，用石板铺坝干，弄了好几天了，今天可能就要完工了，等完了工后，秋雨一来，我那鱼塘蓄上水，明年开春后投放鱼苗，年底就可以卖鱼。"

陆萍见王大虎不再像以前那么自卑，更觉得他有奔头了，也从心底为他高兴，她说："大虎，你真行呀，我相信你一定能赚大钱的。"

王大虎听陆萍这么说，也高兴了。他说："陆萍，你可能不知道，这个鱼塘，队上有好几家人都想承包，还是我出手快，最终让我承包到了。村里好多人说承包这鱼塘有搞头，一年下来再怎么说，也能挣个好几千吧。"

陆萍问道："大虎，你这么早上街，是去买菜回去吧？"

王大虎只顾和陆萍说话，却忘了他是来买菜买烟酒的，赶忙说："对，我差点儿还忘了，我得去买菜了。"

陆萍问道："大虎，春春给你买的衣服，你穿上合身吗？"

王大虎笑了，说："合身，我穿上也很好看，还是春春细心，我穿多大的衣服她都知道。"

陆萍听后，心里有点儿不是滋味，但她还是说："合身就好。"

这时，刘吉祥走了进来，见陆萍和王大虎这么亲切地说话，他一脸不高兴，大声说："陆萍，你还啰唆什么，还不快把这些衣服摆好。"

王大虎刚才还很高兴，但他见了刘吉祥，心里一下就不开心了，他转身就走了。

刘吉祥大声说："我看这个王大虎是脑子有毛病，他承包个破鱼塘，还到这儿来说，这就是在显摆。”

陆萍听刘吉祥这么说，知道他是在生她的气，就说：“吉祥，你这样说王大虎就不对了，他承包到队上的鱼塘高兴，给我说说又怎么了？”

刘吉祥更生气了，说：“他为什么要跑来给你说，我还不清楚？他还对你没死心！他也不看看，他算什么呀，简直是不可理喻。”

陆萍大声说：“不可理喻的是你。”

3

陆萍感到身体有些不适，整个人打不起精神，起初是厌食、呕吐、反胃、烦躁等，她总是忍着。这几天越来越严重，她感觉可能是病了，便到镇卫生院做了检查。检查结果出来后，医生告诉她说：“恭喜你，你已经怀孕了，你这些症状不是生病，是妊娠反应，回去注意休息。”

陆萍听后很吃惊，虽然她和刘吉祥结婚已两年了，按常理早该有孩子了，不知为什么，她就是不想要孩子，现在她知道自己怀孕了，这个消息来得太突然了，她似乎还没做好当妈妈的准备。可她还是暗自高兴，腹中有了新的生命，那是她的血、她的肉、她的希望。她仿佛感觉到腹中的孩子一下就长大了似的，无论是用左脚踢，还是用右手摇，这一切对她来说都是快乐的。

陆萍回到服装店里，刘吉祥在帮她守着服装店，见陆萍回来了，说：“你怎么才回来，镇卫生院就在前面不远，看个病去这么久？”

本来陆萍想把她怀孕的消息告诉刘吉祥，也让他高兴高兴，可她听刘吉祥这么一说，好好的心情没有了。她生气地说：“你现在又不上班了，守会儿服装店又怎么了，我是去镇卫生院看病，又不是出去玩。再说，现在去医院看病，医生首先就是开单子做检查……”

刘吉祥似乎不耐烦了，说：“得了，别说了，我还不知道去医院看病要检查吗？就算做个检查，也用不了这么久。你是见我现在不上班了，让我整天守这个服装店，告诉你，我宁愿玩，也不会守店的。”

陆萍生气了，说：“那你告诉我，你不守服装店，你又能干啥？你难道还去哪个企业打工，你还能像其他人那样去摆地摊挣钱？”

刘吉祥因为以前在镇供销社上班风光体面惯了，现在突然没工作了，叫他来守服装店，好像怕熟人看见了他没面子，更主要的是他觉得以前他有工作时，陆萍还敢这样说他吗？现在他下岗了，不但别人瞧不起他，就是他老婆也不把他当回事了，简直让他无法接受。他大声地说："够了，你还有完没完，我堂堂一个供销社职工，还去企业打工，你不怕丢人？"

陆萍不知道怎么说他了，不管再怎么要面子，下岗的事实就摆在面前，也不得不面对，她说："刘吉祥，我不知怎么说你，你以前是镇供销社职工，现在还是吗？再说那些在企业打工的人，哪里丢人了？比如镇红砖厂效益这么好，为什么不可以去那里上班？"

没想到，陆萍还叫他去镇红砖厂打工，那是什么地方，是一个私人企业，不说那里的活有多重，在这个镇上谁不认识他呢，现在还去丢那个面子？他更加生气了，走过来想给陆萍一耳光，但他没打下去，便骂道："你再说，看我打你不？"

陆萍也不甘示弱，大声说："那你打呀，有本事别整天待在家里，出去干活挣钱。挣不了钱，还打老婆，算什么本事。"

吴丛花听见他们的争吵声，便从对面麻将馆里走过来，说："你们吵什么，这样吵吵闹闹还怎么做生意？"

听婆婆这样说，陆萍没再出声了，仿佛她是在给婆婆面子。吴丛花又轻声对陆萍说："陆萍，你就让着他点儿，吉祥才下了岗，心里也不好受，慢慢地他想通了就好了。"

刘吉祥见母亲过来劝了，没有再说什么，转身就走了出去。

当着刘吉祥的面，陆萍还和他对着干，一点儿也不相让似的，可刘吉祥一走，她才感到很委屈，哭着说："当初，我并不是看他是镇供销社职工才嫁给他，我以为他人老实，脾气好，哪知他还这脾气，算我瞎了眼，看错人了。"

吴丛花知道陆萍是在气头上，说的是气话，她也是这样过来的，小两口儿吵架，哭哭闹闹后就没事了。她说："陆萍，你进屋去休息，今天我来守服装店。你先消消气，两夫妻拌拌嘴，一会儿就好了，别多想。"

陆萍说：“早知这样，我先前去镇卫生院时，该把我肚子里的孩子打掉。”

吴丛花一听，赶忙问道：“你说什么，陆萍，你怀孕了？”

她把医院检查结果递给吴丛花说：“你看吧。”

吴丛花接过那检查结果单认真地看了看，高兴地说：“你是真怀上了，这下我就放心了。陆萍，你们结婚两年了，这事我又不好问你，我还以为是吉祥身体出了什么毛病。现在看来你们身体都没问题，两年了，总算怀上了，我可以抱孙子了。”

陆萍见婆婆高兴的样子，心里的气似乎也消了许多，她说：“本来我还没打算要孩子的。”

吴丛花说：“什么，你没打算要孩子。陆萍，这就是你不对了，你都嫁到我们刘家了，再怎么说也得为我们刘家生儿育女。你和吉祥都不小了，也该有自己的孩子了。快进屋里休息，这店呀，我来守。”

陆萍去里屋休息了。一会儿，刘吉祥回来了，见服装店是母亲在守，他又生气了，走去里屋大声说：“你还真来劲了是不是，你不守服装店，让我妈去守，你还在屋里睡觉，你良心过得去吗？”

陆萍一下从床上起来，她心里的气还没找到地方发，大声说：“刘吉祥，这话应该我说，你整天不是去麻将馆打麻将，就是与那些不三不四的人喝酒鬼混，你说，你还要不要这个家？”

刘吉祥本来就有气，再听陆萍这样指责他，伸手就给陆萍一耳光，骂道：“你以为我是这么好惹的，告诉你，我从没怕过人。我打麻将怎么了，我喝酒怎么了，我愿意，你管得着吗？”

陆萍不依不饶，她也扑上去和刘吉祥打起来，骂道：“我看你打，你打呀，有本事挣大钱去，整天待在屋里打老婆，你是个男人吗？”

吴丛花赶忙跑进来，把他们拉开，大声吼道：“你们这是怎么了，不但天天吵架，还出手打架，你们是存心要气死我，对吧？”

见吴丛花发火了，他们都不出声了，陆萍扑在床上哭起来，吴丛花走过去，劝道：“陆萍，你别哭了，哭对你肚子里的孩子不好，哪有夫妻不吵架的，想开点儿，互相让一让就没事了。”

刘吉祥听后，大声问道：“什么，她怀上孩子了？”

吴丛花说："吉祥，不是我说你，你虽然下岗了，但也不能天天打麻将喝酒。你想想，你如果再这样下去，等你的孩子出生后，你拿什么养孩子？"

刘吉祥这下明白了，原来陆萍怀上了他的孩子，他赶忙走过去，说："陆萍，对不起，我真不知道你怀孩子了。"

陆萍大声说："滚，我不想见到你了。"

刘吉祥只好走了出去，吴丛花劝了劝陆萍，又去守服装店了。

陆萍想，她和刘吉祥吵了架，他还出手打了她，虽然是夫妻吵架，但不管怎么说他也不应该出手打人。想来想去，她决定回娘家住几天，散散心再回来。

陆萍收拾东西回娘家去了，一到家里，张翠花便问道："陆萍，你一个人回来的，吉祥呢，怎么没和你一起回来？"

陆萍不好告诉母亲是和刘吉祥吵了架回来的，她装出一副笑脸，说："他没空，我有一段时间没回来了，今天回来看看你和爸。"

尽管陆萍装着若无其事的样子，但张翠花仍觉得不对劲儿，而且看出陆萍似乎刚刚哭过，眼睛还是红红的，便问道："陆萍，你们是不是吵架了？"

母亲不问还没事，她这一问，陆萍实在忍不住了，她一下哭起来，说："是的，我们不但吵了架，刘吉祥还动手打人，我不想回去了。"

说罢，陆萍一下扑入母亲的怀里，陆萍也是大人了，可在母亲面前，她永远是个孩子。张翠花用手摸着陆萍的头，问道："陆萍，让我看看，打伤哪里没有？"

陆萍摇了摇头，仍哭着没有回答。张翠花似乎明白了，他们也只是吵吵闹闹，再怎么说他们也是夫妻，不可能像和外人打架那样，会打出个啥来。她也是过来人，懂得年轻夫妻之间少不了吵吵闹闹的，她笑着说："好了，陆萍，夫妻之间吵吵没什么，你也别哭了，回来住几天再回去吧。"

在母亲的劝说下，陆萍的情绪好了许多，她问道："妈，爸呢？"

张翠花说："你爸呀，他下地干活去了，自从土地承包到户后，他这个队长除了干自家地里的活，也没啥事了。"

张翠花又继续忙家里的活，她用木棒拍着刚从地里收回来的高粱，陆萍也走过去，一边帮母亲干活一边和母亲说话，母女俩显得特别的亲切。对于陆萍来说，她虽然出嫁了，但家是最好的归宿，更是心灵的港湾，不管在外面经历了什么，只要回到家里，似乎就得到一种心灵的安慰。

这时，在地里干活的陆大奎回来了，见陆萍回来了，高兴地问道："陆萍，你啥时回来的？"

陆萍见父亲回来了，她知道父亲爱喝酒，便从包里拿出两瓶好酒，递给父亲说："爸，我给你买了两瓶五粮液，这可是好酒哟。"

陆大奎拿着酒一看，说："五粮液呀，这真是好酒，我在电视上看到打广告了，今晚我得好好喝几杯。"

张翠花去做饭了，陆萍也去帮忙做饭。陆大奎叫道："陆萍，你过来坐会儿，你妈能做好饭的。哎，刘吉祥怎么没和你一起回来？"

陆萍说："他忙，走不开。"

陆大奎想了一下说："不对呀，今天是周末，他不上班，还忙啥？"

刘吉祥下岗的事，她本来想瞒着父母的，不想让父母为这事担心，可父亲这一问，她也不得不告诉他，她轻声说："爸，刘吉祥上班的镇供销社转制改成私人企业了，他也下岗了，他现在没班上了。"

陆大奎没听明白，说："他不上班了，也好，只要他每月有工资就行。"

陆萍赶忙说："爸，他不上班了，哪还有工资呢？"

陆大奎大声问道："那他还是镇供销社正式职工不？"

陆萍笑了，说："他都下岗了，哪还是正式职工，没有工作了。"

第十一章　进　货

1

乡村的夜，静谧而祥和。流萤在夜空中闪烁，也夹杂着些许风声，蟋蟀弹奏着温柔的曲子。陆萍独自坐在院坝里，静静地想一些事情，想这些年走过的路和经历的事，或者什么也没想，只听风吹树叶的声音，以及这静夜里一切沉睡或者苏醒着的事物，渐渐沉醉于乡村的夜，她仿佛成为这个乡村夜晚的一部分。

因为陆萍回来了，张翠花便弄了很多菜，陆大奎倒上陆萍买来的好酒，十分高兴地喝起来，他说："还是我闺女好，知道我喜欢喝酒，还给我买这么好的酒。当初，要不是我尽力相劝，你能嫁到镇上去吗？再怎么说，街上就是比乡下好。"

陆萍给父亲夹了菜，说："爸，你少喝点儿酒，酒喝多了对身体不好，多吃菜。"

陆大奎吃了口菜，说："我都喝了几十年酒了，你叫我不喝了，我还不习惯呢。想当年在集体时，哪家不请我喝酒，他们不是想叫我给点儿高工分的活干，就是叫我关照一下把自留地分好点儿，这还不算啥，乡里和大队的领导凡来队上检查生产或开个会，也得让我去陪酒，我这酒量就是这样练出来的。"

张翠花知道他又在说酒话了，这些话不知听了多少遍了，她说："她爸，你喝了酒话就多。少喝点儿，你以为还像年轻时那样，喝得再醉也没事？"

陆大奎笑了，说：“你看我老了吗？我才刚满六十，我身体还硬朗得很，就是现在的年轻人，肯定也喝不赢我嘛。”

陆萍见父亲高兴，就说：“妈，你就别管爸了，他喜欢喝就叫他喝嘛。”

陆大奎又喝了一口酒，说：“就是嘛，今晚女儿回来了，又给我买了这么好的酒，你说我还不高兴吗？”

张翠花知道，土地承包到户了，他这个队长事情也没以前多了，一心想干事的他，还是多少有些失落，好像喝了酒才能找到当年那种感觉。可她却不好明劝他，别把那些当回事，过去的事就过去了，别再去想了，只说：“女儿给你买的两瓶酒，又不是让你今晚喝完，快吃菜，这是在家里，又不是在外面，适当喝点儿就行了。”

陆大奎放下酒杯，说：“好，我少喝点儿。现在我这个队长也没多大的事了，一般的人家也不再请我去喝酒了，镇里和大队的领导也不经常来了，我不在家里喝还能去哪儿喝酒？”

陆萍问道：“爸，听说王大虎承包了生产队的鱼塘？”

陆大奎笑了，说：“是的，这个王大虎，我不知怎么说他，开会前我专门去找他，问他愿不愿包鱼塘，如果他愿意，每年我可以少收他一百元的承包费，他说什么也不愿意承包。可在队会上，他又要承包了，要不是我帮他，就凭他还能争得过其他人？”

陆萍相信父亲说的是真话，以她对王大虎的了解，他就是这么一个人，他想要承包鱼塘，不会因为她而少交队上一百元承包费。在队会上，他要承包鱼塘，肯定有人和他争，以王大虎的能力，肯定争不过别人，这事不用说也是父亲偏向他才让他承包到鱼塘的。她说：“谢谢爸，我知道王大虎一直就想承包这鱼塘，我想他会把这鱼塘弄得更好的。”

陆大奎听后有些不明白，陆萍都已结婚两年了，还在帮着王大虎，他不知怎么说她。女儿大了，有些事不说为好，他又端起酒喝下，说：“难说，王大虎虽然承包到鱼塘了，但能否把这鱼塘发展好，能不能挣钱，全看他的能力，我也只能帮他这么多了。”

张翠花看了看陆萍，见陆萍吃得很少，而且吃了一会儿又过去吐了。她问道：“陆萍，你这是怎么了，是不是病了？”

陆萍摇了摇头，说："不是。"

张翠花明白了，说："那你是不是怀上了？"

陆萍点了点头说："我今天去镇卫生院做了检查，医生说我是怀孕了，吃了就吐这是妊娠反应，没什么的。"

陆萍吐完后，张翠花又把她扶了过来，说："陆萍，你不吃不行，还是要吃点儿。"

陆大奎一心喝酒，也没有注意她们，更没有看出什么。他问道："陆萍，你说吉祥下岗了，没工作了，那他以后干什么呢？"

陆萍想了一下，说："这个我也不知道，我想他以后只能和我一起经营那个服装店了。"

陆大奎摇了摇头说："怎么这样呢，好好的一个镇供销社，怎么说改制就改制了呢？吉祥这么好一个工作，怎么说没有就没有了？"

陆萍也无法接受这个事实，可她在父母面前，却装作若无其事的样子，她是不想让父母担心。她说："爸，现在是啥年代了，有工作和没工作有什么区别呢？你看那些出去打工的哪个没挣钱，那些摆摊做生意的哪个没发财，有的还把工作辞了去下海，有的还真当上大老板了。"

陆大奎知道陆萍说的这些是真的，可他心里还是不认同陆萍的观点。好歹他也是当了多年队长的，他也见过镇里的那些干部，有个正式工作多好，整天坐在办公室里，不怕干旱水灾，每到月底工资就发来了，这才是衣食无忧。他说："陆萍，你说的这些我都懂，也确实是这样。我也是一个队长，去镇里开过这方面的会，也懂得现在的政策。可我总认为，那些经商办企业的人很多，真正发财的还是少数。以前，凡我向别人说起我女婿是镇供销社正式职工，个个都说，我这个女婿选得好，让我脸上也有光。"

张翠花听陆大奎说这话，好像让陆萍心里有些难过，赶忙说："她爸，现在吉祥都下岗了，你还说这些干啥？以后他和陆萍一起经营服装店也很好的，你脸上一样有光嘛。"

陆大奎喝了酒话就多，没完没了，但听得出，他说的是一些心里话，他说："唉，早知吉祥下岗了，我就不该把这鱼塘承包给王大虎，让吉祥来承包，他在镇供销社工作过，肯定比王大虎管理得好。要不，我找个理由去把这鱼塘收回来，让吉祥来承包。”

陆萍赶忙说：“爸，你怎么能这样呢，你把这鱼塘承包给王大虎，是在队会上通过的，也当场签了合同，你还能收回来呀？再说，别说让吉祥来承包这鱼塘，就是叫他帮我守服装店，他都怕别人笑他。你说，他能愿意来承包这鱼塘吗？”

陆大奎听后，想了一下，说：“也是，他一个镇供销社职工，随便找个啥事干，也不能跑来承包这鱼塘，别说他怕人笑话，就是我在别人面前也没面子。”

吃完饭后，陆萍没事在院前转转，她好久没回乡下老家了，虽然离开乡下才两年，但她似乎觉得离开很久了一样。乡下比镇上要清静得多，夜幕笼罩着山村，那田野、那山川，在远处农家小院灯光的映衬下时隐时现，让人产生无尽的遐想……

现在陆萍也不是少女了，她已结婚了，自己肚子里又怀上了孩子，很快就要当妈妈了，可她还是自然不自然地回忆着许多美好的往事，这个山村留给她的回忆太多了，似乎都与王大虎有关。她看着对面王大虎的家，屋里还亮着灯，她想王大虎这时在家里干什么，是在忙碌着鱼塘的事，还是一个人在喝闷酒呢？

夜出奇地静，此时，她望着那条通往王大虎家的小道，好像盼望着王大虎又像以前那样，吃了晚饭便从那条小道走来找她。可不知怎么的，她现在却怕他从这条小道上走来，他们见面后，又能说什么呢？

王大虎竟真的出现了，他见到陆萍，很吃惊地问道：“陆萍，你怎么回来了？”

陆萍赶忙说：“好久没回娘家了，我今天回来看我爸妈。哎，大虎，这么晚了，你去哪儿呢？”

王大虎急匆匆地说：“我来找你爸，他在吗？”

陆萍听后，不知出什么事了，问道：“大虎，你找我爸有啥事？”

王大虎大声地说：“那鱼塘我不承包了。”

陆萍听后很吃惊，她不知道王大虎是怎么想的，好不容易把鱼塘承包到，怎么又反悔了？她问道：“大虎，你别急，慢慢说，到底出什么事了，怎么不想承包鱼塘了？”

王大虎叹息了一声，好像还在生气一样，说："那个马二娃今晚又来我家闹，他那块田在我鱼塘坝干下面，鱼塘放水就得从他田里经过，他叫我每年给他一些补偿，不然就不准我从他田里放水。你说，这是什么事呀，这鱼塘放水一直都是从他那田里经过的，现在他不要我从他田里放水了，我承包这鱼塘还怎么管理，难道就不放水了？"

陆萍听明白了，笑着说："大虎，这么点儿小事，你就急得没办法了？"

王大虎说："你说这还是小事呀，他不准水从他田里经过，那我鱼塘的水又从哪儿放出去呢？"

陆萍对那鱼塘熟悉，也知道坝下马二娃那块田，马二娃说得也有道理，每次放水都从他田里经过，不冲坏秧苗也得冲走田里的肥料，对庄稼的收成肯定有影响。她想了想说："你从塘坝旁边修一条水渠，绕过他田里就行了。"

王大虎听后，想了想，觉得这是个好办法，可他想那又得花钱，便说："这是个好办法，可又得投入钱呀，维修塘坝我已投入好几百元了，还要投入这么多钱进去，恐怕我爸也不支持了。"

陆萍听出王大虎是没钱投入了，她想帮他一把，再怎么说她有个服装店，手头也比他宽裕。她说："大虎，如果你需要钱，我可以先借点儿钱给你，你这鱼塘发展好了，有收入了再还我就是。"

王大虎高兴地说："陆萍，你说的是真的？你借钱给我，刘吉祥会同意吗？"

王大虎这一问，还真是个问题，刘吉祥肯定不同意借钱给他，她想了想说："不让他知道就行了。"

再怎么说王大虎也是个男人，他也有血性和自尊心，他说："那就谢谢你了，我不借了，我自己想办法吧。"

说罢，王大虎转身就走，陆萍问道："大虎，你不是要去找我爸吗，他在家，你怎么不去了？"

王大虎边走边说："不去找你爸了，我按你说的在坝干边修一条水渠，这事就解决了。"

2

刘吉祥好像经历了生命中的一个大的转折，不仅工作没有了，而且思想上还受了折磨。记得第一天踏进镇供销社上班时，他心中不知有多么高兴，仿佛从此就可以大展宏图了，对未来更是充满着憧憬。哪知，现在供销社改制了，他下岗了，自己好像跌进了一个黑暗的冰窖，看不见了前面的路，他抱怨，怨恨，却又不得不面对现实，接受眼前的一切。

每当夕阳西下的时候，他总会独自一人站在河边，望着西边天际的那一抹余晖慢慢地由金黄色变成粉红色，又变成暗红色，最后，变成了暗色的天空，勾勒出大山的轮廓。随着华灯初上，天空和大山都消失在茫茫的夜色之中。他的心也变得极其的消沉，就如眼前的一切，都笼罩在夜色之中。他恨自己生不逢时，恨命运对自己的不公，情绪极其低落的他走在回家的路上，心中还沉浸在一片迷茫之中，每天都是这样失落地进入了昏昏的睡梦中。

尽管这样，刘吉祥还告诫自己，不能再这样沉沦下去了，他虽然下岗了，但他家还有个服装店，很多人靠摆摊依然过得很好。慢慢地他想通了，决定和陆萍一起把这个服装店经营好，这让陆萍很高兴。

陆萍挺着大肚子走了进来，刘吉祥说："你怀着孩子，再睡会儿吧。"

陆萍感觉没什么，这是怀孩子又不是生病，完全可以做事，她说："没事，听娘说她怀我时，都快生了还在干活，我哪有那样娇气呢？"

刘吉祥还是心疼陆萍，他十分认真地说："快进去再睡会儿，这店我来守，你就安心，听见了吗？"

陆萍看了看店里，那些服装他已经分类挂上架了，又听刘吉祥这么说，她说："好吧，那我就进去睡会儿。"

说罢，陆萍走了进去。刘吉祥摆好衣服后，又动手整理柜里的服装。

这时，同在镇上开服装店的马珍走了进来，说："刘吉祥，没想到你这么快就进入角色了。”

刘吉祥抬头看了看马珍，她今天穿得很漂亮，头上烫了个卷发，看起来很新潮。在这镇上，她被大家称为“一枝花”，因为她长得漂亮，追她的人很多，听说她已谈了几个男朋友，都没有谈成，现在都三十多了，还没有结婚。他又看了她一眼，说：“马珍，你说啥，我进入角色，进入啥角色了？”

马珍看了看他的服装店，又看了看他店里的服装，她笑了，说：“你以前不是镇供销社的正式职工吗，那供销社不是垮了吗？你下岗了，现在又来守你的服装店。你真行，这么快就调整好心态了，从一个正式职工一下就变成个体户了，又把你这服装店弄得这么好，你不是进入角色了是什么？”

刘吉祥明白了，马珍一半是夸他，一半也在取笑他。他说：“马珍，我告诉你，镇供销社不是垮了，是改制了。我呢，不管进入角色也好没进入角色也罢，我总不能不找个事干，整天玩吧？再说，这个服装店是我的，我为什么不能来经营？”

马珍笑了，说：“想以前，我好羡慕你们那些国营企业正式职工，我们这些个体户也让你们瞧不起。刘吉祥，你觉得当国营企业职工好，还是干个体户好呢？”

刘吉祥听马珍这样说，心里有些不高兴了，他说：“马珍，今天你服装店不开门吗？这么早你就跑到我这店里来，你这样说个没完没了的，烦不烦呀？”

马珍赶忙说：“好了，我不说了，但我还有正事没说呢。”

刘吉祥有点儿不想理她，不耐烦地问道：“啥事？”

马珍说：“以前我们进货是各自乘客车去的，那样进了货还得请棒棒从朝天门批发市场挑到长途汽车站，多麻烦。我想，我们以后进货就约几家开服装店的人，一起包个车去，进了货装上车就可以拉回来，这样方便多了。”

刘吉祥想了想，说：“那我们包个车去重庆，这么远来回得要多少钱呢？现在服装店生意不是很好，这样算下来成本就会增加，卖一件衣服的利润就少了。”

马珍做生意这么久了，也挣了些钱，有一种财大气粗的架式，她说：“刘吉祥，你一个男人怎么这样婆婆妈妈的，我问你，今晚我们包车去重庆进货，你去不？”

刘吉祥说：“我不去，重庆我熟悉，我还是明天乘客车去。”

马珍听后有些不高兴了，心想她是看得起他才来约他的，要不然她随便去约一个人就行，街上这么多做生意的，有的还巴不得跟着她一起去重庆进货呢。她说：“那好吧，你不去我另外去约一个。”

说罢，一气之下，马珍转身走了。

马珍这一来，他好好的心情似乎又没有了，气哼哼地摔打着货架上的东西。

陆萍走了进来，看见刘吉祥那生气的样子，问道：“吉祥，谁又惹你了，让你这么生气？”

刘吉祥大声说：“就是那个马珍，她大清早就跑来店里，说这说那。唉，不说了，你怎么不多睡会儿？”

陆萍看刘吉祥那烦躁的样子，也知道他下了岗心情不好，他这样守店，弄不好会把前来买衣服的顾客吓走的。她说：“睡久了不好，看你这样子，不把客人吓走就是把你自己气死，还是我来守店吧。”

刘吉祥看了看陆萍挺着的大肚子，问道：“你守店，那我又做啥？”

陆萍说：“你爱做啥就做啥。哎，马珍刚才说啥？”

刘吉祥说：“她准备约几家人今晚包车去重庆进货，问我愿意去不。”

陆萍说：“这样当然好，只是包车去重庆进货，加上来回的运费，这成本就增加了，本来现在卖一件衣服的利润也不高，再加上一些包车费，利润就更少了。”

刘吉祥说：“我以前是供销社职员，我会算这个账的。”

陆萍问道：“那你答应和他们一起去没有？”

刘吉祥说：“我又不是傻子，不划算的事我也干？我没有答应，明天我自己去重庆进货。”

陆萍想了想说：“行，先看看他们进货的情况，如包车去划算，以后我们就和他们一起包车去进货。”

说罢，刘吉祥走了出去，他没事便去到街上逛逛。这时，他碰到以前供销社的同事彭得富，他问道："彭得富，你现在在哪儿上班？"

彭得富笑了，看起来他比以前在办公室当职员还有精神，他说："刘主任，你怎么思想还没转过弯来，还想着去工作呀？告诉你，现在别说我们下岗没工作了，就是有工作我也不想干了。"

听得出彭得富找到更好的事干了，像发了财似的。以前在镇供销社时，彭得富还是他办公室一个职工，别说在刘吉祥面前，就是在整个供销社里话都说不上一句，怎么才下岗一年，他就像变了个人。刘吉祥问道："那这么说，你找到更好的事干了？快告诉我，你现在在哪儿干？"

彭得富一把拉住刘吉祥的手，说："走，我们先去茶馆喝茶，中午我请你喝酒，再怎么说，你以前也是我的领导嘛。"

刘吉祥说："酒就别喝了，我还有事。"

彭得富看了看刘吉祥，看他不像有事，就说："刘主任，你现在干啥？"

刘吉祥叹息一声，说："我呀，啥也没干，整天玩。哎，得富，你真行，听你说话的口气，你现在发了，是在做生意，对吧？"

彭得富笑了，说："算你猜对了，我已在县城开了一家日用品商店，生意很好。你想，日用品是人人都需要的，虽然利润低，但成本少，更重要的是每个人必不可少，销量大，利润就大。"

刘吉祥听明白了，他真羡慕彭得富，这么快就在县城开起日用品商店了，他问道："在县城租个门市价格高吧？"

彭得富说："当然高，那毕竟是县城。虽然租门市费用高，但每天的销量大，不然谁还愿意去县城租价格这么高的门市做生意，肯定挣得了钱才行。"

刘吉祥听彭得富这么说，他也有去县城租个门市的想法，好把他的服装店也开到县城去。他说："得富，请你以后给我留意一下，如果有价格便宜点儿的门市要出租，别忘了告诉我一声。"

彭得富说："什么，你也想去县城做生意？"

刘吉祥说："是呀，我想到时也把我的服装店搬到县城去。"

彭得富听后说："好的，我给你留意一下。刘主任，那你有事我就改天再请你喝酒，我还得去马珍那儿告诉她一点儿事。”

刘吉祥赶忙问道：“你去找马珍？”

彭得富说：“对，马珍也找我帮她联系个门市，她也想把服装生意做到县城去。”

3

第二天一早，刘吉祥就乘车去了县城，再从县城乘车去重庆。从县城去重庆得坐五小时。这车不坐不知道，一坐吓一跳，原来它的脾气是百变的。一会儿是又慢又面的老牛，一会儿是又急又躁的野驴。当到了乘客相对集中一些的所谓“大站”，那车便咬定青山，扎根车站，执着地等呀等，使他误以为司机睡着了，任他五内俱焚，恨不得自己跑步去重庆。不过，一旦“睡车”睁开双眼，就会由急死人变成吓死人，此刻发现原来坐车是很危险的。看它，追轿车，赶摩托，超货车，跳着“之”字舞，疯狂似马路拉力赛。而且公路坑洼不平弯道多，汽车抖来抖去，把刘吉祥头都抖昏了，他在重庆汽车站下了车后，又乘公交车去到朝天门。

刘吉祥到达朝天门，已经是下午五点多钟了，他想，如果现在去进了货，又没车回去，那货也没处放，干脆明天再去进货。他知道，来回这么远，肯定要在重庆住一晚，明天才能回去。他就先去吃饭，虽然他以前在镇供销社工作，但他在办公室上班，也没出来采购过货物，那些货全是采购科采购回来的，他对这一行还很陌生。

刘吉祥去到路边一个小店，随便点了几个菜，女服务员把菜端上来后，问道：“老板，请问你喝酒不？”

刘吉祥听见那个女服务员叫他老板，他笑了问道：“你叫我什么，叫我老板，你怎么知道我是老板呀？”

那女服务员笑了，说：“是的，我一看你就是有钱的老板，我们这里可是朝天门批发市场，凡来这儿吃饭的，几乎都是进货的，你说，你不是老板是啥？”

刘吉祥听后，心里美滋滋，这说明他有气质，好歹也是供销社职工，看上去肯定比那些乡下人更像老板。他说：“拿一瓶酒来，出门怎么不喝酒呢？”

那服务员赶忙走过去，拿了一瓶二锅头过来，说：“老板，那你慢用。”

刘吉祥倒上酒就慢慢地喝起来，他觉得在外面多好，没有一个人认识他，也没有人知道他是下岗的，还认为他是大老板，就凭这个，他也得多喝几杯，因为他心里高兴。

这时一个年轻漂亮的女人走过来，在他对面坐下，像和他是老熟人一样，十分随便地说：“你一个人喝酒呀，你若方便也给我倒上一杯，我陪你喝酒。”

刘吉祥看了看她，他不认识她，问道：“请问，你是？”

那女人笑了，说：“凡来这儿的都是做服装生意的，我也是来这儿进货的，也刚下车，还没吃饭，我看你一个人在喝酒，我就坐过来了。一会儿我也去点两个菜，我也是一个人，我们就一起喝几杯，都是做服装生意的，就是同道中人了，你看……”

刘吉祥听她这么说，他又认真地看了看她，见她长得十分漂亮，穿着也时髦，听她说话的口气，确实是做生意的人，既然都是做服装生意的，在一起吃顿饭也没什么，还能认识一位朋友。他笑着说：“好，我们都是做服装生意的，又有缘遇到了，以后我们就是朋友了，那我们今晚就好好喝几杯。”

刘吉祥叫服务员拿碗筷来，服务员拿来后，他说：“再拿个酒杯来，你这人怎么这样，拿了碗筷怎么不拿酒杯来？”

服务员拿来酒杯后，刘吉祥给那女人倒上一杯酒，她赶忙端起酒，说：“来，有幸认识你，请问你的尊姓大名。”

刘吉祥与她碰杯后，喝下了酒，他说：“我叫刘吉祥，是大风县大河镇上的，请问你呢，是哪里人？”

那女人说：“我叫吴小莉，是璧山县的，你就叫我莉莉吧，我在璧山县大路镇上开有一家服装店。”

刘吉祥听她说是璧山县的，大风和璧山相邻，而且她说的大路镇他也去过，相邻县的人也算老乡。他说：“真的呀，璧山和大风相邻，我们也算老乡了，来，喝酒。”

吴小莉端起酒和刘吉祥碰杯后喝下，她说：“我也去点几个菜，不能只吃你的呀。”

刘吉祥是个很要面子的人，尤其在女人面前，再怎么说也要显示出绅士风度，赶忙说：“我已点了这么多菜，我看够吃了，你还是别去点了，点多了也吃不完，那也是浪费。”

吴小莉听刘吉祥这么说，就说：“行，那我就不再去点菜了。”

刘吉祥问道：“莉莉，你做了很多年服装生意了吧，看你的气质我就知道，你是一个能干的女人，生意做得很大吧？”

吴小莉说：“谢谢你的夸奖，我呀，做了十多年服装生意了。”

看她也不过三十岁，她说做了十多年服装生意了，他有点儿不相信，问道：“什么，你做了十多年服装生意了，你现在也不过三十岁，难道你十几岁就做起服装生意了？”

吴小莉不知是越说越激动，还是有意在他面前展示她的美丽，她站起来，说：“对呀，我高中毕业后就帮着我父亲守服装店，以前是我守店，父亲来重庆进货，现在父亲老了，是他守店，我来重庆进货，你说我是不是干了十多年了？”

刘吉祥认真地看了看她，确实长得漂亮，她高高挺起的胸脯也让他看得心动。又听她这么说，他似乎得高看她一眼，难怪从她的话中就感觉到了，她一点儿也不简单，是个生意场上的老手。他说：“你真行，你经营服装店这么多年了，一定挣了不少钱吧，肯定发大财了。”

吴小莉又坐下了，说：“不说发财了，至少比同行做得好点儿。这服装店的经营，里面的学问深得很，比如进货，要进得好，价格又要便宜。货进好了，就是卖价比别人低，也要比别人多赚钱。”

刘吉祥说：“对呀，那我问你，你是怎么进货的？”

吴小莉又端起酒说：“来，刘大哥，我敬你，我认为我们不但都是做服装生意的，而且好像还十分谈得来，对吧？”

刘吉祥与吴小莉碰杯后喝下，他说：“说实在话，我还是第一次来进货。我以前是镇供销社正式职工。前不久，镇供销社转制了，我也下岗了，只好回来经营家里的服装店，以前是由我老婆来进货，现在她怀孕了，只能由我来进货。”

吴小莉笑了，说：“刘大哥，你是第一次来进货呀，那你得小心，万一进到假货，那你就亏大了。不过，既然我们有缘遇见了，又成朋友了，只要你跟着我，我们一起去进货，保你上不了当。”

刘吉祥端起酒说：“来，莉莉，我敬你一杯，幸亏遇上了你，不然我还不知道去哪家进货好呢。”

他们喝了好一阵儿，那瓶酒喝完了，刘吉祥也有些醉了，不知吴小莉是怎么喝的，或者是她酒量大，她似乎还没喝醉。她说：“刘大哥，我看酒就不喝了，一会儿我们还要去进货，喝醉了不好。”

刘吉祥像着了魔似的，他不由自主地听吴小莉的，他说：“那行，酒就不喝了，我去付钱。”

吴小莉赶忙起身，说：“看你说的，这钱我去付，再怎么说我们初次见面，我生意也比你做得大，说什么这钱也得由我付。”

吴小莉去付了钱后，他们走了出去。吴小莉带着刘吉祥去到前面那条街上，整个一条街都是服装批发，吴小莉去这家看看，那家问问，不是价格没谈好，就是她觉得服装质量不好。

刘吉祥一直跟着吴小莉，他到处看了看，也问了问，似乎他并不知进哪些货好。他说：“莉莉，我们还是先去住旅馆，明天再来进货，晚上没有班车回去呀。”

吴小莉说：“这你就不懂了，一般下午进货要便宜些，明天早上来进货的人多，老板要价就高得多。今晚进好货，叫一个棒棒帮着搬去旅馆，又不麻烦。”

刘吉祥听后，觉得也是，便说：“那好，今晚我们把货进好，明天一早就乘车回去。”

第十二章　被　骗

1

刘吉祥跟着吴小莉在这批发市场里转，这个批发市场真大，以服装为主，其他商品也琳琅满目，丰富多彩。服装、鞋帽、箱包、百货、副食品、日杂、土特产、蔬菜、水果、文化用品、图书、影碟等，吃穿用娱样样俱全，应有尽有。

他们在这里转了好一阵儿，吴小莉觉得这些货都不好，她说："走，我们去那边看看。"

刘吉祥有些不明白，问道："这就是批发市场，这里啥服装都有，我们还去哪儿进货呢？"

吴小莉说："这里是批发市场，啥服装都有，可这些老板财大气粗，要价很高，叫他们少点儿价都不行。那边有一家，那个老板我熟，去他那里进货，价格会便宜些。"

刘吉祥听后说："没想到做服装生意，里面的说道儿还很多。那好，我们去那家看看，如果真像你说的那样，我们就在他那儿进货。"

吴小莉笑了，说："刘大哥，你终于懂了，生意嘛是全靠做，赚不赚钱就看进货了，价格便宜点儿，进的货好点儿，不想赚钱都不行。"

刘吉祥越听越高兴，他没想到，这个吴小莉年纪轻轻，却那么老到，真让他佩服，看来他还得学学，比起她来自认为差得远。他说："那好吧，我们去那边看看。"

刘吉祥跟着吴小莉走出批发市场，穿过一条小巷，又上了一个坎，再拐进一个小巷，三拐两拐的，把刘吉祥转糊涂了，重庆他虽然并不陌生，但这下他也不知道转到哪儿了。他问道：“莉莉，我们这是到哪儿了，批发市场不是在朝天门吗，怎么这儿还有？”

吴小莉说：“你别急嘛，马上就到了。”

果然，前面有一家店铺，门上没挂任何牌子，吴小莉在门口大声叫道：“老板，在吗？”

一个中年男子走了出来，笑着说：“吴老板，你又来进货了？正好，我这里新到了一批名牌服装，不知你想不想要？”

吴小莉说：“贾老板，你说的是真的？快带我们去看看，来了肯定要进货嘛。”

贾老板说：“请，那就去仓库里看看吧。”

贾老板把他们带到里面的仓库，这个仓库里堆放着很多货，好像啥服装都有。贾老板走过去，西装、裤子、衬衣等各拿了几件过来，让吴小莉看。吴小莉看了后，说：“很好呀，看这布料、这做工、这款式都不错，名牌就是名牌，看起来就是不一样。”

吴小莉又把这些衣服递给刘吉祥，让他也看看。他看了看，觉得也像吴小莉说的那样，确实不错，他轻声问道：“莉莉，你认为这服装如何？”

吴小莉在他耳边说：“我认为很好，是牌子货，我准备西装、裤子、衬衣，分别各进五百件，你呢？”

刘吉祥见吴小莉一下就要了这么多，他想了想说：“别忙，得先把价钱说好，再根据情况定。”

吴小莉说：“我去和老板谈谈，你在外面等着，你看如何？”

刘吉祥觉得也行，不管怎样吴小莉做服装生意已十多年了，她做这事也比他老到，更是能说会讲，由她去和老板谈价钱，肯定比他在行。他说：“好，你去谈吧，尽量压低价格哟。”

吴小莉说：“这个你放心，又不是只帮你一个人谈，我也要买嘛，而且我买的比你多。”

说罢，吴小莉走了过去，轻声地和老板谈起价格来，刘吉祥便走了出去，他十分信任吴小莉，通过她去谈的价肯定最低。再说，这不只是他一个人进货，她自己也要进货，价格谈得如何也关系到她的利益。

过了一会儿，吴小莉过来了，说："我刚才和老板费了好多口舌，终于谈好了，不管男式女式都以每件四元的价格卖给我们，你要多少？"

刘吉祥好像觉得有些不对劲儿，价格是不是太低了点儿，他说："每件四元呀，听我老婆说，凡进牌子货最少每件要六元以上，有的还更高。这么便宜，他这是牌子货吗？"

吴小莉说："刘大哥，我做服装生意十多年了，是不是牌子货，我就是不看，用手摸也能分辨出来，放心，这绝对是牌子货。至于价格为什么这么便宜，这是我尽力给他压价，还有就是老板见我们是大买主，所以他才勉强答应了。"

刘吉祥听吴小莉说得这么肯定，他问："哎，你买多少呢？"

吴小莉笑了，说："我看这服装质量不错，价格也便宜，我男式女式西装各要五百套，男女衬衣各要五百件，你呢？"

刘吉祥在心里算自己带的钱能买多少，同时也有些怀疑，这家店不在批发市场，看起来像家不正规的店，再有就是他说这是牌子货，但价格却这么便宜，是不是其中有什么陷阱，他还在犹豫。

吴小莉把老板叫出来，当着刘吉祥的面，大声说："老板，男式女式西装我各要五百套，男女衬衣各要五百件，请给我装好，明天一早直接给我送到长途汽车站。"

老板马上记上，最后算好价格，说："好的，我马上叫人给你包装好，明天一早叫人给你送去长途汽车站。我算好了，一共一万两千元。"

吴小莉从包里拿出三沓钱，递给老板说："贾老板，你数一下，这是一万二。"

刘吉祥见吴小莉进了这么多货，他似乎放松了警惕，觉得这事可信。他说："老板，我男式女式西装各要二百套，男女衬衣各要二百件，你也一样给我包装好，明天一早送到长途汽车站。"

老板笑了，说："放心，我这店呀，不但价格便宜，更重要的是服务周到，你看那些批发店，哪一家还愿意送到车站呢？"

不一会儿，老板就把价格算好了，他说："一共四千八百元。"

刘吉祥把钱交给了贾老板，老板收下钱后，说："好了，没事，你们回去吧，明天我叫人把货给你送到长途汽车站，你们早点儿去那儿等着。”

刘吉祥有些不放心，他赶忙问道：“老板，我们把钱交给你了，你不写个条子啥的，万一你不给我们把货送来，我们去哪儿找你？”

老板有些不高兴了，说：“我这个店不是在这儿吗，它又搬不走，这么大的店在这里，难道还骗你不成？”

吴小莉笑了，说：“刘大哥，你放心，这个贾老板很讲信用的，我每次来这儿进货都这样，明天他会叫人准时把货送到车站的。今晚呀，我们就安安心心去逛街、睡觉。”

刘吉祥相信了吴小莉，说：“老板，明天你得早点儿把货给我们送到长途汽车站哟，重庆到我们大风县的车，最早的一班车是早上八点半。”

贾老板说：“放心，我们八点前准时给你送到。”

说罢，刘吉祥和吴小莉走了出去，他们没有原路返回，而是从另一条小巷走出来，再去逛街。

天渐渐黑了，在街灯的映照下，整个街道上跟白天一样，到处亮亮的，而且还有一种灯光映照下特有的美丽。街道上行人很多，这毕竟是大城市，比起小镇和县城要热闹多了。他们逛了一阵儿街，吴小莉说：“刘大哥，前面就有一家旅馆，你去那儿住，我有个表姐在重庆，我们好久没见面了，今晚我去她家住。明天早上我来长途汽车站找你，到璧山和大风也是一班车。”

刘吉祥说：“好，那我先把你送到你表姐那儿吧。”

吴小莉赶忙说：“不用，这儿我比你熟悉。再说，这是重庆，又是大街上，没什么的，放心好了，明天见。”

说罢，吴小莉走了。刘吉祥到前面那家旅馆开了间房。坐了一天车，到处去看货也累了，他无心再出去玩，洗漱好后便倒在床上睡觉，一会儿就睡着了。

第二天早上七点，刘吉祥起床，他退了房在外面吃了碗面条，坐公交车赶到长途汽车站，刚好八点。他到处找都没有找到贾老板叫人送来的货，也没有见到吴小莉。他想，再等等，可能是他们路上耽搁了。

可一直等到上午十点，也没有见有人把货送来，更没有见到吴小莉，这下他急了，肯定是被骗了。他又乘公交车回去，凭着记忆去找那家店，可他找来找去，就是找不到那家店。这下他明白了，那个吴小莉就是个托儿，那家店就是骗人的店。实在没办法，刘吉祥只能乘车回去了。

2

刘吉祥怎么也没想到，第一次去重庆进货就被骗，他好歹在镇供销社工作过，还不如一个乡下女人，陆萍经常去重庆进货，从没被骗过。他难道比别人傻？也不是，按理说他知书识理，肯定比一般人还聪明，可被骗的怎么会是他？他有点儿想不通，但事实却摆在那儿，他该怎么给家人说呢？钱损失了肯定让他心疼，更让他痛心的是，他下岗了还出这样的事，他怎么这么倒霉呢？

刘吉祥回到家里，已是晚上了，陆萍的服装店还没关门，虽然小镇晚上逛街的人不多，但还是偶尔有人进店来看服装。

刘吉祥在店门外站了一会儿，他像一个犯了错误的孩子一样，害怕进店里去，更不知怎么告诉她被骗的事。最后，他还是鼓起勇气走进店里，陆萍问道："吉祥，你回来了，你进的货呢？"

陆萍问起了，刘吉祥很想瞒着她，但这事又怎么瞒呢，去进的货呢？终究纸包不住火，他便低下头，大声说："我被骗了。"

陆萍听后很吃惊，她没想到刘吉祥会被骗，按理说他应该熟悉进货的渠道，他怎么会被骗呢？她以前每次去重庆朝天门进货，直接去到那个批发市场，看中的货就买，一手交钱一手交货，不外乎就是价格高点儿，也不会被骗吧。她大声问道："你说什么，你被骗了？"

刘吉祥点点头说："是的，我的钱被骗走了。"

陆萍不相信，问道："你怎么会被骗，你一个大男人连我们女人都不如，就算你初次去重庆进货，商家以次充好，你也会有东西在手里，你啥东西都没拿回来，白白地被人把钱骗走了？"

刘吉祥本来心里不好受，见陆萍又这么责怪他，就更生气了，说：

“这骗子的骗术太高明了，防不胜防呀，你别说我，要是你去了也一样会被骗的。”

陆萍十分生气，她经常去重庆进货，可从没被骗过。难道骗子真那么聪明，只盯着他骗，知道他是第一次去重庆进货，这也太滑稽了吧？她说：“这两年来，哪次不是我去重庆进货，我被骗过吗？你出门时，我一再给你说要小心，那批发市场上啥人都有，千万别相信别人，你就是不信，现在好了，你带去六千元全被骗走了。”

刘吉祥说：“被骗了四千八百元。”

陆萍一听更生气了，说：“四千八百元，你以为还少呀，我们卖一件衣服就赚几元钱，这四千八百元不知要卖多少件衣服，也不知要卖多久才能挣回来。现在孩子快出生了，生孩子要花钱不说，更重要的是我们又去哪儿拿钱进货？”

刘吉祥见陆萍说个没完没了，大声说：“够了，你以为我心里好受吗，我就不心疼钱了吗？现在钱都被骗了，你要我怎么办？”

陆萍见刘吉祥确实也很难过，也不好再说什么了，她只能在心里气，想想她起早摸黑地干，这个服装店除了全家人的日常开支外，就剩下这么点儿钱，没想到一下就被人骗走了。她也不知怎么说他了，可现在再吵他又能有什么用？刘吉祥走了出去，陆萍大声叫道：“这么晚了，你去哪儿？”

刘吉祥没出声，只往前走。他心里很难过，不是因为陆萍的责怪，而是他不小心，这么多钱白白地被人骗走了。他在街上漫无目的地走着，总是觉得心里憋气，别说陆萍吵他，就是他自己想也划不来。现在想来，那个自称叫吴小莉的女人，就是个骗人的托儿，与那家黑店合伙来骗他。他怎么就一点儿也没看出破绽呢？他真后悔，是他太轻信人了，可世上哪有后悔药卖呢？

刘吉祥进了家餐馆，老板老胡正要关门了，因为是一条街上的人，加上这家餐馆也是他在供销社时经常去吃饭的地方，老胡与他很熟，便问道：“刘主任，这么晚了，你还没吃晚饭呀？”

刘吉祥大声说：“老胡，给我弄两个菜，我想喝酒。”

老胡看了看刘吉祥，见他一脸不高兴的样子，说：“刘主任，客人刚吃好走了，我们打算关门了。不过，你刘主任来了，那我就给你弄两个菜，哎，你有几个人？”

刘吉祥心情不好，也少了一些往日的和气，大声说：“就我一个人。”

老胡再也没有多问，便去弄菜了。老胡的老婆提着壶来给刘吉祥倒茶，说：“刘主任，以前呀，我这餐馆全靠你关照，才让我们撑到现在。现在呀，生意不好做了，乡下很多人都来镇上租门市开餐馆了。我们这是小镇，除了赶集天生意好点儿，平时几乎没有生意。”

刘吉祥也没心思听她说，仍在想着他被骗的事。她又说：“刘主任，听说你们镇供销社一年前转制了，镇供销社的门市被私人承包了，你也下岗了，不知你现在在哪儿工作？”

刘吉祥说：“我没有工作了，下岗了。”

她见刘吉祥不高兴，以为是她说错什么话了，才让他这么生气，赶忙说：“刘主任，对不起，是我让你不高兴了。”

说罢，她提着茶壶走了。不一会儿，老胡便把菜炒好了，他端上来说：“刘主任，今晚你一个人吃，我只给你炒了两个菜，多了你也吃不完。哎，你还喝啥酒？”

刘吉祥说：“给我拿瓶江津白酒来。”

老胡走过去拿了一瓶白酒来，他本来想坐下来陪刘吉祥喝酒的，见刘吉祥心里有事，也没理他，只好走开。

刘吉祥倒上酒慢慢地喝起来，看得出他是在借酒浇愁，一口接一口地喝，而且很少吃菜。

这时，马珍来了，她不知是从外面路过，还是听说刘吉祥被骗了，跑到这儿来喝闷酒。她走过去坐下，说：“刘大主任，你喝酒也叫我呀，一个人喝闷酒有意思吗？”

刘吉祥没理她，装着没看见，仍喝酒。马珍自己去拿一个杯子来，她倒上酒，也自个儿喝起来。

刘吉祥见马珍一连喝了几口了，便说：“你来干什么，是来看我的笑话吧？”

马珍似乎没听懂刘吉祥说什么，她放下手中的酒杯，问道：“你说什么，我来看你的笑话，看你什么笑话？”

老胡赶忙给马珍拿来碗筷，说：“马珍，你就陪刘主任喝几杯吧，也好好和他聊聊天。刘主任呀，可能下岗了，心里不痛快，你就好好劝劝他。”

说罢，老胡走了。

马珍看刘吉祥一脸不高兴的样子，知道他确实有事，想起他以前在镇供销社时，总是把一些通过供销社渠道进的便宜的日用品拿给她卖，她心里觉得他是个好人。她说道：“刘吉祥，你一个大男人跑来这里喝闷酒，还算什么好汉，心中有啥不高兴的事，说出来吧，说出来心里肯定好受些。”

刘吉祥说：“马珍，你是不是觉得我没听你的话，没和你一起包车去重庆进货，而我自己去进货被骗了，你心里高兴，跑来洗刷我了，看我笑话来了？”

马珍听后大致明白了，大声问道：“你说什么，你去重庆进货被骗了？”

刘吉祥又喝了一口酒，说：“是呀，我昨天去重庆朝天门进货，被骗了四千八百元，这下你心里高兴了吧？”

马珍大声说：“刘吉祥，你这是说的什么话，你被骗了关我啥事，你话别说得这么难听。再说，你被骗了我高兴个啥，你那被骗的钱我又得不到一分。”

刘吉祥没理她，仍端起酒喝，马珍见他喝得快醉了，便一把抢过他的酒一口喝下，说：“看你喝成啥样子了，还喝？别喝了，你怎么被骗的，给我说说。”

刘吉祥说：“我给你说了有用吗，我那被骗的钱还能找回来？”

马珍经常去重庆朝天门进货，也知道那里有一些骗人的托儿，还听人说过被骗的招数，她不用问也大致明白了。她说：“好，你不说我也知道了，你是遇上了托儿，把你带去一家黑店，然后你交了钱，货没给你送来，更找不到那个店了，对吧？”

刘吉祥一听，事情就是这样，他吃惊了，问道：“马珍，你怎么知道得这么清楚，难道你也被骗过？”

马珍笑了，说："想骗我没门，我从没被骗过，因为我不相信任何人，我只相信一手交钱一手交货。"

虽然刘吉祥喝了酒，但他头脑清醒，听马珍这样说，感觉更难受了，他一个大男人，还不如她们女人。

马珍说："别多想了，你的钱都被骗走了，就是跳河也没用。这回被骗了，买个教训吧，钱慢慢挣回来就是。"

刘吉祥听马珍这样说，他心里也放下了许多，他说："可我没有钱再去进货了。"

马珍说："这个好办，看你以前帮过我的分儿上，你如差钱进货，我可以借给你。"

经过马珍三劝两劝，刘吉祥心情好了很多，他起身去付钱，老胡说什么也不收他的。他们走了出去，马珍见刘吉祥走路歪歪倒倒的，怕他摔倒，只好扶着他把他送回了家。

3

王大虎脾气也怪，一般人的话他是听不进去的，可陆萍说的话他却要听。也不是说陆萍就比他聪明，至少陆萍是为他好。陆萍叫他在塘坝旁边修一条水渠，他觉得这个主意好。随后，他按陆萍说的，在鱼塘坝旁修了一条放水渠，虽然又投入了一些钱，这样他放水就不从马二娃的田里流过了，马二娃再有什么意见也找不到任何理由闹了，他也就安心养鱼了。

王大虎的鱼塘所有要维修的工程，都赶在秋雨来临之前弄好了，他便大大松了口气。接下来就是把这鱼塘蓄上水，等明年开春就投放鱼苗。

秋天暖暖的太阳从容地挂在蓝天白云间，山上和田野里的树，悄悄地变幻着色彩。王大虎常去他的鱼塘边转转，他在计划这鱼塘养些啥鱼。他虽然没有养鱼经验，但也听村里那个养鱼户说过，养鱼要好好搭配，如搭配不好，就会影响鱼的产量。他计划着鲤鱼、鲢鱼、草鱼等多品种搭配，有的鱼长得快，会提前上市；有的鱼长得慢，会晚点儿上市，但价格高，这些他只有慢慢去摸索经验。

这天，他又去鱼塘边转时，却有几个人走过来，在王大虎面前站住，挡住他的路，并恶狠狠地说："王大虎，你以为躲到这儿来，我找不到你了，赶快还钱，不然我就对你不客气了。"

这来得太突然了，王大虎还没反应过来，他以为遇到抢劫的了，这大白天的，竟还有人敢来抢劫？抢谁不好，专门来抢他，那不是蚊子咬菩萨找错了人不是？他大声说："什么钱，我不欠你的，还什么钱呀？这光天化日之下，难道你们敢抢劫不成？"

那个为首的人走过来，瞪大眼睛，想要打人一样，大声说："王大虎，你认真看看，你不会不认识我吧，你看仔细点儿，我是谁！"

王大虎认真看了看，觉得这人有些面熟，似乎在哪儿见过，但他一时想不起来，便说："谁认识你呢，你别装了，还不快让开，你以为这是在街上呀，告诉你，这是在长河村，我难道还怕你们？"

那为首的人大声说："你说我装，我看你才是在装。你去年和史小军来泸州在我那里买化肥，说好卖了化肥就付钱，可你们化肥卖了，却不来付我钱，都一年多了，这钱也该付我了吧？"

王大虎听那人这么说，他又认真地看了看，这下他想起来了，他就是泸州化工厂销售科吴科长。王大虎说："吴科长，我确实没认出是你，对不起。这么远，你们怎么来了？"

吴科长仍很生气，说："我不来行吗，你们欠我五百多元化肥钱，你以为躲得了，是吧？少废话，赶快付钱。"

其他几个人一拥而上，把王大虎围起来，真像不还钱就要打人似的。王大虎赶忙解释道："吴科长，不是我们不付你化肥钱，只是我们的化肥运回来，还没销售就被镇供销社没收了，我们也没卖到钱，我还差点儿被派出所抓去坐牢。"

吴科长不信，说："什么，你们的化肥被镇供销社没收了？你骗鬼去吧，我卖给你的化肥又不是假货，可是货真价实的东西，供销社为什么要没收，国家哪有这条规定，化肥只能由他们供销社销售？"

王大虎说："可我们镇上有这么一个规定，化肥只能由镇供销社销售。"

吴科长一把抓住王大虎的衣服，以为王大虎又在骗他，大声说："你还在睁眼说瞎话，我这一路进来，到处都是卖化肥的，怎么供销社不去没收？"

王大虎赶忙解释说："现在不一样了，镇供销社垮了，供销社也承包给私人了，现在化肥谁都可以销售了。"

另外一个人恶狠狠地说："吴科长，别听他废话了，今天要是他不付钱，就把他的一只手砍下，看他还付不付我们钱。"

吴科长示意他们先别动手，说："这一年多，我一直在找史小军，可都没打听到他的下落，不管怎么说，没找到他，找到你也行，反正你们是一起来的，欠账还钱天经地义。"

王大虎这下明白了，吴科长是来要账的，可他只是给史小军打工的，这不关他的事，要还钱也是史小军还，他们怎么跑来找他了？这真有点儿说不清楚了，更觉得有点儿冤。他说："吴科长，我是给史小军打工的，你应该去找他要呀，怎么跑来找我，这不关我的事。"

吴科长更加生气了，大声说："王大虎，你不还钱是吧？告诉你，我们今天来就是要账的，你想赖账是不是？不给你点儿颜色看，你还不知道我的厉害，给我打。"

"住手，我看谁敢在这里打人。"不知陆大奎怎么来了，他扛着锄头，走了过来。

那几个人见陆大奎走了过来，手里拿着一把锄头，其中一个人问道："你是谁，还这么大的口气，你算老几？"

陆大奎大声说："我是队长，怎么了，凡镇上村里的领导来得找我，凡队上的大小事哪样不是我处理，你们跑来这儿闹事，难道国家没有王法了？"

吴科长一听，这是在长河村，队长也算一级领导，远方的龙神也比不上本方的土地，他放开了王大虎，转身走过去，缓和了一下语气，说："你是队长，你应该懂得欠账还钱这个道理吧？你说，王大虎欠我钱，他该不该还？"

陆大奎从他们的口音，听出了他们是外地来的，也知道他们是来讨债，不是来闹事的，便问道："看样子，你不是本地人，你是哪里来的？

王大虎欠你什么钱了？”

吴科长说：“我是泸州化工厂的，去年史小军和王大虎来我厂买化肥回来卖，说好的卖了化肥就付钱给我，可他们卖了化肥却不付我钱，还说化肥被镇供销社没收了，想骗我，没门。”

陆大奎听后明白了，他说：“欠账还钱天经地义，可这化肥不是王大虎买的，是史小军买的，王大虎只是给他打工，这钱你应该去找史小军要。”

这时，王生地在地里干活听说了这事，他知道要出事，便叫了好几个村民拿着扁担和锄头赶了过来。在长河村，村民都很团结，凡哪家有个事，大家都出手相助。大家一听有人跑来要打王大虎，都跑来相帮。

王生地走过去，站在王大虎身边，大声说：“我看今天谁敢动手打我儿子一下，有种的动手呀，我要他走不出长河村。”

那几个人一听，一下情绪就激动起来了，他们冲过去就动手打人，王生地和几个村民与那几个人打了起来。见事态严重了，陆大奎大声吼道：“都给我住手，我是队长，你们还把我这个队长放在眼里没有？”

随着陆大奎一声大喊，他们都住了手，吴科长本意不是来打人的，其目的是把钱要到，他转身来问道：“既然队长都这么说了，那王大虎欠我的钱，你叫他还我呀！你是队长，你敢给我担保，这钱我就只能找你要了。”

王生地一听，更不服气了，他知道这化肥是史小军去买的，王大虎只是去给他打工，化肥被没收了，这也是史小军的事，关王大虎啥事？他说：“是史小军买的化肥，你找他要钱去，今天跑来找我儿子干啥，这不是存心来闹事吗？”

陆大奎知道吴科长的意思，要他出面叫王大虎还钱，如果王大虎暂时没钱还，就要他来担保，以后这钱就找他要。看他们这架势，不还钱肯定不行，他想了一下，说：“行，这事我担保，如王大虎不还钱，我还。”

吴科长看了看陆大奎，觉得他是一个说话算话的人，又知道他是队长，便把要账的希望转向陆大奎，他说：“你说话可算数？”

王生地不同意了，大声说：“陆大奎，你说啥，你担保你还，我可不认账，史小军去他们厂买的化肥，让他们找史小军要去。”

吴科长说：“史小军跑了，一直不露面，我去哪儿找他？”

也真是凑巧，史小军出现了。吴科长回过头去一看，只见史小军戴着一副墨镜，手里提着一个皮包，看样子像发了财似的，他赶忙走上去大声说：“史小军，你终于现身了。一年多了，我到处打听你的下落都没打听到，你以为躲了就不用还钱了？”

史小军从包里拿出五百元钱，一下扔给吴科长，说：“你不是要钱吗，拿去，以后别来烦我，听见了吗？”

吴科长接过钱，数了数，刚好五百元，他说：“好，我收下了。史小军，你最近在哪儿发财呢？”

史小军大声说：“吴科长，以前我们还算生意上的好朋友，心想朋友有难处，你得帮帮，你这钱早晚我会还你的，没想到你还这么绝情。以后我们再也不是朋友了，本来我想我们还可以做几笔更大的生意，像你这种只认钱不认人的人，我永远不与你再有任何来往。”

吴科长听后愣住了，说：“史小军，你别生气，这是厂里逼的。这一年来，我没收回欠款，厂里每月从我工资中扣，我也要吃饭呀……”

史小军显得财大气粗，不耐烦地说：“钱我给你了，你们还不快滚！”

吴科长的目的达到了，他们这次来是收回欠款的，钱要到了，他也无话可说了，只好带着那几个人走了。

第十三章　相　　恋

1

那几个人走后，陆大奎看了看史小军，他有点儿不相信，这个史小军像变魔术似的，三变两变的就变成一个大老板，这也太突然了吧？但现在是改革开放年代，什么都在变，难道外面真像他们说的那样，弯下腰去都能捡到钱？他说："史小军，你在外面干啥，怎么一下子就挣了这么多钱？"

史小军赶忙拿出好烟，他先递一支给陆大奎，再给他点上，说："队长，今天要不是你出面，这事还不知怎么收场。不说别的，就凭这一点，我也得敬重你几分。"

陆大奎抽着史小军递给他的烟，好烟他不是没抽过，而是觉得史小军说的话好听，更是感觉得到他在老百姓中还是有分量的，他高兴地说："我什么时候含糊过，凡涉及我们队上的事，哪次不是我出面解决？哪家人有个什么大小事，不是我出面调解？再怎么说，我也是队长。"

史小军赶忙给所有人递了烟，大家都对史小军投去十分羡慕的目光。只有王大虎对史小军爱搭不理，史小军也顾不得他了，而是走到陆大奎身边说："对，队长就是不一样，站得高看得远，这才是我们的好领导，父母官。以前在生产队时，队长喊一声，谁都不敢不听。现在土地承包到户了，大家仍然离不开队长呀。你看，今天要不是队长出面，恐怕王大虎的一只手就没有了。"

本来这话是史小军奉承陆大奎的，王生地听着却不舒服，他大声说："史小军，亏你说得出来，当初你去泸州买化肥回来卖，是你叫大虎给你打工，你每月给工资，你是老板，他只是你请去干活的。可你倒好，化肥被镇供销社没收了，你却跑走了，害得我家大虎差点儿被镇派出所抓去，欠下的账不还，还往大虎身上推，今天要不是队长来得及时，不知会弄出啥事来！"

史小军听后有些不高兴了，说："王叔，你话别说得这么难听嘛，那化肥被镇供销社没收了，我的本钱都亏了，可我不是跑，我是出去想办法挣钱，这也不叫躲，叫迂回战术。我这一年多苦苦挣钱，今天不是把这欠下的五百元钱付了吗？"

陆大奎见他们又要起冲突了，这事刚平息下来，再闹起来就更麻烦了，他赶忙说："我看这事已经了结了，不管是史小军或是王大虎欠下的账，今天已经全部付清了。也不管这事谁对谁错，谁是谁非，都不要再提了，这事就到此为止吧。"

王生地还是不服，他觉得大虎很冤，帮史小军干活，不但工资没拿到，还惹出一些麻烦事，钱虽然付了，但这也影响大虎的名声。他说："大虎，你以后离史小军远点儿，说不定哪一天他又把你拉下水……"

王大虎知道父亲要说啥，可能后面的话更难听，便打断父亲的话，说："爸，你别这样说，小军不是把那欠下的钱全部付了吗？以前，他确实没钱还账，才跑走的。"

那几个村民觉得钱付了也没事了，没必要再为这事闹下去了，便纷纷劝道："队长说得对，不管怎样这事已解决了。"

又一个人说："小军，你在外面打工还是做生意？外面这么好挣钱，让我也跟着你去，也好挣点儿钱回来修房子。"

史小军赶忙说："其实呀，外面的钱也不好挣，不管是打工还是做生意，也不是想挣钱就能挣到钱的。我呀，这些年打过工也做过生意，才摸到一点儿门道，当然，如果以后我的公司办起来了，我叫你们去我公司打工，保你们跟我一样挣大钱。"

陆大奎听来听去都没听明白，史小军到底在哪儿干，他到底在做什么，便问道："史小军，你到底在干什么？你还想开公司？我得说句你不爱听的话，挣钱一定要走正道，别去干违法犯罪的事哟。"

史小军听后有些不高兴了，说："队长，你怎么这么说呢？我以前是干了些不切实际的事，但我现在却是实实在在地干事，干的也是正当事。在你的眼中，我就这么不成器吗？"

陆大奎赶忙说："我身为队长，这是在提醒你，你一定要记住我的话，天上不会掉馅饼，凡事得实实在在地干，才能发家致富。"

说罢，陆大奎扛着锄头转身走了，那几个村民也跟着走了。

王大虎见王生地仍有些生气，就说："爸，这里没事了，你先回去吧，我这儿还有事，走不开，一会儿回去。"

王生地见史小军还站在这里，他怕史小军又出什么鬼主意，把大虎拉下水。史小军这人想一出是一出，看样子也没干什么正经事。他说："大虎，跟我一起回去，鱼塘已弄好了，现在鱼塘又没投放鱼苗，你还能有啥事？"

王大虎有些急了，不高兴地说："爸，你回去，我这么大的人了，还要你整天看着我吗？"

王生地见王大虎不愿跟他一起回去，但当着史小军的面，也不好再说什么，只好气冲冲地转身走了。

史小军看了看鱼塘，问道："大虎，这鱼塘你承包了？"

王大虎说："是的。怎么，承包这鱼塘不好吗？"

史小军笑了，说："你呀，当初承包鱼塘怎么不问一下我呢，你一年交队上多少承包费呢？"

王大虎说："我每年交队上五百元承包费，我算了一下，每年除了交队上的承包费，至少能收入一两千吧。"

史小军大声说："什么，你每年交队上五百元承包费，这么个破鱼塘，每年还交五百元承包费？你是知道的，这个鱼塘，从生产队时到现在，哪年收入了五百元？不亏本就不错了，你还来承包，我说你脑子进水了。"

王大虎说："小军，我的观点跟你不一样，我认为出去打工也好做生意也罢，那些都是眼前花，而承包鱼塘才是实实在在的，我相信这鱼塘会挣钱的。"

史小军赶忙说："好了，我不和你争了，你出去看看后，我想你肯定不会承包这鱼塘了，在广东深圳，就是随便摆个地摊都发了。”

王大虎看了看史小军，从他的穿着打扮来看，感觉到他真的挣钱了，便问道：“小军，那你在深圳干什么，这么快就挣了那么多钱？”

史小军故弄玄虚，好像他就是比别人能干，他笑了笑，说：“这个呀，我不会告诉你的，商机不可泄露。哎，大虎，我看你人老实，又不怕吃苦，干脆把你这鱼塘转包给别人，跟着我干，我每月给你五十元工资，你看如何？”

王大虎已经上一回当了，他再也信不过史小军了，赶忙说：“你还叫我去帮你？拉倒吧，我上次帮你干了几天，你不但没给我工资，我还差点儿被抓去派出所，今天又差点儿被打。还是养我的鱼好，稳当得多。”

史小军说：“大虎，你这人也太小气了吧，我上次运化肥回来卖，化肥全部被镇供销社没收了，我亏了那么多，你还说我没给你工资？”

王大虎也不是傻子，上了一回当还能上第二回当？他说：“我不是叫你给我工资，我是说我不会再跟你干了，我怕再遇到这样的事，那我这辈子就完了。再说，承包这鱼塘也是签了合同的，我又投入这么多钱铺坝干、挖放水渠。你说，我转包给别人，那我不亏大了？”

史小军不知是真想叫王大虎去帮他，还是有意在他面前炫耀，他说：“那这么着，只要你去帮我，你投入弄鱼塘的钱，全部由我付给你，怎么样？”

王大虎赶忙说：“别，不管怎么说，我都不会再去帮你，我只想把我的鱼养好就行。”

史小军还想说什么，王大虎说：“小军，我还有事，我得回去了。”

史小军赶忙叫住王大虎：“大虎，你别忙走，我还有事要问你。”

王大虎站住了，说：“有啥事，你说吧。”

史小军说：“常春春最近怎样，我已一年多没见到她了，她还在镇上红砖厂上班吗？”

王大虎听史小军问这个，他更不高兴了，这个史小军明知道常春春对自己好，还问这个，这不明摆着向他示威吗！难道史小军也喜欢她？他说：“不知道。”

史小军从包里拿出一根金项链，项链在阳光下闪闪发光，他说：“大虎，这是我给常春春买的礼物，麻烦你替我交给她。”

王大虎气一下就来了，但他也不好发出来，很想一把抢过那根金项链扔进鱼塘里，他尽力控制情绪，说：“我哪有这份闲心，要送你自己送给她得了。”

说罢，王大虎转身走了。

2

秋后地里的农活几乎忙完了，可以稍许清闲一些时间，村民们便纷纷去镇上赶集，姑娘们个个都把自己打扮得像花一般，小伙子个个精神抖擞。对于乡下人来说，赶集是一件让人开心的事，街上那拥挤的人群、琳琅满目的商品、五颜六色的新衣，让人目不暇接。

史小军也去了镇上，他在街上逛了一阵儿后，已到中午了，他便去到红砖厂门口等，他想常春春下了班会出来。可他等了好一阵儿也没见常春春出来，他就想进去找她。厂门口保安把他拦住，不让他进去，问道：“请问你找谁？”

史小军看了看保安，心里有些不舒服，这只是一个小小的红砖厂，又不是什么重要的单位，干吗这么认真。他说：“你这不就是一个红砖厂吗，我进去找一个人，干吗不让我进？”

保安看史小军的穿着打扮，像是一个做生意的，也不知道他是来谈业务，还是来买砖的，保安也不敢得罪他，只说：“这是厂里的规定，我也不敢随便让你进去，请问你找谁，我进去给你叫。”

史小军看了看保安，说：“我找常春春。”

保安起身说：“你稍等，我这就进去给你叫她。”

不一会儿，保安把常春春叫了出来。常春春手里端着饭，她边走边问：“谁找我呀？”

史小军见常春春出来了，便迎上去，大声说：“春春，找你真难呀，我来这里等你好一阵了。”

常春春说：“史小军，你找我干啥，说吧！”

史小军说："春春，走，去镇上餐馆吃，我请。"

常春春看了看史小军，有点儿不想去，她说："什么，你请我去吃饭？史小军，你怎么不早点儿来请我，我在食堂打的饭，都快吃饱了，你才来请，我不去，你去吧。"

史小军走过去，把她手里的碗筷拿下来，放在厂保安室，说："这饭你别吃了，走吧。我已一年多没回来了，今天特地来请你去吃饭，你还不赏脸？"

常春春也知道史小军这个人，说话做事总给人一种信不过的感觉，更知道他因为卖化肥，差点儿把王大虎弄进派出所，她也不想与史小军走得太近。她明白史小军喜欢她，可她心里喜欢的是王大虎，她真不想去。可见史小军等她这么久了，不就是去吃顿饭吗，这也没什么，她说："那好，走吧。"

今天是赶集天，餐馆里坐满了人，史小军想找一个人少点儿的餐馆吃，好和常春春说说话。接连走了几家餐馆，人都多，最后他们来到一家餐馆，里面只有一桌人在吃饭，看起来还算清静，服务员拿来菜单，说："你们点菜吧。"

史小军不知是饿了，还是想显示自己有钱，他说："不用点了，把你店里最好的菜，给我们弄几个来就行了。"

服务员听后，看了看史小军，说："好的，老板，你们先喝茶，菜一会儿就好。"

史小军见到常春春，心里很高兴，尽管他在外面跑，也见过不少比常春春漂亮的女人，可不知怎么的，他就是喜欢她。他说："春春，一年多没见到你了，你还好吗？"

常春春说："我很好呀。我呀，现在从车间的出砖工提拔为厂里的统计员了，拿厂里固定工资，活轻松工资又高。"

史小军听后笑了，说："春春，你真行，我就说嘛，你不但人长得漂亮，又聪明能干，你只要好好发展，将来肯定有出息的。"

常春春听史小军夸她，心里有点儿高兴，便说："史小军，你说的出息是指什么，要怎样才算有出息呢？"

这时，服务员把菜端上来了，问道："请问你们喝酒不？"

史小军说："怎么不喝酒呢，给我们拿一瓶江津老白干酒来，白酒喝起才过瘾嘛。"

常春春赶忙说："不要酒，我哪有时间陪你喝酒，一会儿我得回厂里上班。"

史小军说："春春，这么一桌好菜，不喝酒怎么行？服务员，给我拿瓶酒来。"

服务员拿了一瓶酒来，史小军给他自己倒上一杯，又给常春春倒了半杯，说："春春，你少喝点儿，你不喝酒我喝起来还有啥意思？"

常春春也不好太驳他的面子，说："那好吧，我就喝一点点。"

随后，史小军端起酒说："春春，我们已有一年多没见了，今天见到你我很高兴。来，喝酒。"

常春春端起酒与史小军碰杯后喝了一口，她说："史小军，你这么有钱，又在外面跑，外面那么多漂亮的女人，你怎么不找一个？"

史小军说："这个嘛，俗话说，外面千好万好没有家乡好，外面的女人虽然很漂亮，我认为没有你漂亮……"

常春春打断他的话说："打住，史小军，你今天可是请我来吃饭的，不是叫我来听你表白什么的，喝酒。"

史小军又端起酒与常春春碰杯后喝了一口，说："我只是想和你说说心里话。"

常春春看史小军脸都喝红了，便说："别只喝酒，吃菜，不然，你点这么多菜就浪费了。"

史小军也只好说："吃菜。"

因为史小军卖化肥亏了本，一走了之，让王大虎来承担责任，常春春为这事心里对史小军有意见，认为他就是一个不够朋友的人。她说："史小军，你回来见到王大虎没有，不管怎么说你们也是从小一起玩到大的，他因为帮你卖化肥，还差点儿进了派出所。你呀，出了事就一走了之，让大虎来为你承担责任。你说，你这样对得起大虎吗？"

史小军听常春春又提起这事，有些不高兴了，但当着常春春的面，他也不好表露出来。他说："我哪里是一走了之，我是出去挣钱了，要不是我这一年多在深圳摆地摊，挣了钱回来，恐怕王大虎手都被砍了一只了。”

常春春听后大吃一惊，这事她还不知道，也不知发生了什么事。她问道：“什么，有人要砍王大虎一只手，这到底是为什么？”

史小军知道说漏了嘴，常春春问起了，他也不好不说，就说：“是这样的，昨天下午我回家，正好碰见泸州化工厂的吴科长，带人来找王大虎，逼他还我们欠下的化肥钱。还说，如果不还钱，他们就要砍下王大虎一只手。”

常春春听后更急了，问道：“那后来呢？”

史小军又喝了一口酒，说：“你别急，听我慢慢说嘛。正在他们几个人要与王大虎打起来时，我赶到了，我把欠下的五百元钱付给他们了，他们才拿钱走了。”

常春春赶忙问道：“那王大虎怎么样了，他的手被砍了吗？”

史小军见常春春着急的样子，知道她是在担心王大虎，他说：“他没事，吴科长他们话是这样说，就是再给他十个胆，他也不敢砍王大虎的手，那可是违法的。再说，他要的是钱，他砍下王大虎的一只手来干啥？”

常春春听后明白了，她大大地松了口气，说：“史小军，这事就是你不对了，全是你惹的祸，当初去泸州运化肥回来卖是你的主意，王大虎只是给你打工，你是老板，这事与他无关，可你欠下账后却跑了，把所有的责任推给了王大虎，你这不是在坑人家吗？”

史小军显得很无奈，觉得大家都不理解他，他说：“我也是没有办法呀，我只是暂时让王大虎给我顶着，这事我早晚会回来解决的。你看，最终还是我来把这事摆平了。好了，事情都过去了，不说那事了，来，喝酒。”

常春春与史小军碰杯后喝了一口，说：“你还喝呀？”

史小军说：“当然要喝，今朝有酒今朝醉嘛。春春，你现在是红砖厂统计员了，拿厂里固定工资，那我问你，厂里每月给你多少工资呢？”

常春春说：“我每月工资是四十元。”

史小军说：“四十元，春春，你以为每个月四十元还多呀？依你的能力，要是在深圳，再怎么说也得挣个一百多元。这样，你跟我干，我每月给你五十元工资，你看如何？”

常春春听后觉得好笑，便说：“什么，你叫我帮你，每月给我五十元工资？史小军，你以为我像王大虎那样傻，会相信你说的话，到时帮你不但工资拿不到，就是你把我骗去卖了，我还帮你数钱呢。”

史小军听后有点儿生气了，说：“春春，你怎么这样说呢，我骗谁也不会骗你。那我问你，我在你眼里就是这么一个不讲信用的人吗？”

常春春看时间不早了，她也该去厂里上班了，便起身说：“那你就慢慢吃，我得回厂里上班了。”

说罢，常春春起身就走。

史小军赶忙叫住她，说：“春春，别忙，我还有点儿事。”

常春春又走了回来，问道：“你还有啥事，说吧！”

史小军从包里拿出一根金项链，递给常春春说：“春春，这是我给你买的。”

常春春接过那项链一看，是纯金的，她用手掂了掂，觉得重量也不轻，少说也得值好几百元。她看了看后，放在桌上说：“这个我不要，你拿去送别的女人吧。”

史小军还想说什么，可常春春已走了出去。

3

王大虎看史小军给常春春买了项链，他知道史小军是想讨常春春喜欢，可常春春已喜欢上他了，但他对史小军的做法还是有点儿不高兴。更让他生气的是，史小军给常春春买了金项链，为什么不自己送给她，还要让他帮忙送，这就是在向他挑明了，史小军要把常春春从他身边抢走。

王大虎越想越觉得不对劲儿，但他也不好说什么，他想自己就装着不知道，史小军比他有钱，也比他聪明，要是常春春真是见钱眼开，离开他去喜欢史小军，他也没办法，还是顺其自然吧。

吃了晚饭，王大虎又去到鱼塘边看看，虽然这鱼塘才蓄满了水，还没有投放鱼苗，但现在他主要的心思都放在鱼塘上了。

天已经黑下来了，月亮还没有出来，但借着四周农家小院里透出的灯光，还是感觉到鱼塘里的水亮亮的。他站在坝干上看着鱼塘，心里计划着这鱼塘将投放些啥鱼苗。

这时，常春春走来了，可不知怎么的，今晚王大虎明明看见她了，却装着没看见。她有些生气了，大声叫道："王大虎，你怎么了，你明明看见我来了，却装着没看见，连招呼都不打一声，你这是啥意思？"

王大虎心里有气，可他不是生常春春的气，但却与常春春有关，他说："我没看见你呀，怎么打招呼？"

常春春从这句话里听出王大虎不高兴，不知他又遇到什么事了，她说："大虎，你又遇到啥事了？我知道你最近总遇到这样那样的事，但我想一切都会好起来的，你别多想，慢慢地就会好的。"

王大虎生气的不是这些，是在为史小军给她买项链的事不高兴，他说："春春，史小军去找你了吗？"

王大虎这么一问，常春春大致明白了他不高兴的原因，可这就奇怪了，史小军中午才来找过她，王大虎这么快就知道了，是不是她和史小军一起吃饭时，被路过的陆萍看见了，陆萍把这事告诉了王大虎。她想也不可能，陆萍怀上孩子已大起肚子了，她不可能专程回乡下告诉王大虎这事，那他到底是怎么知道的？便问道："大虎，你说什么，史小军来找我，他找我干啥？"

王大虎有些生气了，也知道常春春肯定有事瞒着他，便大声说："行了，史小军现在发财了，有钱了，你去找他吧，别再来找我了。"

说罢，王大虎转身就走。常春春跟着追上去，大声说："王大虎，你神经病呀，我好心好意来找你，你还不理我，我哪点对你不好，你说？"

王大虎走进守鱼棚，拉亮棚子里的电灯，在床上坐下，他说："你对我好，我知道，可现在史小军在打你的主意。他这人鬼点子多，想一出是一出，要不了几下就把你哄得团团转。你说，我再喜欢你，还有用吗？"

听王大虎这么一说，常春春不但没生气，反而心里还挺高兴，这说明王大虎心里有她，为她吃干醋。她走过去挨着王大虎坐下，一把抓住他的手，笑着说："大虎，你吃醋了？"接着，她又站起来，说，"王大虎，这可是你说的哟，史小军比你聪明，更比你能干，也会挣钱，那我去找他了。"

常春春起身就走，王大虎这下急了，本来他说的是气话，想发泄一下心中的不快，心想常春春肯定会劝他的，更会安慰他一番，哪知她却真走了。他起身追了上去，一把拉住常春春说："春春，你真走呀？"

常春春装着生气的样子，说："是你叫我去找史小军的，我这就去找他，史小军肯定不会像你这样对我，他可比你会讨女人喜欢。"

王大虎知道常春春说的是气话，是有意来气他的，便说："春春，我知道你说的是气话，去棚子里坐坐吧。"

常春春装着很生气的样子，也不肯走，说："不去。"

王大虎赶忙说："好，不去，那我陪你去坝干上走走。"

常春春没出声，她却跟着王大虎来到坝干上。王大虎问道："哎，春春，你今晚来找我有什么事？"

常春春站住了，大声说："王大虎，我不知怎么说你，我每次来你都这样问，我不知你是真傻还是在装傻，我没事就不能来找你吗？"

王大虎明白了，他笑了，说："好，我下次不再这样问了，这下行了吧。"

常春春说："这还差不多。大虎，我为什么有时间就来找你，我告诉你吧，我喜欢你，才来找你。"

王大虎听后，仿佛先前的不高兴没有了，他一下抱住常春春，在她脸上亲着。常春春急了，大声说："快放开我，这坝上人来人往的，别人看见多不好。"

王大虎仍没放开常春春，他边亲边说："我不放，我就是要让所有人都看见，我就是喜欢你，明白吗？"

常春春使劲推开王大虎，大声说："王大虎，你有病是不是？这是在鱼塘边，史小军也可能会来，他看见了更不好，我不知怎么说你呢。时间不早了，我得回去了。"

说罢，常春春转身要走。

王大虎叫住她，说："你别忙走，我还有事要问你。"

常春春站住了，说："你还有啥事，说吧。"

王大虎想，本来史小军的事，让常春春心里不高兴，也弄得他心里乱糟糟的，如果再问，常春春会更不高兴的，但他实在忍不住，似乎问了心里才舒服，他说："春春，你得老实回答我。"

常春春听后，以为是什么大事，便说："你一个大男人，怎么这么婆婆妈妈的，有啥事快说。"

王大虎说："史小军给你买了项链，送你了吗？"

常春春没想到是这事，她笑了，说："送我了呀！"

王大虎说："那你收下了吗？"

常春春说："他送我的，我怎么不要呢？是他心甘情愿送给我的，又不是我去偷他的。再说，这可是一根金项链，起码也值好几百元，你看那些城里的女人，颈子上戴着一根金项链，多好看呀。"

王大虎听常春春说收了史小军送的金项链，非常生气，他大声说："春春，你怎么能这样呢，你不是说过你喜欢我吗，你怎么还要史小军送你的东西呢，你知道他送你金项链的意思吗？"

常春春说："你说，史小军送我金项链是啥意思？"

王大虎深深地叹息一声，他知道常春春是在装傻，她这么聪明，难道有人送她这么贵重的东西是啥意思也不知道？他说："春春，你别装了，我想你啥都明白，他这是送你定情物，明白吗？"

常春春说："好呀，定情就定情吧，反正你这么讨厌我，有一个史小军喜欢我，不是很好吗？"

王大虎见常春春来真的了，他走过去拉着常春春的手，缓和了一下语气说："春春，对不起，我经常惹你生气，但你也知道，我就是这个脾气，不会说好听的话，更不会讨女人开心，我对你是真心的。史小军这人靠不住，他那些钱不知是不是正当挣来的，或者是骗来的，你可别相信他。"

常春春见王大虎这样害怕她离开他，她心里高兴，但她嘴上却说："不管史小军的钱是怎么来的，只要他有钱给我花就行，女人嫁人图个啥，就是图个吃好穿好有钱花。"

王大虎赶忙说："放心，我承包这鱼塘现在没挣到钱，我想要不了几年就会挣钱的。春春，你把史小军送你的项链还给他，好不好？明年我这鱼塘里养上鱼，年底卖了鱼后，我一定给你买一条更好的项链，到时送给你作为我们的定情物，好吗？”

王大虎这一席话说得常春春很感动，她想听的就是这句话，便问道：“大虎，你说的是真的？”

王大虎举起手，大声说：“我对天发誓，明年年底我卖了鱼有了收入，我第一件事就是去给春春买一根金项链，送给你作为我们的定情物……”

常春春赶忙拉下他的手说：“别发誓了，我相信你。不过，史小军送我金项链我没要。”

王大虎一听，吃惊了，很快他醒悟过来，说：“春春，你这不是在有意气我吗？”

常春春笑了，而且笑得非常开心。

第十四章　暗　恋

1

这天，刘吉祥早早地开门，有一个顾客走了进来。刘吉祥热情洋溢、彬彬有礼地招呼道：“你喜欢哪件，可以试穿一下。”面对他身前的衣服，他又向她介绍，“这是新款，布料柔软丝滑，商务休闲都可以穿，你喜欢就试一试。”

在刘吉祥的推荐下，她试了五六件衣服，然后故作镇定地说：“我有点儿事要去办，下次再来买好了。”

这个顾客折腾了半天，却没买衣服便走了，刘吉祥有点儿生气，可这毕竟是做生意，这样的事他也经常遇到。他又把那些服装摆上架，发现有的服装没有了。正好陆萍走了进来，他说：“陆萍，这男式服装没有了，童装也没有了，又该去重庆进货了。”

陆萍不放心地说：“你还想一个人去进货，万一又像上次那样被骗了怎么办？还是问问街上还有其他人去重庆进货不，多约几个人一起，安全些。”

刘吉祥真不理解，陆萍怎么就那么不放心他，被骗也只能一次，难道还会被骗第二次？他说：“你以为我还会被骗呀，我也不是傻子，我还会相信那些托儿吗？”

陆萍说：“这可不一定，骗子的骗术多。你上次上的是那种当，这次说不定就会上这种当了。有比你更聪明的人，却每次上的当都不一样。”

刘吉祥知道陆萍是在担心他，他想也是，不管怎么说多一个人一起去，肯定安全得多，便说："那好，我一会儿去问问，看有人去重庆进货不，如有人要去我和他们一起去，万一没人去，我就过几天再去。"

陆萍说："好，我不是不相信你，是担心你，你看我们孩子马上就要出生了，孩子出生后要吃要花，再也不能被骗了。"

刘吉祥看陆萍挺着个大肚子还在帮着摆放服装，他说："你别来弄，我会摆好的，你过去休息吧。"

陆萍走过去坐下，说："没事的，干这点儿活不碍事。"

刘吉祥摆好服装后，说："你先看一下，我去问问有没有人去重庆进货，一会儿就回来。"

陆萍笑了，说："好，守店这事我干得了，农村那些怀孩子的，人家还要在地里干活呢。"

刘吉祥走了出去，他沿街去问了好几家服装店，他们都说这几天不去进货。他突然想起了马珍，便去到河街马珍的服装店，马珍正好在店里忙碌着，她见刘吉祥来了，问道："刘吉祥，今天是不是太阳从西边出来了，你一大早就来视察我的服装店？说吧，你来找我有什么事？"

刘吉祥说："我没事就不能来找你吗，你这儿又不是皇宫，我不能来呀？"

马珍在清理她店里的服装，刘吉祥在店里看了看，说："马珍，难怪你服装店的生意这么好，你这店里的服装品种齐全，样式也多，当然好卖哟。"

马珍说："刘吉祥，我以为你来找我有啥事哟，原来是来打探我店里的秘密的，这可是商业机密，不能随便告诉你的。要说做生意，你真的还得跟我学学。"

刘吉祥听后有点儿不高兴了，他怎么可能来打探她店里的秘密呢？这不就是个服装店吗，又不是藏宝的地方，有什么秘密可打探的。他说："马珍，那次我听你说在县城租了个门市，你什么时候把这服装店搬去县城呢？县城里有钱人多，穿着也很讲究，在县城里卖服装，肯定比我们这小镇上好卖得多。"

马珍把服装清理完了，走过来，说："当然，你知道在县城租个门市一年要多少钱？一千元，平均每天房租费要三十多元。要是县城里生意不好点儿，那谁还愿意去县城租门市做生意，还不如就在这个镇上一年花三百元租个门市。既然租个门市费用这么高，那肯定相对赚钱也多。”

刘吉祥听后，他从心底里佩服马珍，别看她人这么年轻，在这服装生意方面却是非常有经验。当年她没能进到国营企业上班，只能干个体户，她也是从摆地摊一步一步发展起来的。当时，他能进到镇供销社上班，成为一名正式职工，不知让多少人羡慕，可现在国营企业改制了，他下岗了，而他们又十分羡慕那些当年没能进到单位上班，靠自己的能力做起生意的人。现在那些做起生意的人因为做得早，生意越做越大了。他说：“马珍，你真行，一下子就把服装生意做到县城去了，你肯定能发大财的。”

马珍一看就知道刘吉祥今天找她肯定是有事，便问道：“刘吉祥，你今天来不会就是和我聊天吧，你找我有啥事，说吧！”

刘吉祥说：“马珍，你今天去重庆进货不？我想去重庆进货，想约一两个人一起去，安全些。”

马珍知道刘吉祥上次去重庆进货被骗了，他今天来约她一起去进货，就是怕再被骗，她笑了，说：“原来是这样，刘吉祥，你胆这么小呀，被骗一次就不敢一个人出门了，你还是个男人吗？”

刘吉祥说：“不是我胆小，是我老婆不让我一个人去了。”

马珍听后哈哈大笑，说：“刘吉祥，你好歹以前也是镇供销社职工，又是主任，看你以前不是这样呀。现在下岗了在老婆面前也说不起话了，你也太窝囊了吧？”

刘吉祥赶忙说：“不是，她也是为了我的安全，才不让我一个人去重庆的。”

马珍想了想，说：“正好，我也想去重庆进货，本来我打算明天去的，你说今天去，那我就陪你去。”

没想到马珍答应得这么爽快，她还真够意思。刘吉祥问道：“马珍，你以前好像是包车去的，这次我们是包车去还是坐客车去？”

马珍说：“包车？你知道包个车来回要多少钱吗，八十元，就我俩专门包个车去，这一件衣服就要增加很多成本，那我们还能赚啥钱？就我俩去，只能坐客车了。”

刘吉祥想也是，就他们两人专门包个车去，来回这么多钱，确实不划算。他说：“好，就坐客车去，那我们几点出发？”

马珍看了看时间，说：“走吧，现在就出发。”

刘吉祥本想下午去，哪知马珍却说现在就走，他还没准备好，便说：“这么急呀，那我得回去拿钱，一会儿在车站等。”

马珍说：“哪个男人像你这样，婆婆妈妈的，我还以为你准备好了，马上就可以走了。那好，你得快点儿，我一会儿去车站等你。”

刘吉祥回去换了衣服，带上钱便赶去车站。马珍早到了，她已买好去县城的车票，说：“你怎么才来呀，上一班车刚走，我们只能坐下一班车了。”

刘吉祥笑了，说：“我回去换了件衣服就来，还晚了呀，我是跑来的。”

马珍知道他说的是真话，说：“好了，票我已买好了，一会儿车来了就上车。”

刘吉祥看了看马珍，她也换了一件漂亮的衣服，还涂了口红，她这样一打扮，还真漂亮。他知道马珍快三十岁了，可不知道怎么还不找男朋友，是她要求高或者是别的原因？他说：“马珍，你今天打扮得真漂亮。”

马珍听刘吉祥夸她，笑了，说：“我哪天不漂亮呢？”

这女人就是这样，给她点儿阳光她就灿烂，夸她几句，她就像脸上打了鸡血一样，骄傲起来了。刘吉祥说：“那是，你天天都这么漂亮。”

这时，去县城的班车来了，他们上了车。从小镇到县城十多公里路，半小时就到了。到了县城汽车站，刘吉祥买了两张去重庆的车票。从县城去重庆得坐四小时，而且是一条石子路，车抖来抖去，他们便闭上眼睛睡觉。

在车上，马珍不知是真睡着了，还是闭着眼睛装睡，她头紧紧地靠在刘吉祥身上。刘吉祥本想推开她，但他没有动，就让她这么靠着，他怎么也睡不着。

车到了重庆，已是下午五点多了，他们下了车后，刘吉祥问道：“马珍，我们这就乘车去朝天门批发市场，还是在市区住一晚？”

马珍想了想说：“这时乘车到朝天门批发市场也是晚上了，也不急这一时，我们干脆在市区住一晚，明天一早再去。那批发市场四面八方的人都来进货，旅馆也打挤，在这儿住旅馆吃饭方便得多。”

刘吉祥好像一切都听她的，说：“好，那我们去找一家旅馆住下吧。”

马珍笑了，说：“忙啥，这市区旅馆多的是，你还怕住不到旅馆呀？重庆多热闹，走，我们去逛逛街，今晚放心玩。”

2

刘吉祥和马珍走在街上，此时已是晚上六点，正是下班时分，街道上人来人往，街边的店铺里商品应有尽有，街上也有小商贩提着各种小商品销售。重庆毕竟是大都市，人们穿着时髦，说笑声、店铺里音箱发出的刺耳声，让人听起来很嘈杂，车辆一辆接一辆从身边急驰而过，显示出这里的热闹与繁华。

刘吉祥与马珍并排走着，显得非常高兴，他说：“马珍，你看重庆多热闹呀，要是以后我们把服装店开到重庆来，那多好呀。”

马珍听刘吉祥这么说，她笑了，说：“什么，你想把生意做到重庆来？刘吉祥，你做梦吧，别说你了，就是我也不敢想，重庆是啥地方，是大都市，你连县城都去不了，还想来重庆呀。”

刘吉祥有点儿不服气，他觉得凡事皆有可能，重庆那些做生意的人，也不是天生就在重庆做起生意的，很多是经过自己的努力，生意做大了才来重庆的。他说：“想以前我在镇供销社工作时，也没少出差到重庆，那时呀，吃也报销，住也报销，每天还拿补助，出差就当是出来旅游，不光是重庆，全国好多地方我都去过……”

马珍打断他的话说：“打住，刘吉祥，你那是以前的事了，我知道你以前是镇供销社职工，风光过，你不得了，可现在呢，你还是和我一样，个体户，卖服装，面对现实吧，多赚点儿钱才是真。”

刘吉祥心里不服，可他一时也找不到更好的理由来说服她，当然有些事想可以想，但真要实现却很难，只能看自己的造化了。他说："对，我明白了。现在呀，我们最重要的是去吃饭填饱肚子。"

马珍说："你饿了？"

刘吉祥说："我们坐了四个多小时的车，连午饭都还没吃，你难道还不饿？"

马珍不知是有意吊他的胃口，还是她真没饿，她说："早饿过了，现在不感觉饿了，我们好不容易来重庆，还是陪我逛逛街再去吃饭吧。"

刘吉祥只好陪着马珍去逛街，这个马珍虽然快三十岁了，但她像个小姑娘似的，凡好看的她都要去看看，凡好玩的她都要拿来试试，更是喜欢往女人的内衣店和化妆品店里钻。

又来到一家女人内衣店，马珍又往里面走。刘吉祥站在外面，马珍回过头来叫道："你站外面干吗，进来呀。"

刘吉祥对逛商场没兴趣，他指了指门口的招牌，想借故不进去，说："这是女人内衣店，我又不买女人的内衣，我进来干啥，要买你自己去买吧。"

马珍大声说："刘吉祥，我不知怎么说你，女人内衣店怎么了，上面又没写男人不准进，你又不是没见过女人的内衣，搞得这么神神秘秘的，快进来呀。"

刘吉祥听马珍这么说，他只好走进去。这家店里全是卖女人内衣内裤的，各种款式都有。马珍认真地看着，刘吉祥却无心看，他只在店里站着。售货员是位年轻漂亮的姑娘，她不停地给马珍介绍着，也时不时取下内衣给马珍看，马珍看看后就还给她说："我再看看。"

那位售货员又走过来叫道："先生，你也认真看看吧，给你老婆买两件内衣内裤回去，我们这店销售的是国际流行产品，而且全是布料的，女人穿起不但贴身还有保健的功能。"

刘吉祥听售货员这么说，也上前看了看，他用手摸了摸，确实像售货员说的一样，柔软且质感好，他还真想给陆萍买两件内衣内裤回去。

马珍见刘吉祥真要买，她认为他傻，逛商店并不是一定要买，只是看看而已。她走过来说："别买了，我们再去另一家看看。"

说罢，他们走了出来，马珍说：“刘吉祥，你真傻呀，你自己也是卖服装的，还在这儿买，你这不是把钱让别人赚吗？”

刘吉祥不明白马珍的意思，问道：“马珍，那你又没打算买，你一个接一个店看，不浪费时间吗？”

马珍笑了，说：“我看你一点儿经济头脑都没有，你以为我去化妆品店逛，就是想买呀？告诉你，我是去看化妆品和女人内衣是否有商机。你看看，我们镇上还没有一家这样的专卖店，就是县城好像也没几家，你说，这不是一大商机吗？”

马珍这样一说，刘吉祥才明白，马珍不是去买化妆品和内衣内裤，而是也想开一家这样的专卖店，他不得不佩服马珍这方面的能力。他说：“马珍，你真行，一下就看到商机了，要是换了我，就是在重庆待上十天半月，也不可能看到啥商机呀。”

马珍说：“好了，不跟你说了，我们去吃饭。”

随后，他们来到路边一家餐馆，在重庆，就是路边餐馆也比镇上的大餐馆好，里面桌子椅子干干净净的，墙壁也刷得很白，给人感觉大都市就是不一样。他们坐下后，服务员拿来菜单说：“先生，请点菜。”

刘吉祥把菜单递给马珍说：“还是你点吧。”

马珍接过菜单，只点了两个菜和一个汤，说：“就点两个菜一个汤，只要吃饱就行。”

刘吉祥心想难得来一次重庆，再怎么说也不能这样寒碜，不说吃好，就是面子上也要过得去，他说：“马珍，就只点两个菜一个汤呀，也太寒碜了吧，再怎么说出门在外，还是要吃好。”

马珍大声说：“你们男人就是死要面子活受罪，就我们两个人，点这么多菜干啥，吃不完不浪费了吗？再说能节约点儿是点儿，以为像你以前出差呀，吃住都是报销。”

一席话说得刘吉祥哑口无言，服务员拿着菜单去弄菜了，不一会儿菜炒好端上来。刘吉祥说：“马珍，菜虽然少点儿，但酒还是得喝点儿。”

马珍知道男人就是喜欢喝酒，刘吉祥以前经常陪酒和应酬，养成了爱喝酒的习惯，她说：“好，服务员，来瓶酒。”

服务员拿来酒后，刘吉祥给马珍倒了一杯，马珍赶忙说："刘吉祥，要喝你自己喝，出门在外我可不喝酒。"

刘吉祥也不好劝她，毕竟他们是出来进货的，不是出来旅游的，他说："那行，你吃菜，我喝酒。"

刘吉祥便喝起酒来，马珍吃菜陪他。

刘吉祥把自己那杯酒喝完了，又想喝第二杯，马珍说："你别喝了，看你脸都喝红了，你再喝就醉了。这可不是在家，是在重庆，你喝醉了让我来照顾你，多麻烦。"

听马珍这么说，刘吉祥也没有再喝了。吃完饭后，马珍付了钱，他们走了出去。

刘吉祥说："马珍，这次出来坐车和吃饭的钱，我们回去算，你可要记好哟。"

马珍也不客气，说："当然，这是我们一起出来进货，亲兄弟都得明算账，当然要记好，回去算清楚，一人一半。"

随后，他们去到一家旅馆，开好房后便各自回房睡觉了。

也许是喝了酒，刘吉祥很兴奋，他洗漱后躺在床上，怎么也睡不着，以前他还没觉得马珍有多好，只是同住一个镇上，经常见到，也听大家说过马珍就是大河镇上的"一枝花"。通过这次和马珍的接触，不管从哪方面讲，马珍确实很讨人喜欢。他在心里真想与马珍有点儿什么，这不是在家里，而是在重庆，重庆虽然人多，可他们谁也不认识谁，在这个陌生的环境里，说白了，就像只有他俩人一样。

刘吉祥起身，打开房门看了看，马珍，好像已经睡了，他只好关上门，又倒在床上继续睡觉。可他仍无法入睡，他迫使自己不要再去想了，他已是有老婆的人了，马珍再好也不可能喜欢他，人家还是一个没结婚的人。

这时，马珍在外面敲门，刘吉祥心里一惊，难道马珍对他真有那意思？他赶忙起床开门，说："马珍，你还没睡，进来坐会儿嘛。"

马珍说："我怕你喝了酒有事，才过来看看。"

刘吉祥笑了，说："我喝这么点儿酒，还能有啥事呢？"

马珍说："没事就好，早点儿睡吧，明天要早点儿起床去进货，我也过去睡觉了。”

说罢，马珍随手带上门，转身走进了她的房间。

第二天一早，马珍起床了，她过来叫道：“刘吉祥，起床了，我们得去进货了。”

刘吉祥因昨晚失眠，还懒懒地躺在床上，他听见马珍的叫声，翻身起床说：“好，我马上起来。”

随后，他们乘公交车去到朝天门批发市场，这里是马珍经常来进货的地方，她知道哪家货好，而且价格也便宜。他们去了其中一家店，老板也认识马珍，便说：“马老板，这批服装是新到的，款式是新的，布料也很好，至于价格嘛，你是老客户了，我们可以商量。”

马珍看了看货，说：“那好，我们就在这里进货。”

刘吉祥和马珍根据自己的需要，各自选好货，包装好付了钱，便请来几个棒棒，帮着他们把货送去重庆长途汽车站，搬到了车上。

在车上，马珍又睡着了，她又把头靠在刘吉祥身上。刘吉祥不但没有推开她，反而还用手将她抱住，似乎想让她睡得更舒服。

他们到镇上，已是下午五点过了，刘吉祥把货搬回他的服装店，陆萍这才放心了，她说：“你终于回来了，我好担心。”

刘吉祥这次没被骗，货也进回来了，他十分高兴地说：“你担心啥，我这么大的人了，还能走丢不成？”

陆萍说：“我怕你又被骗嘛。”

3

第二年开春，正是投放鱼苗的大好时期，外村一个养鱼专业户告诉王大虎鱼苗的搭配方法，为充分利用水体和饵料，提高池塘鱼产量，可以根据不同的鱼的食性和生活习性，合理搭配投放鱼种。一般的搭配原则是：以投放鲢鳙鱼为主，其混合搭配比例为：鲢鱼占百分之五十五到百分之六十，鳙鱼百分之十五，草鱼百分之十，鲤鱼、鲫鱼、鲂鱼等占百分之十五到百分之二十。这样整个水体都能被充分利用，水体中的各种饵料也能循环利用，以提高养殖效果。

王大虎便按这种搭配方法，去县鱼种站购买了鱼苗，投放在鱼塘里。鱼苗投放下去后，鱼塘里的水清清的，鱼儿在水里跳跃戏游，掀起了层层微波，仿佛这平静的鱼塘里，又有了生气。

王大虎按时投放鱼食，因为鱼小，他先只投放少量的鱼饲料。鱼塘里有草鱼，他就去坡上割嫩草回来喂。

初春的阳光暖暖地照在大地上，山坡上的树枝已开始发芽，那些嫩嫩的草已长出来了。现在农村喂牛的人少了，坡上也没人放牛，那些草坪早已长得绿绿的，到处都散发出草的芳香。

王大虎很快就割了一背筐草回来。他便把割来的草投放到鱼塘里，那草刚一放下去，就有鱼儿游来吃草。

这时，陆大奎扛着锄头走来了，他说："王大虎，你这鱼塘里投放鱼苗了吗？"

王大虎不知道陆大奎问这个干啥，这鱼塘是他承包了，又不是在生产队，陆大奎还管得这么细呀？既然陆大奎问起了，他只好回答，便说："是的，我前几天去县鱼种站买了鱼苗回来，投放在鱼塘里了，过几天我还要去进一批鱼苗回来。这鱼苗呀，得分批投放，才能确保在不同时间都有鱼卖。"

陆大奎听王大虎这么一说，高兴地说："王大虎，你文化不高，又没养过鱼，我还担心你没有养鱼技术，养不好鱼。现在看来，你还真成养鱼专家了，让我高看你了。"

平时陆大奎是很少夸人的，今天破例夸王大虎，他心里很高兴，笑了，说："队长，看你说的，我哪是养鱼的专家，我只是去向村外那个养鱼户讨教了一些养鱼经验。你想，我承包了鱼塘，又是第一次养鱼，不去学点儿技术怎么养鱼？"

陆大奎说："王大虎，我今天来是想告诉你，镇里将举办种养技术培训班，你去不去报名参加学习？镇里请来的都是县里农业局的专家，我想如果你去学一下养鱼技术，你这鱼肯定会养得很好的。"

王大虎想了想，问道："那得交多少学费？"

陆大奎笑了，说："交什么学费呀，是免费的，专门为全镇的种养专业户开办的培训班，培训时间为一周，听说专门讲一些实用技术。"

本来王大虎就想学养鱼技术，正愁着没地方学呢，他听后高兴地说："那好，我去报名学习，可要学习一周，那我这鱼塘谁又来给我管理呢？"

陆大奎说："叫你父亲帮你照看一下不就行了？"

王大虎说："好，我这就回去和我爸商量。哎，队长，镇里什么时候开始报名呢？"

陆大奎说："我昨天得到镇里通知，明天就开始报名了，你得抓紧时间去。"

王大虎说："谢谢队长。"

陆大奎笑着说："谢什么呀，大力发展种养专业户，也是我这个队长的职责。"

王大虎回到家里，王生地刚好从地里干活回来，坐在大门口抽叶子烟，他见王大虎匆匆跑回来了，赶忙问道："大虎，你这鱼塘里才投放了鱼苗，你不好好看着，跑回来干什么，是不是又出啥事了？"

王大虎说："爸，有好事，好事呀。"

王生地问道："大虎，你大白天的说什么胡话，你是捡到金子还是银子了，天上还能掉馅饼，你整天守着鱼塘，能有啥好事轮到你？"

王大虎听父亲这样说，真有点儿扫兴，觉得父亲就是个实在人，好像一辈子不图有好事，也害怕遇到坏事，只图平平安安过日子。他说："爸，刚才陆大奎来告诉我，镇里举办种养技术培训班，由县农业局的专家讲课，让全镇的种养专业户去参加学习。"

王生地听后，说："我以为是啥好事，原来是这事，这算什么好事呢？你不就是养点儿鱼吗，还去学啥？再说，陆大奎这人我信不过，他是队长，上面下了任务给他，他不叫你去参加培训，他交得了差？"

王大虎知道父亲对陆大奎有成见，但他认为不管怎么说，叫他去学养鱼技术是好事，他说："爸，你怎么老是这样看人家呢？再怎么说陆大奎也帮了我们不少，他叫我去参加镇里的培训，也是一次难得的机会嘛。"

王生地生气地说："什么，你还认为陆大奎是好人，他帮你什么了，他把鱼塘承包给你，又不是白给你，你每年还得交队上五百元承包费。

每年这五百元承包费交给他，还不是由他花了……”

王大虎打断父亲的话说：“爸，不管怎么说，这是一次难得的学习机会，我决定了要去报名参加学习。”

王生地听王大虎说得这么肯定，知道再说什么也没用，他抽了一阵儿烟，说：“你去参加镇里的培训可以，这是陆大奎安排去的，说什么也要他给补助才行。你承包这鱼塘，也是为队上做贡献，每年不是要交五百元承包费吗？”

王大虎生气了，说：“爸，你怎么这样说呢，我去参加培训还是免费的，又不交学费。”

王生地大声说：“就算不交学费，你去镇里学习几天，吃不用花钱吗？”

王大虎说：“爸，不管你同意不，我这就去镇里报名，这鱼塘你去帮我照看几天。”

王生地起身，说：“你不好意思去找陆大奎要补助，我去。”

这时，在屋里忙活的吴良贤走出来，大声说：“他爸，你去干啥，大虎都说了，这是镇上举办的种养培训，又不收学费，是让大虎去学技术，人家队长通知他去学习，难道还有错？你去叫人家给补助，别人会怎么看你？”

王生地站住了，说：“再怎么说，是陆大奎叫大虎去学习的，不要他给补助我找谁要去？”

吴良贤知道王生地与陆大奎的矛盾，可这事不能与那些扯在一起，她虽然是农家妇女，但她也知道好坏，她说：“你没看电视呀，这是国家出台的惠农政策，是免费教你种养技术。大虎学到这些养鱼技术，以后养鱼就可以挣钱了，挣了钱，陆大奎要你分成给他了吗？”

王生地也知道是这个道理，可他心里一直对陆大奎有怨气，他就是转不过这个弯。他说：“虽然道理是这样，但我与陆大奎的恩怨就是解不开，我一见到他就有气，我一听到‘陆大奎’三个字就心烦，这事不是针对别人，我是冲陆大奎去的。”

吴良贤说：“好了，他爸，我知道你和陆大奎以前有过节，那是你们俩人的事，别把那些事扯到这事上。你就给大虎守几天鱼塘，让他好安安心心去学习。”

王生地仍在生气，他走了出去。王大虎十分担心父亲去找队长要补助，他见父亲在气头上，也不好问，只能问母亲：“妈，爸这是去哪儿？”

吴良贤笑了，说：“别担心，你爸就是这个脾气，只要听到陆大奎的名字，他心里就有气，可他只要发泄一下就没事了。他呀，是去帮你守鱼塘去了。”

王大虎这下放心了，说：“好，那我去镇里报名了。”

吴良贤说：“去吧，一定要好好学，只有学好了技术，才能养好鱼。你的鱼塘，这几天你爸会给你照看好的。”

王大虎去到镇政府，再找到农办报了名，工作人员告诉他明天开始学习，叫他回去把鱼塘的事安排好。

王大虎从镇政府报了名出来，已是下午五点多了，他想红砖厂六点就下班了，自从离开红砖厂后，他也很少来赶集，更没有专门来厂里找过常春春。今天他干脆去厂门口等常春春下班出来，好和她一起回去。

王大虎向红砖厂走去，他来到厂门口，厂里的门卫已换人了，不认识他，也不让他进。说真的，他还不想进去呢，他在这厂里干了两年，里面还有很多人认识他，到时别人问他在干什么，他还不好回答。

王大虎站在厂门外远远地等着，这样即使认识他的工友下班出来，也不会看见他。

很快就六点了，厂里下班了，那些下班的人陆续出来了，有的走路，有的骑自行车，似乎没有人注意到他。

他等了好一阵儿，仍没见常春春出来，他感到奇怪，这常春春难道不下班？他想进厂里去看看，可他觉得进去不好，就仍站在那里等。

第十五章　闹　事

1

王大虎等了好一阵儿，也没见常春春出来，他也不好过去问，看天快黑了，就只好转身走了，因为从镇上回家得走一个多小时。

王大虎沿着那条石板路走着，天慢慢黑下来，这条石板路王大虎熟悉，借着微弱的光还是能看见路，他加快脚步往前走。一路上，王大虎都在想常春春怎么下班没出来呢，是不是在厂里加班？可他在厂里干了两年，知道厂里是不加班的。是不是现在两班倒了，分白班和夜班？可他从没听常春春说过这事。那她是不是今天没去上班？可这几天又没见她来鱼塘找他呀。那她又去哪儿了，是不是辞工了？不可能，她现在是厂里的统计员了，拿厂里的固定工资，肯定不会这么快就辞工的。那她又去哪儿了？

王大虎突然想到了史小军，他知道史小军别的本事没有，说大话骗人还是有一套，常春春会不会被他骗走了，或者是常春春请假跟着他去外面玩了？对，有这种可能，前几天他去县鱼种站买鱼苗，还在县城碰见史小军，史小军叫他在县城玩两天再回去，他说很忙，就匆匆走了。是不是常春春也跟着史小军去县城玩了，难怪这几天没见到常春春来找他。

王大虎越想越生气，但他又能怎样，说白了常春春又没嫁给他，还不是他的老婆。再说史小军比他会混，不管怎样史小军比他会讨女人喜欢，他只能安慰自己，随她去吧。

王大虎走到屋前，却没有进屋，虽然他心里这么想，但他还是放心不下常春春，她到底去哪儿了？他转身就向常春春家走去。

王大虎刚到常春春院前，正好碰见常春春出来了，他问道："春春，你今天怎么没去上班？我今天下午去你厂门口等你很久，都没见你出来。"

常春春有些不高兴，说："你是没事干了，还是发什么神经，这么远跑去厂门口等我干啥？"

王大虎见常春春这个态度，不知发生什么事了，就说："春春，你这是怎么了，我还以为你跟着史小军去县城玩了。"

常春春大声说："我现在还真后悔，没答应跟史小军一起去县城玩几天。"

王大虎见常春春越说越生气，他站在那里，丈二和尚摸不着头脑，愣了好一阵儿，他说："春春，你到底怎么了，这几天也没见你来找我，出什么事了？"

常春春仍在生气中，也没好脸色，说："我不去找你，你就不能来找我吗？"

王大虎不知常春春今晚怎么了，一见他就生这么大的气，是他哪点没做好？也不对呀，他都没有见到她，怎么会得罪她呢？便问道："春春，你今天怎么没去厂里上班呢，你辞工了？"

常春春见王大虎主动来看她，更是一副着急的样子，她缓和了一下语气说："大虎，我不知怎么说你，我这几天没去找你，你就不能来找我吗，你这样心里还有我吗？说实在的，史小军可比你好多了，我这几天生病了，他也来家里看过我，还给我买了些水果。你呢，连一句问候都没有。"

王大虎这才知道，常春春这几天没来找他，也没去上班，是她病了。他十分愧疚，早知她病了，说什么也应来看一下她，可他不知道她病了呀，难怪她这么生气，这真是他不对，她应该对他发火。他说："春春，我不知道你病了，加上这几天我去县鱼种站买鱼苗了，很忙，就没想起来看你一下，对不起。"

常春春就是这样，心里有什么就说什么，只要说出来心里啥也没有了。又听王大虎说他忙，似乎也理解他，她说："你别说了，我知道你就是这样一个人，你为什么不讨女人喜欢呢，因为你脑子里少了一根弦。"

他赶忙问道："春春，你是啥病呢，去镇卫生院拿药了吗？"

常春春说："前天我妈陪我去镇卫生院检查了，没什么大病，是重感冒，打了针也吃了药，现在好多了，明天我就可以去上班了。"

王大虎这下放心了，说："你多休息几天再去上班嘛，身体要紧。"

常春春好像没事一样了，而且说话也亲切多了，她说："你刚才说你鱼塘投放鱼苗了，那陪我去你鱼塘看看吧。"

王大虎看了看常春春，她好像还没有精神，他说："春春，你身体还没好，还是回去休息，改天我陪你去我鱼塘看，好吗？"

常春春想了一下，说："也行，那你回去吧，我也回去休息了。"

王大虎说："春春，我已报名参加镇里免费的种养技术培训班，学习一周，今天我去报名了，明天就开始学习。"

常春春没想到，王大虎连一句亲热的话都不会说，却只告诉她这个。她说："好呀，这样你能学到很多养鱼技术，到时你就可以养好鱼了。大虎，我以为是你想我了，专门跑去厂里接我哟，原来你是去镇里报了名，我就说嘛，你要是想到这点，可能是太阳从西边出来了。"

王大虎说："春春，你要我每天专门跑去厂里接你呀，我哪有时间？再说来回这么远，怎么可能呢？"

常春春又生气了，说："你怕远，那史小军为什么不嫌远，他已专门来接我好几次了。我知道你不可能每天来接我回家，但你马上答应我，哄我开心也不行吗？"

王大虎不知怎么回答，他愣住了，他还想说什么，常春春已转身进屋了，他只好回家去了。

王大虎回到家里，吴良贤已煮好饭端上桌了，王生地也坐在桌边，还在等他。见他回来了，王生地说："大虎回来了，吃饭。"

随后，吴良贤也走过来坐下，全家人开始吃饭。王生地问道："大虎，你参加镇里的种养培训，报名了吗？"

王大虎本来心情很好，可见常春春那生气的样子，他好好的心情一下子就没有了。他说："已经报名了，明天就开始学习了。"

王生地问道："不交培训费吧？"

王大虎边吃饭边说："镇农办领导说了，这次培训，不但不交培训费，每天的生活费也由镇里统一解决。"

吴良贤听后高兴了，说："那很好呀，镇里真是为老百姓办实事，请这么多专家来讲课，不但不收培训费，连生活费也由镇里出，那你好好学，把技术学好了，将来你养鱼才能赚大钱。"

王生地似乎有些不高兴，说："你呀，就想着挣大钱，大虎以前在镇红砖厂上班，每月工资几十元，一年就能挣好几百，他这个鱼塘能挣好几百吗？这鱼塘是陆大奎左算右算好的，不管你赚钱还是亏本，每年交队上的五百元承包费不能少一分。要是这鱼塘真能挣大钱，那陆大奎为什么自己不承包，还要承包给你？"

王大虎说："爸，你又来了，你和陆大奎那点儿事都过去这么多年了，你还放不下呀？你看现在的陆大奎，哪还像以前那样，人家都是真心为老百姓办事了，不说别的，就是我承包鱼塘，马二娃闹事，还有那次泸州化工厂的吴科长带人来，哪一次不是陆大奎出面才把事情摆平的？我说呀，陆大奎并没有你说的那样坏。"

王生地听后更生气了，大声说："你说啥，你说陆大奎变好了，那你怎么不认他做爸去？我不知怎么说你，以前因为你和陆萍好，你说他好，我还可以理解，现在陆萍早已嫁人了，你还说他好，他到底给了你啥好处？"

吴良贤见他们父子又吵起来了，赶忙说："他爸，你有话就不能好好说吗？又没人和你比声音大。大虎说得没错，陆大奎也不像你说的那样坏，他还是为我们老百姓办了很多好事。"

王生地放下碗筷，起身说："这饭我不吃了，你们都来气我，我说陆大奎不好，他就是不好，他为我们办了啥实事，他给我们修过公路吗？他给我们修过水渠吗？他给我们队上办过厂吗？"

吴良贤说："大虎，快吃饭，别管你爸，你爸就是这个怪脾气，一根筋，他一会儿就好了。"

王大虎也知道父亲这脾气，他也没怎么在意，吃好饭便去守鱼塘了。

2

第二天，王大虎便去到镇里参加培训，培训班设在镇政府会议室，全镇三十多个种养专业户参加了培训。

开班典礼上，镇长来讲了话，他说："同志们，现在改革开放了，土地承包后，农村出现了可喜的局面，老百姓由填饱肚子向致富增收迈进，农村这片广阔的天地大有作为。种植养殖是最好的致富增收项目，为了大力发展农村种养专业户，带动更多的农民致富。今天，我们在这里开办了大河镇首期种养技术培训班，这次培训期间，分别请到县农业局和县畜牧局的专家前来授课，希望大家认真学习，更好地掌握一些实用技术，把自己的种养业搞得更好，真正成为实现致富增收、发展农村经济的带头人……"

镇长热情洋溢的讲话，赢得了大家热烈的掌声。

随后便开始培训，第一堂课是由县农业局的专家讲果树的种植技术。由于这些参加培训的人中，有的是搞种植的，也有的是搞养殖的，专家讲果树种植时，有养鸡、养鸭和养鱼的人，觉得不是他们想要学的，就没有认真听，有的干脆走出教室在外面玩。王大虎虽然也是养鱼的，但他觉得这是一次难得的学习机会，他非常认真地听课，也认真做笔记。

中午，学员被安排在镇伙食团吃饭，这是镇政府伙食团，平时都是镇上领导在这里吃，而他们今天也有机会来这里吃，这让学员们十分高兴。

有一个学员问道："王大虎，你好像是养鱼的，今天上午讲的是果树种植，你怎么学得这么认真，你是不是想改行种果树了？"

王大虎边吃饭边说："这是一次难得的学习机会，要不是镇里组织，我们就是想出钱去请这些专家来讲课，可能也请不来。我想，不管这些专家讲的是不是我们想学的东西，都得认真学，将来肯定有用。"

又一位学员说："王大虎说得对，多学点儿总比少学点儿好，我们今天是搞养殖的，说不定明天我们又去搞种植了，只要真正学到技术了，在农村还怕挣不到钱？”

吃完饭后，学员们都回到教室去休息，王大虎却想出去转转。这镇政府就在街道旁，走出去就是街上，他便去到街上走走，正好路过花市街陆萍的服装店，他以前似乎还怕见到陆萍，可陆萍已嫁到街上两年了，他和陆萍的那些事已慢慢地淡化了，他也释然了，觉得应该去看看陆萍，有些话也想和她说说。

王大虎走进陆萍的服装店，陆萍正好在店里，可她见王大虎来了，却没有招呼他，而是独自坐在那里，双手捂着肚子，还不停地呻吟着。

王大虎觉得不对劲儿，赶忙走过去问道：“陆萍，你怎么了，是不是病了？”

陆萍仍在呻吟着，脸上冒着汗，她轻声说：“我……我快要生了。”

王大虎明白了，陆萍这是要生孩子了，他知道陆萍家就在后面，他大声往里面喊道：“刘吉祥在吗？刘家有人吗？陆萍快要生了。”

陆萍说：“你别喊了，他们这时都不在家，快……扶我去镇卫生院。”

王大虎这才扶着陆萍向外面走，还好，这里去卫生院不远，不一会儿就来到镇卫生院了。王大虎赶忙叫来妇产科医生，医生安排护士把陆萍推进了手术室，王大虎便去帮陆萍挂号办入院手续。

王大虎办完一切手续后，刘吉祥赶来了，王大虎把办好的手续交给刘吉祥。刘吉祥十分生气地说：“王大虎，我老婆生孩子关你什么事，你少在这儿献殷勤，这儿没你事了，你走吧。”

刘吉祥的态度让王大虎十分生气，他大声说：“刘吉祥，你还有点儿良心吗，你老婆要生孩子了，你却不好好照顾，今天要不是我，还不知会出个啥事呢。”

刘吉祥说：“王大虎，你还真有理了，我老婆生孩子，关你屁事。以为你把我老婆送来医院，我就感激你了？告诉你，以后你离陆萍远点儿，我见到你就心烦。”

这时，从手术室里传来婴儿的哭声，一个医生走了出来，说：“生了，是一个女孩，母女平安。”

刘吉祥按医生的吩咐去药房取药，王大虎却悄悄地走出了镇卫生院。在街上走了一阵，他看了看手表，快两点了，培训班又开始上课了，他便返回镇政府会议室继续学习。

今天下午是县农业局专家讲养鱼技术，本来这是他最想学的，可他心里却乱糟糟的，不是因为刘吉祥的那些话，也不是担心陆萍的身体，他自己也不知道心里在想什么。总之，他心神不宁地坐在会议室里，这一下午，他恍恍惚惚的，好像啥也没听进去。

下午放学后，已是六点了，王大虎又去红砖厂门口，他依然远远地站在那里等常春春出来，好和她一起回去。

尽管他站在厂门口对面的门市前等，还是被厂里生产车间刘主任看见，刘主任走过来，问道："王大虎，你在这里干啥？走，进去坐坐吧。"

王大虎笑了，说："我在镇里参加种养技术培训，这时放学了，我来这儿看看。刘主任，你还好吗？"

刘主任仍像原来一样，对王大虎十分关心，他说："我很好。王大虎，你参加镇里种养培训，那这么说你在家搞种养业了，你是种果树还是养鸡？"

现在，王大虎在刘主任面前说话有些底气了，因为他承包鱼塘了，要是以前他还真怕见到刘主任，就是见到了也不知说什么。他说："我承包了队上的鱼塘，所以，就报名参加这次种养培训。"

在刘主任心中，王大虎是个实实在在干活的人，不管他干什么，肯定会干好的，他听后连连点头，说："看不出呀，王大虎，你还真有出息了，我原以为你没找到事干，想叫你来厂里干。现在呀，你成养殖专业户了，真是三日不见当刮目相看，好好干，我相信你会发财的。"

王大虎说："谢谢刘主任。"

刘主任看了看王大虎，觉得他不像是有事，而像在等什么人，他问道："王大虎，你是在等人吗，等谁呢？"

正说着，常春春走了过来，见王大虎在这儿等她，打心眼里高兴，她说："刘主任，你也在这儿！"

明眼人一看，就知道常春春和王大虎的关系了，刘主任也不傻，他一下就明白了。他说："王大虎，我以为你就是来厂里看看哟，没想到你真是在等人呀。那好，你要等的人出来了，我下班了，也该回家了。”

说罢，刘主任走了。王大虎说：“春春，刚才你见刘主任在这儿，你等他走了再过来嘛，这下让刘主任知道我在等你，多不好呀。”

常春春笑了，说：“王大虎，你这人怎么这样，你来找我还怕别人知道？我们是在谈恋爱，又不是在偷情，我都不怕你还怕什么？”

王大虎想了想，常春春说得对，他和常春春是在谈恋爱，又不是在搞婚外情，还怕什么？就说：“走吧，天快黑了。”

常春春似乎还不忙，她仍在那儿站了会儿，说：“就是天黑了也没啥，今晚和你一起回去，再晚我都不怕了。”

随后，他们便沿着那条石板路走去，边走边说着话。常春春非常开心，她时不时拉着王大虎的手，王大虎却抽出手，显得心事重重的样子。她问道：“大虎，你今天怎么了，谁又惹你不高兴了？”

王大虎说：“陆萍生孩子了，生了一个女孩。”

常春春听后生气地说：“大虎，陆萍生孩子关你啥事，那孩子又不是你的，你担心啥？我说你呀，简直是在自作多情。”

3

清晨，一轮红日缓缓升起，推开绯红的云彩，露出温柔的笑脸，轻轻地唤醒了田野，静静地映衬出乡间小道上绚丽的花朵，悄悄地催促着庄稼人拉上牛儿，行走在田间地头。微风伴着温柔的阳光轻拂脸颊，凉丝丝的，路边的花草上滚动着晶莹剔透的露珠，在晨光下倾注着微笑，早起的鸟儿开始叽叽喳喳地歌唱，穿过树林站在庄稼的枝头，飞跃起心中的渴望和向往。这是一幅美妙的农家晨光图，悬挂在天地之间，装进了农家人纯朴的心。

经过这一周的学习，王大虎学到了不少养鱼技术，他按学得的养鱼技术，对鱼塘进行了一些技术处理。

王大虎正在给鱼儿喂食，陆大奎来了，他见王大虎不但在鱼塘里增加了水循环机，还在鱼塘坝边进行了消毒处理。他问道：“王大虎，你这次去参加镇里的种养培训，学到了不少知识吧？我看你鱼塘加了那水循环机，你还在岸边进行了消毒处理。不说别的，就凭这一点，你也真学到了不少东西。”

王大虎边喂食边说：“是呀，要不是参加这次培训，我还真不知道这鱼怎么养，就是勉强能养下去，也可能达不到想要的效果。不说别的，就是在鱼种搭配上，也是有讲究的，不能乱搭配，还有就是给鱼喂食上，也有一定的技术。队长，谢谢你及时通知了我。”

陆大奎听后笑了，说：“以前，把这鱼塘承包给你时，我还真担心，怕你没技术养不好，要是你亏了，你还哪有钱交队上的承包费。这承包费倒是小事，这么大个鱼塘，你说那不是浪费了资源吗？现在呀，我不担心了，你去参加过培训，肯定会养好鱼的，而且比我想象的还要好。”

王大虎这次去参加培训，不光是学了技术，也学了国家对发展农村种养业的一些政策，还请了那些成功的种养专业户传授种养致富的经验，这让王大虎对通过养鱼致富充满了信心，他说：“放心吧，队长，我这个鱼塘今年能收回成本，明年纯收入三千元，后年纯收入达五千元。再以后呀，每年的收入都会上万元。”

陆大奎听后也很高兴，从王大虎的话中，不但感觉到他的养鱼技术提高了，更感到他对养鱼致富充满信心。他说：“王大虎，看来你野心不小呀，我把这鱼塘承包给你，你就把它当成摇钱树了。不过，你要知道，你这鱼塘承包期为三年哟。”

王大虎一听急了，说：“队长，能不能改一下合同，让我多承包几年？你看这鱼塘，我承包后投入这么多钱了，总不能你就只让我承包三年吧？”

陆大奎听王大虎说出的计划，他还是很感动，如真像王大虎说的那样，这鱼塘几年后能收入这么多钱，那确实是件好事。他想了想说：“王大虎，你的心也太大了，按你刚才的计划，我把这鱼塘承包给你，要不了几年，你可就发财了。不过，我可以考虑，还得看你把鱼养得怎样。”

王大虎走过来递了一支烟给陆大奎，说：“队长，请抽烟。”

陆大奎接过烟，王大虎赶忙给他点上，他看这是一支中华烟，笑了说：“王大虎，你这鱼塘才投放了鱼苗，还没卖鱼呢，你就抽起好烟来了，看样子你真像发了财。”

王大虎也点上一支烟，说：“队长，看你说的，我哪是自己抽这么好的烟呀，这是前几天我去县鱼种站买鱼苗，给那里的工作人员买的。”

陆大奎听王大虎这么说，又看了看王大虎，感觉他像变了一个人似的，不但人看起来精神多了，说话办事也精明了不少。他说：“王大虎，我早说过，一个人要有事情干才行，你现在承包了鱼塘，找到一个奋斗的目标，你的精神面貌都不一样了。”

王大虎听陆大奎在夸奖他，也有些不好意思，便说：“我还是跟以前一样。”

陆大奎也许心情好，说起话来也不像以前那样凶巴巴的，他说：“王大虎，我告诉你一个好消息。”

王大虎赶忙问道：“队长，又有啥好消息，快说吧！”

陆大奎说：“不是你的好消息，是我的好消息。陆萍前几天生孩子了，生的是个女孩，我当外公了，这难道不是好消息吗？”

王大虎听后，那高兴的笑容没有了，他低头说：“哦，是这事，很好。”

王大虎又背起喷雾器，给鱼塘边杀毒，陆大奎转身走了。

正是农历三月，是乡下人犁田栽秧的时节，因为今年开春后下雨少，农田的水不多了，但坝下马二娃那块田还有水，完全够犁田栽下秧子，他却借机来鱼塘放水。

那天，马二娃跑到坝干上来，打开放水闸门就放水。王大虎看了看坝下马二娃的田，知道马二娃是借机又来闹事，他说什么也不准放水，说：“马二娃，这鱼塘是我承包的，你放水总得给我说声才对吧？再说，你田里不是还有水吗，完全能犁田也能栽秧了，你如果再放水下去，水深了不好犁田更不能栽秧，你这不是浪费水源了吗？”

马二娃硬要放水，他大声说：“王大虎，你要知道这鱼塘是我们全队大家出力修的，修这鱼塘就是为了保证坝下这些田放水栽秧，可不是专门给你修来养鱼的。今天这水我是放定了，看你怎么着？”

说罢，马二娃又去扳开水闸，王大虎说什么也不让扳，这下马二娃生气了，他就和王大虎打了起来。在附近干农活的人都跑过来劝架，可把他们拉开，马二娃又扑上去，好像他今天是有意来打架的。

不但他俩人打，王生地和马二娃的父亲赶来后，他俩也大声吵起来。马二娃父亲说："王大虎，你不准放水还打人，今天我不但要放水，还要把这坝干挖了，看你还能养鱼吗？"

王生地也大声说："你敢，这鱼塘是队上承包给我的，我有承包合同，看你田里还有那么深的水，你还来放水，这不是有意来闹事吗？"

马二娃的父亲生气了，他走过去也想帮马二娃打王大虎，王生地走过去，他把锄头往地上一放，大声说："今天要打吗，来呀，我难道还怕你不成？"

这时，陆大奎赶来了，他大声吼道："都给我住手，你们简直无法无天了。"

不管怎样，陆大奎是队长，他说的话大家还是得听，随着他的吼声，他们都放开了手。陆大奎问道："到底怎么回事？你们多大的人了，还像个小孩子一样，动不动就打架，打架能解决问题吗？打出人命了可要坐牢的，明白吗？"

马二娃说："队长，你来评评理，我放点儿水犁田栽秧，可王大虎却不让我放，那我问你，队长，你说是养鱼重要还是种庄稼重要呢？"

陆大奎大声说："都重要，我问你们，现在哪家没饭吃了，哪个还饿肚子了？在确保粮食生产的基础上，大力发展农村经济，这鱼塘难道就只给你田放点儿水，其他啥都不做了？让这么大个鱼塘空着，那不浪费资源吗？"

马二娃父亲说："队长，你不能偏心，这鱼塘可是全队人出力修建的，凭啥承包给他，我为啥不能承包？"

王生地生气了，说："那次开队会，你哑巴了？队长在队会上问了好几次，你都不吭声，现在我家承包了，你眼红了，这世上还有后悔药卖？"

陆大奎见他们扯来扯去，这事越扯越麻烦，他说："别扯远了，就说这放水的事。马二娃，你看看，你坝下那块田里还有水，还放水干啥？"

马二娃那态度是非放水不可，他说："我田里那点儿水不够，田犁不过来，我来放点儿水不行吗?”

陆大奎知道马二娃的来意，不是真要放水，而是借机来闹事，他说：“不行，王大虎承包鱼塘是签了合同的，如果要放这鱼塘的水，得经过队长和社员代表商量同意才能放水，那合同是白纸黑字写上了的。”

王生地不得不高看陆大奎，没想到马二娃父子这么凶，是安了心来闹事的，被陆大奎几句话就压下去了。

陆大奎想了想，既然事情都闹成这样了，总得给马二娃一个台阶下，他说：“当然，如果你田里确实需要水，也可以放。这样，王大虎，你这鱼塘里也蓄满了水，马二娃田里需要点儿水栽秧，你就让他放点儿。我想，他放这么点儿水，也不会影响你养鱼的。”

王大虎也知道鱼塘已经蓄满了水，放点儿也没什么，可他明知道马二娃是借放水来闹事的，他不是舍不得放点儿水，而是觉得不应该输这个面子。他说：“队长，他田里有水，我这鱼塘里才投放了鱼苗，这水我不能放。”

陆大奎大声说：“王大虎，这水你必须放。如果放了水，你鱼塘里的鱼死了，我陆大奎赔你。”

听陆大奎这么说，马二娃偷偷地笑了，他今天确实不是要放水，他田里也不需要水，是来找王大虎闹闹，觉得他赢了面子。

王大虎还想说什么，王生地见状，赶忙示意王大虎别再说了，他说：“好，我这就去开闸放水。”

第十六章 修 路

1

上午，陆大奎通知全队社员在晒坝召开队会，好久没开队会了，也不知道队长又要宣布啥事。管他呢，自从土地承包到户后，这样的队会很少开，也好通过开会去热闹一下，大家便纷纷来到晒坝，村长也来了，看那架势又有什么大事了。

陆大奎见人到齐了，大声说："大家静一静，现在开会了。今天召集大家开个会，是有一个十分重要的事情征求大家意见。这样吧，这个事关系到全村人的利益，还是让村长先给大家说说吧。"

村长说道："其实呀，也没有什么大事，就是经过我们村里积极争取，镇里已批准了我们村修公路的请示。大家知道，我们村只有一条土路通往镇上，要是晴天呢，小型车辆还能勉强开进来，可一到下雨天，别说车开进来了，就是人走都困难。所以，我们决定把这条路修成水泥路，镇里补助一部分资金，我们自筹一部分资金。有句话说得好，要想富先修路，只要公路修好了，我们卖肥猪，或者去镇上买化肥，不用人抬人挑了，全是车拉进来运出去，到时公路修好了，去赶个集什么的就可以坐车了，不说别的，出门多方便呀！"

大家听后，便议论起来，有的说："这当然好，要是这条公路修成水泥路了，我去买辆农用车来跑运输，那多赚钱呀。"

又有人说："修这条公路我们得出多少钱呀，从村里到镇上，也有将近二十多里路，得花不少钱吧？"

还有人说："刚才村长不是说了，镇里要补助一部分，我们自筹一部分，只要公路修好了，我那在广东打工的儿子，肯定要买辆小轿车开回来，到时我会叫他拉我去县城逛逛。"

陆大奎见大家议论起来了，大声说："大家先别议论，我的话还没说完。"

大家不出声了，陆大奎说："刚才村长说得很清楚了，要想富先修路。我们村为啥没其他村发展得快，就是没有公路。你看那边的水星村，前年把公路修好了，现在他们那里有很多人搞种养业，那些外地老板直接把车开进村来买他们的肥猪、水果；你看大桥村，去年修好了公路，一个外地老板便去承包了他们村的大片土地种蔬菜，老百姓不但在他那儿打工，还入股分红。人家那儿能，我们村为什么不能呢？关键在于我们的公路没修好，连车都开不进来，你想谁还愿意来我们村投资搞开发呢？"

一席话说得大家有些心动了，觉得队长说得没错，村里公路没修好，别说是发展经济，就是赶集或走个亲戚都不方便，做个生或办个酒，外面的亲戚朋友也不愿来，因为路不好走。要是公路修好了，进出都有车坐，村里的光棍也好娶媳妇了。有人大声说："队长，你说吧，这公路怎么修，我们要出多少钱？"

陆大奎笑了，说："好，痛快，那我就直说了，按村里统一核算，全村每人出一百元。只要钱一到位，这条公路马上动工修建，年底就能修好通车。"

村长也说："为这事，村里多次研究，经过有关方面的专家测算后，把我们村这条到镇上的公路修成水泥路，大约需要二十万元，镇里补助十五万元，我们村自筹五万元，除争取去找在外经商的人捐款外，全村每人出一百元，这样大家有意见没有？"

这时，下面又有人议论起来："我家离公路远，车又开不到我家门口，我出不着这么多钱。"

又有人说："对，那些家住公路边的人，说什么也得多出点儿钱，公路修好了，车就直接开到家门口，多方便呀。"

一个家住公路边的人说："那是你们自己不把房子修到公路边，按你们这么说，那就改道嘛，不让公路从我们家门口经过就是了。”

陆大奎听后生气了，大声说：“你们这是啥观念，修公路是为全村老百姓办实事，镇里那些领导一年能来我们村里几次，照你们这样说，镇里就完全可以不出这钱了。这公路修不修关他们啥事？可镇里却想方设法筹集资金，补助十五万元给我们修公路，就是为了改善我们村的交通条件，让大家早日致富奔小康。可你们呢，却不站在大局的角度想，只打自己的小算盘，要真是这样，泥鳅黄鳝能扯一样长吗？”

听陆大奎这么说，大家没再议论了。陆大奎说：“村长为修这条公路，他家除了每人出的一百元，另外还捐款五百元，我是队长，我也另外捐三百元。”

这时，坐在后面的史小军站起来，大声说：“队长，这修公路是好事，我捐一千元，要是这条公路修好了，我第一个去买辆小轿车开回来。”

陆大奎看了看史小军，高兴地说：“好，我记下了，史小军，这可不是嘴上说说了事，这捐钱最迟明天要交来哟。”

史小军走上前去，把一沓钱交给陆大奎说：“队长，你这样不相信我呢，以前我是混得不好，到处欠账，这两年我可混得不错，不说发财了，至少比别人混得好。队长，这是一千元，你收下吧。”

这下，大家都对史小军高看一眼，他们有的问道：“史小军，你在做啥生意呀，怎么一下子就挣这么多钱了？”

另一个人说：“对呀，他以前是不务正业，到处哄骗，现在怎么一下子就挣大钱了。人呀，真是此一时彼一时。”

陆大奎没想到，史小军还这么大方，在关键的时候带了个好头，他从心底里高兴，他说：“史小军，你真行呀！好，这一千元我收下了，感谢你为家乡修公路做贡献，大家会记得你的。希望你走正道干正事，实实在在地挣钱。”

史小军听后有些不高兴了，说：“队长，你怎么总是说这些话，我干的都是正事。不过你放心，等我以后挣大钱了，村里再修公路我会捐更多，起码一万。”

这时，陆萍抱着孩子站起来，说：“我也捐一千，虽然我已嫁到镇上，但这里永远是我的家乡，为了家乡修公路我也想出点儿力。”

陆大奎赶忙说：“陆萍，你是不是说错了，你捐一百就够了，对吧？”

陆萍大声说：“爸，我没说错，我就是捐一千元，虽然一千元不多，可我要卖一年服装才能赚回来，但公路修好了，有利于全村老百姓，这是一件功德无量的事。”

村长十分高兴，说：“好样的，陆萍，你这钱我收下了，我代表全村老百姓感谢你！大奎，今天你带了个好头，一下就收到这么多捐款，我看修这条公路的资金会筹集到的。”

随后，村民们虽然没有自愿捐款了，但对每人出一百元钱修公路都认可了。会后，陆大奎就一家一家地去收钱，收齐了集资款后，便交到了村里。一切筹备好后，这条公路很快就开工了。

刚下了一场雨，雨下了一阵就停了，太阳出来了。田野经过雨的涤荡变了模样，空气中没有一点点尘埃，带着一股湿漉漉的清新味道。天空出现了久违的蔚蓝，是那种透明的蓝，就像蓝色的冰，不含一点点杂质，偶有一朵朵像棉絮一样飘过的白云，更衬托出蓝的晶莹。远方的青山，几朵白云萦绕在山间，像人间绿色的仙境。

王大虎刚割草回来，他把草放进鱼塘里，鱼儿便纷纷游来吃草，而且吃得甚欢。看着那水里的鱼儿渐渐长大，他心里也十分高兴。

陆萍来了，她见王大虎看着鱼塘的鱼儿吃草，她说：“大虎，你这鱼塘里的鱼长这么大了，年底肯定会卖不少钱吧？”

王大虎回过头来，见陆萍抱着孩子站在他身后，赶忙说：“陆萍，你怎么来了？”

陆萍说：“我带着孩子在娘家住几天，顺便来看看你这鱼塘。”

陆萍把孩子抱过去给王大虎看，说：“你看，婷婷长得很好，不哭不闹，吃饱了就睡。这孩子，长相一点儿也不像她爸，大家都说像我。”

王大虎看了看孩子，脸型确实像陆萍，他说：“是的，长得太像你了，哎，有几个月了？”

从陆萍脸上的笑容中看出，她当了妈妈很幸福，她说：“她出生有三个多月了，知道笑了。婷婷，快叫王叔叔。”

王大虎也笑了，说："陆萍，这孩子才三个月，怎么会叫叔叔呢？再怎么说也要一岁才会叫呀。"

陆萍说："大虎，你在镇里学习了养殖技术，我想你会把这鱼养得更好，好好干，将来你会挣钱的。"

王大虎对养鱼十分有信心，说："我计划今年卖鱼收回成本，明年纯收入三千，再过两年，每年纯收入上万。将来呀，我还会开个农家乐，还想办更多的事。"

陆萍听王大虎说得这么认真，也见他不再像以前那样，没找到事干时说话都没有底气，现在承包了鱼塘，似乎对未来充满了信心，她十分高兴地说："很好，我就喜欢看到你现在这样，好像变了个人似的。哎，大虎，你和常春春谈得怎样了，准备什么时候办喜事呢？"

王大虎笑了，说："这个……还没考虑呢。"

2

陆萍孩子哭了，她看了看孩子好像是饿了，她说："对不起，孩子饿了，我该喂奶了。"

陆萍抱着孩子去那边一块石头上坐下，背对着王大虎喂孩子奶。虽然太阳落山了，但夕阳的余晖还斜斜地映射过来，将鱼塘映照得十分美丽。

王大虎看着陆萍给孩子喂奶的背影，虽然他俩过去曾好过，经常在屋后那片林子里约会，他与她也有过亲密的接触，这时却莫名地脸红了。

一会儿，陆萍给孩子喂完奶，她抱起孩子走过来，见王大虎有些不自然的样子，她问道："大虎，你这是怎么了，是在担心你鱼塘的事？"

王大虎赶忙说："不是，我是在想，我这鱼塘还要投放些啥鱼苗，才能搭配得更好。"

陆萍点点头，想了想又说："大虎，我看常春春对你很好，你得找机会和她谈谈，争取早点儿把你们的婚事定下来。如有个比你更好的男人出现，她万一跟别人好了，你后悔可就来不及了。"

王大虎从陆萍的话里听出了什么，大声地问道："陆萍，你说什么，有个比我更好的男人也在追常春春？"

陆萍想了一下，说："我不是说你不好，可你就是不爱说话。有的男人比你会说，更比你会哄女人开心。"

王大虎大概猜到了，问道："陆萍，你说的是不是史小军？史小军怎么了，他在打春春的主意？"

陆萍本来不想说明白，既然王大虎问起了，她也就只好告诉他了。她说："对，史小军在追常春春。那天我见他俩在镇上的餐馆里吃饭，吃了饭后，他们还来我服装店里挑选衣服，是史小军付钱买了件衣服送给她的。所以，大虎，我知道你为人忠厚老实，可在这方面你得注意，你已经失去我了，别再失去春春了，早点儿把你们的事定下来吧。"

王大虎听后有些生气了，大声说："史小军怎么能这样呢？不管怎么说我俩也是一起玩到大的，而且他也知道我喜欢春春，他现在有钱了，就可以不念朋友情了？"

陆萍见王大虎那生气的样子，知道他就是这个脾气，可这事不能冲动，她说："大虎，这事你别急，好好找春春谈谈，我说的不一定是真的。我只是提醒你，喜欢一个人要表白，别闷在心里。天快黑了，我该回去了。"

陆萍刚转身走，王大燕过来了，她说："陆萍姐，你也在这里呀？"

陆萍见王大燕来了，问道："大燕，今天好像不是周末，你怎么回家了？"

王大燕说："我今年高中毕业了，已经高考了，现在回家等成绩。哎，陆萍姐，这是你的孩子？"

陆萍说："对，是我的孩子。"

王大燕看了看孩子，笑了，说："这孩子真漂亮，只可惜，你没能和我哥结婚，要不然呀，我就当姑了。"

王大虎本来就生气，听王大燕这么说，更生气了，大声说："大燕，你乱说什么。"

王大燕知道说错了话，惹得哥不高兴了，赶忙说："哥，谁惹你了，你生这么大的气干啥，我这不是说笑吗？"

陆萍笑了，说："好了，大燕，没事的，你哥就是这脾气。哎，大燕，你准备考什么大学呢？"

王大燕想了想说："我自认为这次考得不错，要是分数够，我准备填报西南农业大学，专门去学养殖专业，毕业后给我哥当技术指导。"

王大虎大声说："什么，你想读西南农业大学？爸不是一直说，要你去读西南师范大学，毕业后好当一名教师，那多光荣呀。"

王大燕有些不高兴了，说："现在正是改革开放年代，土地承包到户后，各种种养专业户应运而生，农村是广阔天地，大有作为。我读西南农业大学，学养殖专业技术，不光是给你做技术指导，我会为全镇甚至全县的养殖户服务，这有错吗？"

陆萍明白了王大燕的意思，觉得她这选择也很好，她说："大燕，你这个想法好，我支持你。我在想，等我们村那条公路修好了，我还想回我们村承包土地种蔬菜，肯定比卖服装发展空间大得多。"

王大虎听后很吃惊，说："陆萍，你怎么能这样想呢？当初你爸把你嫁到镇上去，就是想让你走出这穷山村，现在你都是城镇居民了，又开有自己的服装店，还回来承包什么土地呀，你那不是自讨苦吃吗？"

陆萍笑了，说："这个我只是随便说说，回不回来承包土地种蔬菜，那是以后的事情了。天黑了，我得回去了。"

陆萍走后，王大燕说："哥，我是来叫你回去吃饭的。你呀，今天怎么还没回去吃晚饭，原来是陆萍姐在这儿陪你呀！走吧，妈把晚饭早就煮好了。"

他们回到家里，吴良贤已把饭菜端上桌了，王生地也坐在桌前，见他们回来了，他说："大燕，我叫你去叫你哥回来吃晚饭，这么久都不回来，你看桌上的菜都凉了。"

吴良贤赶忙说："这是夏天，饭菜还没有冷，吃吧。"

他们端起饭吃起来，王生地说："他妈，去给我倒杯酒来，今晚大燕回来了，你又煮的有鱼，还有腊肉，这么好的菜，我总得喝杯酒吧。"

吴良贤便起身去给王生地倒了一杯酒，说："你呀，整天就爱喝酒，还是少喝点儿，多吃菜。"

王生地接过酒便喝了一口，说："现在买条草鱼都很贵，五毛钱一斤，这条鱼三斤多就花了一块五，等大虎鱼塘的鱼养大了，我们就可以天天吃鱼了。”

王大燕说：“对，鱼是哥喂的，想吃就吃，又不花钱，还是绿色食品。难怪陆萍姐刚才说，她也想回来承包土地种蔬菜。”

王生地听后，大声问道：“什么，陆萍又来找你哥了？我就说嘛，以往大虎很早就回来了，今晚这么晚都没回来。”

王大虎说：“大燕，就你话多，赶快吃饭。”

王大燕赶忙说：“好，算我啥也没说，吃饭。”

王生地又喝了一口酒，感觉不对，陆萍已经结婚了，她怎么还来找大虎呢？他说：“大虎，我不知怎么说你，以前陆萍来找你玩我没话说，可现在她已嫁人，还生孩子了，你再和她在一起，别人会怎么看你？”

王大虎说：“爸，看你说的，我哪里和陆萍在一起呢？她今下午没事抱着孩子来鱼塘看看，难道我还不准她看吗？”

王生地说：“她看她的，你走不就行了吗？”

王大虎生气了，说：“她来了我就走，也没这个必要吧？再说，我陪她说说话，又能有什么，哪像你们，老封建。”

王生地大声说：“什么，你说我封建？我告诉你，你也该好好考虑自己的事了，别再对陆萍有什么想法了，人家孩子都有了，难道你还要打一辈子光棍？”

王大虎本来心情不好，又听父亲这么说他，放下碗筷起身说：“我不吃了。”

说罢，他走了出去。

3

王大虎回到鱼塘边，在坝干上转了转，似乎还在生气，到底他是在生谁的气呢，他自己也说不清。父亲说话不好听，但父亲说的也是事实，不管怎么说，陆萍已嫁人还有了孩子，就是心中再放不下她，又能怎样？还是面对现实吧，似乎只有陆萍理解他，劝他尽快和常春春把婚事定下来，不然常春春真被史小军追去了，他再后悔也来不及了。

夏天的夜晚，树梢上挂着星星。塘岸边的水田里，满是萤火虫闪烁，仿佛将星光藏到了水草里。偶尔有一阵蛙叫蝉鸣来搅和一下，又引起浮想联翩。他的思绪像野马，任它在星夜里驰骋，一会儿上了山，一会儿下了河，一会儿上了星斗，一会儿又追逐着月光，一会儿又跟着夜虫低鸣，一会儿又对往事回想……

虽然火辣辣的太阳早已落山了，但大地上还是很闷热。还好这里是鱼塘边，这里多少还有些微风吹拂，也给人一种凉爽的感觉。王大虎望着对面常春春的院里，那竹林掩映之中透出亮亮的灯光，他想常春春一家可能还在吃晚饭，或者他们一家正坐院坝里乘凉。不知怎么的，这时他多想见到常春春，他这才想起，她有好几天没来找他了，难道她真像陆萍说的那样，被史小军追得团团转吗？

王大虎想，常春春不来找他，他得主动去找她，他刚走了几步，常春春却来了，她说："大虎，你这是要去哪儿呀，是不是去找我？"

王大虎确实是去找她，但听常春春这么一问，他却说："不是，我是去走走嘛。"

常春春一听，多少有些失落。她说："你不是在守鱼塘吗，还敢乱走，你这鱼塘里的鱼都这么大了，遇到偷鱼的怎么办？"

王大虎笑了，说："一条鱼能值多少钱，谁还会来偷鱼呢？"

他们边说边往坝干上走，常春春看这鱼塘里的水在月光的映照下亮亮的，岸边的树倒映在水里，微风吹来一阵凉爽。她说："大虎，你这哪里是鱼塘，是世外桃源呀。你整天住在这儿，简直是一种享受。"

王大虎见常春春穿着一件新的花格子衬衣，他一下想起陆萍说的，史小军在她服装店买了一件衣服送给常春春，他说："春春，你这件衣服穿起来很好看。"

常春春说："是的，这件衣服不但穿起来好看，而且很合身。"

王大虎生气了，说："你这件衣服是史小军送你的吧？他送你的衣服，你穿起来当然合身了。"

常春春听出王大虎吃醋了，她心里暗自高兴，就想气气他，她说："是史小军送我的，又怎么了？他是心甘情愿买来送我的，又不是我去偷他的，我难道还不要呀？"

王大虎说：“那好，他送你衣服，你这么高兴，你去找他吧，还来找我干啥?”

常春春说：“王大虎，你话别说得这么难听，史小军送我一件衣服怎么了，难道就能说明我和他有什么了吗?你送我什么了，你说!”

常春春这一句话，把王大虎问得不知怎么回答了，他转身就走去那边守鱼的棚子里，他不想再见到常春春了。

常春春见王大虎真生气了，她在那儿站了好一阵儿，随后走去棚子里，紧挨着王大虎坐下，说：“大虎，你生气了，史小军买件衣服送我，我是不要的，他硬要给我，我只好收下，这有什么嘛。”

常春春去拉王大虎的手，王大虎又抽出手，很生气，他说：“那我问你，史小军经常来镇上请你吃饭，你说他不是在追你，又是什么?”

常春春说：“是的，史小军是在追我，说真的，他在我面前处处献殷勤，可我并没有为此动心，因为他给人一种不踏实的感觉。”

王大虎听后，情绪有些缓和了，问道：“你说的是真的?”

常春春说：“当然是真的，但话又说回来，我有时心里也很矛盾，像史小军这样的人，虽然说话做事好像不踏实，但他会钻营，有经济头脑，能挣钱，更重要的是能讨女人喜欢。”

王大虎平和下来的心情，又被常春春这句话说得生气了，他说：“春春，那这么说，你喜欢史小军了?”

常春春笑了，一半真一半开玩笑地说：“现在还没喜欢上他，但我不敢保证将来会不会喜欢上他。”

王大虎大声说：“那你趁早去喜欢他好了，省得以后我们大家都痛苦。”

常春春见王大虎生气的样子，一下扑入王大虎的怀抱，笑着说：“大虎，我刚才是说笑的，你别当真，说真的我心里只有你。”

本来还在生气的王大虎，被常春春这一举动惊呆了，一时间措手不及，待他反应过来后，他一把抱住常春春就在她脸上亲起来……

完事后，他们穿好衣服，好像谁都不敢看对方，常春春低着头说：“我该回去了。”

王大虎好像还在兴奋中，多少还有些不舍，他拉着常春春的手说：

“春春，我送你。”

常春春说：“不要你送。”

王大虎说：“春春，我要娶你。”

常春春笑了，说：“那个……以后再说。”

王大虎说：“什么，我娶你……你不愿意，那你这是……”

常春春转过身去，轻声说：“这次是我……愿意的。”

第二天，王大虎去镇上买鱼饲料，现在他要看管鱼塘，也难得赶一次集，他便在街上逛了逛，然后去镇农技站买好鱼饲料准备回家时，碰到了史小军，他装着没看见，转身就走，却被史小军叫住，说：“大虎，你也太不够意思了吧，见了我也不打声招呼，转身就走。”

王大虎赶忙回过头说：“对不起，我没看见你呀，我得回家了，我鱼塘里的鱼还等着这饲料喂呢。”

史小军知道王大虎是有意躲着他，便说：“大虎，你别以为我没养过鱼，就不懂得养鱼的技术。你那鱼塘里的鱼早点儿晚点儿喂有啥关系呢？再怎么说，我们也是从小一起玩到大的好兄弟，今天在镇上碰到了，咱们喝杯酒去。”

王大虎说：“不去了，你去喝吧，我还有事。”

说罢，王大虎就往前走，史小军说：“那好，你不陪我喝酒，我去找常春春来陪我喝几杯。”

王大虎一听，站住了，他想了想回过头来，说：“那好，走吧，我陪你去喝酒。”

史小军笑了，说：“这还差不多，走吧。”

然后，他们去到镇上一家餐馆，史小军点了几个菜要了一瓶白酒。他倒上酒后，举起杯说：“大虎，说什么我们也是好兄弟，来，喝。”

王大虎端起酒与他碰杯后喝了一口，说：“哎，你不是说常春春要来吗，她怎么没来？”

史小军是用的激将法，不然王大虎肯定不来，他笑着说：“今天中午不叫她了，就我们俩喝几杯，好说说话。”

王大虎心里有些不高兴了，他知道史小军这人不管是说话或做事，都让人捉摸不透，他真不想见到他，可有时真是躲不开。他既然来了，不管这些了，反正是史小军招待，就好好喝几杯吧。他说：“小军，你最近在哪儿干，没去深圳了？”

史小军又喝了一口酒，说：“我呀，现在不去深圳了，准备在镇上开个家电门市，专卖进口彩电。你看大家现在都想把家里的黑白电视换成彩电，这个门市一开起来，我想肯定挣大钱的。”

王大虎听后，感到吃惊，他不知道史小军到底在干什么，一会儿深圳一会儿县城的，现在又要在镇上开家电门市了，他难道真有那么大的本事，转眼间就挣钱了？他说：“小军，你真行，生意越做越大了。”

史小军喝了口酒，显得神神秘秘的，他说：“大虎，干脆你把鱼塘转包给别人，跟我一起干，这个卖彩电的生意，肯定能挣钱的。”

王大虎没想到，史小军叫他来喝酒，原来是叫他去帮忙，他说：“那怎么行，我鱼塘里已投放鱼苗了，现在鱼都长这么大了，年底就能卖钱了。”

史小军说：“你那鱼塘里的几条鱼，能卖几个钱呢？”

王大虎本来因为史小军追常春春的事，就对他有意见，又听史小军这么一说，一下就生气了，起身说：“这酒我不喝了。”

说罢，王大虎背起鱼饲料走了。

第十七章　出　轨

1

那天，刘吉祥乘车去到县城，县城里很热闹，街道上人来人往，他不知道县城里怎么有这么多人，而且个个都显得那么悠闲，好像不为吃穿发愁，脸上挂着开心的笑容。那些街边的店铺里，摆满各种各样的商品，而且门口还放着音响，有的放着动听的音乐，有的放着打折降价的广告。他到处看了看后，又来到马珍那在步行街的女人内衣专卖店，里面有人在挑选内衣内裤。他说："马珍，你店里生意很好嘛。"

马珍见刘吉祥来了，走过来说："刘吉祥，你怎么来县城了？你不是整天守着你那服装店吗，今天有时间来县城玩了？"

刘吉祥笑了，说："我老婆要带孩子嘛，我不守服装店谁守呀？"

马珍似乎知道他今天的来意，说："你今天是不是来看门市？你想在县城开个化妆品店，是不是决定了？"

刘吉祥赶忙说："我已经决定了，我今天是来看门市的。哎，马珍，你给我联系好的那个门市在哪儿？"

那个顾客挑选好内衣内裤后，说："老板，给我装好，这两件我买了。"

马珍赶忙给她装好，顾客付了钱后提着衣服走了，刘吉祥走过去问道："马珍，这些顾客怎么都不讲价，你标多少就卖多少，我在镇上的服装店，来买衣服的人，就是一分钱都要讲好半天。"

马珍说："这是县城，有钱的人多。当然，也有要讲价的，做生意嘛，啥人都要遇到。”

不一会儿，又有个选好了内衣的女人问道：“老板，这个乳罩多少钱呀？”

马珍见她要买，便给她装好，说：“这是名牌，又是纯棉，穿起不但舒适，而且还有丰乳的效果，四元一个。”

那女人付了钱买走了，马珍说：“你看见了吧，在县城做生意，肯定比在镇上好做，在镇上开服装店，大多是卖给乡下人，而且多半只有赶集天生意才好点儿。在县城天天都是这样，每天都这么多人。”

刘吉祥问道：“那你镇上那个服装店呢，打算给别人做了吗？”

马珍笑了，说：“我怎么可能给别人呢？再怎么说那个服装店我做了十多年，也有很多回头客了。现在给我弟弟经营，我主要心思是开这个女人专卖店，在县城里，开这样的专卖店不多，我想肯定会挣钱的。”

刘吉祥也知道马珍很有经济头脑，便问道：“那我开那个化妆品店，能有你这专卖店生意这么好吗？”

马珍听后急了，说：“刘吉祥，亏你以前还在镇供销社工作过，你在县城看看，专门卖化妆品的店又有几家呢，而那些化妆品店，都不是专卖店，多是日用品店顺便卖化妆品的，你如果开个专门的化妆品店，肯定会挣钱的。”

刘吉祥听后，似乎仍有些不放心，他说：“马珍，你说开化妆品店这么有发展前景，那你为什么不开个化妆品店，却开了女人内衣店？”

马珍听后笑也不是气也不是，不知刘吉祥怎么婆婆妈妈的，好像一点儿主见都没有，她大声说：“刘吉祥，我不知怎么说你，我开什么店是我的事，你开不开化妆品店关我屁事。再说，我只是给你建议，你愿开就开，不愿开就拉倒。”

刘吉祥见马珍生气了，赶忙说：“马珍，我不是这个意思，我是说，在县城租个门市价格这么高，县城里这样的化妆品专卖店没几家，万一开起了生意做不起来，那不亏大了？”

马珍有点儿懒得理他了，大声说：“刘吉祥，你还是个男人吗？胆小怕事，不担风险怎么能挣钱？我不跟你说了，你回去想好了再来找我。”

说罢，马珍又去招呼顾客去了。

刘吉祥只好走出店，去外面的街上转了转，到处看了看，整个县城里化妆品专卖店只有几家，西门有一家，下面的东关有一家，步街上好像有两家，而其他的都是些日用品店，顺便卖一些化妆品。他看后在想，这化妆品店到底能不能挣钱，要是真能挣钱，那这么大一个县城为什么化妆品专卖店才这么几家呢？

话又说回来，他每次和马珍一起去重庆朝天门进货时，他们都去那些女人内衣专卖店和化妆品店里看，感觉那里的内衣和化妆品店生意很好。还是马珍有胆量，她说干就干，现在真在县城开起女人内衣专卖店了。他呢，早想在县城开个化妆品专卖店，可就是担心这担心那，直到现在都没有开起来，难道他真像马珍说的那样，没有一点儿男子汉那种说干就敢干的精神？

刘吉祥乘车回到家里，陆萍正抱着孩子守着服装店，她见刘吉祥回来了，问道："吉祥，你去哪儿了，刚才孩子有点儿发烧，我准备抱她去镇卫生院看病，可这里没人守店呀。"

刘吉祥一听孩子病了，也有点儿着急，说："那你现在抱孩子去拿药吧，我来守店。"

陆萍抱着孩子去镇卫生院看病，医生给孩子量了体温并看了看，说："没事，孩子是感冒了，拿点儿药喂两天就会好的。"

陆萍给孩子拿好药后，抱着孩子回去了，刘吉祥问道："孩子怎么样，有大问题吗？"

陆萍说："没事，医生说孩子是感冒了，喂两天药就好。哎，吉祥，你先前是不是去县城了？"

刘吉祥点头说："是的，你怎么知道？"

陆萍说："你不是一直在给我说，要去县城开个化妆品店吗？我也知道是马珍给你出的主意，马珍做生意是有经验，她给你这个建议也可能好，但得从我们家的实际出发。你想想看，去县城租个门市一年的费用起码要一千，还要进货的本钱，加起来少不了要三万元，这笔钱从哪里来？虽然我们还有一点儿积蓄，也不够呀，还有，万一亏了本，我们又拿什么去还？"

刘吉祥似乎去县城开化妆品店的决心已定，他根本听不进陆萍的话，他说：“你整天就说这些，钱我自己会想办法，做生意哪有不担风险的？”

陆萍也有些生气了，说：“你为什么非要去县城开个化妆品店，想办法把我们这个服装店经营好，或者在镇下河街再去租个门市，扩大经营规模，也一样能挣钱。”

刘吉祥大声说：“简直是妇人之见，你整天就只盯到这镇上，来这镇上买服装的人，哪有县城的人有钱？在这镇上卖服装，买衣服的人哪怕一分钱都讲价好半天，那些县城里买东西的人，从不讲价，选好衣服付了钱就走。不管怎么说，我已决定要去县城开个化妆品店，你同意我要去，你不同意我一样要去。”

陆萍听后更加生气，说：“你简直就是被别人灌了迷药，整天听那个马珍的，那你怎么不去和她过，还回这个家干什么？”

刘吉祥听后非常生气，他走过来想打陆萍，但见陆萍抱着孩子，他举起的手没有打下去，就转身走了。

刘吉祥又乘车去到县城，他走去马珍的女人内衣专卖店，马珍见他气冲冲的，问道：“刘吉祥，看你一脸不高兴的样子，十有八九回去找你老婆商量开化妆品店的事，没商量好吧？既然你老婆不同意，这个化妆品店还是别开了。”

刘吉祥大声说：“我偏要开，看她能把我怎样？我又没干别的，我这是做生意挣点儿，这也有错？”

马珍笑了，说：“刘吉祥，你可要想好哟，你老婆不同意你来县城开化妆品店，是你自己决定要开的，到时亏了本什么的，你老婆别来找我闹就行。”

刘吉祥一咬牙，说：“放心吧，她不会来找你的，大不了我和她离婚……”

马珍打断刘吉祥的话，说：“打住，你别动不动就说离婚，你现在有孩子了，离得了吗？再说又没别的事，为这么点儿小事就把婚离了，值吗？还是我好，这么多年了，都没找男朋友，多自由呀，我想干啥就干啥，谁也不干涉我。”

刘吉祥说："不管怎样，我都要在县城把这个化妆品店开起来。"

马珍看刘吉祥说得这么认真，笑着说："这才像个男子汉，我喜欢。"

2

马珍带刘吉祥去看了看门市，这个门市以前是开服装店的，说原来那个人已去重庆开服装店了，所以才把这门市转让出来。

刘吉祥看了看，这门市不在步行街，却在步行街后面的月东街。原来这里是条老街，曾经非常繁华，集商贸、餐饮、娱乐于一体，吸引方圆几十里的人们来这儿经商、购物、游玩。那时的老街，每天人流如织熙熙攘攘，呈现一派热闹祥和的景象。可现在由于新修了步行街，这里就成后街了，相比之下行人也少了，往日的风光不在了。

刘吉祥感觉这里没步行街好，便说："马珍，你不是说给我找的门市很当道吗，怎么在这儿？这儿又不是步行街，现在人们吃了饭没事，都喜欢在步行街上逛逛，这是月东街，能有多少人来这里逛街呢？"

马珍指了指门市外那条街，说："这里还不当道呀，凡从这边去步行街的人都得从这里经过，那些从步行街过来的人，也是从这里路过，你这儿虽然是背街，但也好做生意的。这儿门市的租金一年比步行街的门市少两百元呢。"

转租门市那人说："我以前在这里开了五年服装店，生意一直很好，要不是我表妹在重庆给我找到一个门市，我还舍不得搬走。"

刘吉祥又走进门市看了看，虽然听她说在这儿开了五年服装店，可他看里面好像还是新的一样，他有点儿怀疑她说的是假话。这些做生意的人，没一个会说真话的。但他听马珍说这里可以，他也不管她说的是真是假，还是先把门市租过来再说。他说："这门市你怎么转租？"

那人说："这样，我收两百转租费，其余的你每年交老板八百元房租费就是。"

刘吉祥觉得她要价太高，说："什么，你还要收这么高的转租费，这不是抢人吗？不说别的，就是这两百元转租费，我得挣好几个月了，这门市我不租了。”

马珍也说：“老板，你这转租费能不能少点儿？”

那人听后有些不高兴了，说：“少一分钱也不行。那好，你不租这门市就算了，还有人在等着租呢。”

说罢，那人便准备拉下卷帘门，马珍赶忙说：“老板，你别生气嘛，生意是谈成的，我只是个中间人。这样，他是才开始做生意的，资金也不多，就当支持他一下，他给你一百元转租费，如何？”

那人没出声，似乎还在考虑。

刘吉祥说：“说来说去，还得给转租费呀？”

那人一听，拉下卷帘门就锁上了，说：“你这人怎么这么啰唆，我这门市不租了。”

马珍十分看好这门市，凭她多年做生意的经验，在这里开个化妆品专卖店，生意肯定做得起来，但她只是帮刘吉祥找门市，也不好替他做主，只说：“刘吉祥，你自己决定吧，我可是尽力了，要是你还下不了决心的话，那可是过了这个村就没有这个店了哟。”

马珍这一句话，似乎点醒了刘吉祥，他大声说：“这门市我租了。”

那人又转身走过来，问道：“你真要租我这门市了，你想好了？”

刘吉祥想，不给转租费肯定是不行的，按现在的行规，别人转租个门市出来，都得要收转租费，他说：“就按马珍说的，我给你一百元转租费，以后我每年交房租费八百就是，那我们得签个合同，省得以后麻烦。”

那人把卷帘门打开，由她执笔写了一个合同，又抄了一份，双方在合同上签了字。刘吉祥将一百元转租费交给了她，她也把钥匙给了刘吉祥，这门市就算租成了。

门市租好后，刘吉祥十分高兴，他说：“马珍，这门市终于租到了，谢谢你。走，我请你喝酒去。”

马珍说：“谁去喝你的酒呀？我那门市现在还关着门，喝你几杯酒，不知会损失我多少钱。现在是下午五点了，那些上班的人已快下班了，是销售的高峰时段，我得去把门市打开。你也回去吧，赶快准备好钱去把货进好，早点儿开业。”

刘吉祥觉得，马珍说的也是事实，做生意当然以挣钱为主，他说：“那好，等以后我的化妆品专卖店开业了，再好好谢你。”

马珍回头一笑，问道：“那你怎么谢我？”

刘吉祥似乎明白马珍的意思，好像这话里还有其他的，他一时也想不明白，到底她是在暗示他什么呢？他说：“请你喝酒呀。”

马珍说：“小气，我帮了你这么大的忙，只知道请我喝酒，没劲。”

说罢，马珍大步向她的门市走去，刘吉祥也去车站乘车回去了。

刘吉祥回到家里，已是晚上了，陆萍已把门市关了，母亲吴丛花煮好饭，见刘吉祥回来了，她说：“吉祥，你回来了，吃饭吧。”

然后，吴丛花将饭菜端上桌，陆萍却先去喂孩子吃饭，全家人开始吃饭。

刘中兴见刘吉祥高兴的样子，便问道：“吉祥，你去县城租门市的事落实了？”

刘吉祥边吃饭边说：“爸，我已在县城租到门市了，那门市以前是开服装店的，原来的老板去重庆开服装店了，才把这门市转租给我。”

刘中兴想了想，说：“那门市在县城哪里，是不是步行街？”

刘吉祥说：“不是，是月东街，在步行街后面，不过，也很当道。”

吴丛花说：“什么，你不是说要在县城步行街上租门市，怎么租到步行街后面，生意能做起来吗？”

刘吉祥租到门市了，不管好与不好这事已定了，他说：“妈，你放心，这门市是马珍帮我联系的，她在做生意这方面很有经险，她说那门市可以，我看也不错，我就租下了。”

陆萍已经把孩子喂好了，她也过来吃饭，不知她是一直不同意刘吉祥去县城开化妆品店，还是听刘吉祥说是马珍帮他联系的门市，她不高兴，她说：“我早说过，我不同意你去县城开什么化妆品店，你何不把这些精力用在我们的服装店经营上，那县城的生意是这么好做吗？再说，化妆品生意我们从没涉足过，也不知那里的水有多深，你就是不信，偏要去开个化妆品店，我不知你是怎么想的。”

刘吉祥听了很不高兴，大声说：“这门市我已租下来了，转让金一百也交了，你说，我现在该怎么办？”

陆萍觉得，他们是夫妻，这么大的事说什么也得和她商量好，他却背着她去把门市都租好了，这不是先斩后奏吗？她说："你为什么不和我商量好，自作主张去把门市租下来，你心中还有我吗，还有这个家吗？"

刘中兴见陆萍和刘吉祥又吵起来了，便大声说："吃饭，有啥事吃完饭再说，你们都不小了，有啥事不能好好商量呢？"

随后，他们都不出声了。吃完饭后，陆萍抱着孩子进屋去了，刘吉祥坐在那里喝茶。刘中兴说："吉祥，陆萍说得没错，县城里租门市不但费用高，而且生意也不好做，再说化妆品生意我们也没做过，是不是暂时放放？"

刘吉祥也十分固执，他似乎已下定决心要开这个化妆品店，他说："爸，你怎么也这么说，不担风险怎么能挣钱？再说，门市我已租好了，还能退了不成？"

刘中兴想了想说："既然这样，你得和陆萍好好商量，别因为这事闹得你们夫妻不和，明白吗？"

刘吉祥大声说："你看她这态度，能商量得好吗？不管她怎样认为，这化妆品店我开定了。"

吴丛花说："吉祥，你去县城开化妆品店，也不是坏事，你也是为了能多挣钱。不过，去县城开个店，租门市要钱，进货也要钱，这些钱哪儿来？"

刘吉祥想了想说："我去找人借，万一借不到，我去贷款也要把这化妆品店开起来。"

刘中兴见刘吉祥说得这么肯定，觉得再说什么也难以改变他的主意，便说："既然这样，我也不便多说了，我这里还有一点儿积蓄，你先拿去吧，把这个店开起来再说。"

刘中兴把一张一万元的存折递给刘吉祥，刘吉祥接过存折看了看，高兴地说："太好了，谢谢爸，到时我一定翻倍还你。"

刘中兴笑了，说："我不要你翻倍还，只要你能把这本钱还我就行了。"

3

刘吉祥拿着父亲给他的存折回到里屋，陆萍带着孩子已经上床睡觉了。他知道陆萍还在为他去县城开化妆品店的事生气，他心里也因为陆萍不支持而不开心，他突然觉得马珍比陆萍好，不但从各方面都尽力帮助他，他们还有许多共同的语言，啥都谈得到一块儿，可马珍再好也不是他老婆，现在最主要的是得到陆萍的支持。他见陆萍正在气头上，也不好再说什么，准备上床睡觉。

这时，刘吉祥发现桌上放着一张存折，他拿起一看，上面有一万元存款，他一下明白了，这是陆萍给他的，也知道这是他们开服装店这么多年存下的，也算是全部家当了。他拿起存折，一下就高兴起来，他说："我就说嘛，你肯定会支持我的。"

陆萍装着睡着了，没理他，刘吉祥也上床睡觉了。也许是陆萍把这张存折给了他，他心里高兴，便用手去拉陆萍，想把她拉过来，说实在的，这段时间他因为去县城开化妆品店的事，与陆萍吵来吵去，他们好久没做爱了。今晚他很兴奋，真想好好和陆萍做一回爱，可陆萍却推开他的手，没出声却翻身过去抱着孩子睡了。他还想去把她拉过来，可见她抱着孩子，只在她脸上亲了一下，便倒在一边睡了。

第二天一早，刘吉祥乘车去到县城，他到门市里看了看，觉得得找人进行简单装修才行，主要是把里面那些卖衣服的架子拆了，再重做上卖化妆品的格子。

可刘吉祥对县城不熟，也不知道去哪儿找装修工人，他只好去到马珍的门市里。正好这时她门市没人来买衣服，马珍说："刘吉祥，回家与你老婆商量好了吗？"

刘吉祥笑了，说："当然商量好了，我要做的事，没有谁能阻挡得了。哎，马珍，这县城里的装修工人去哪儿找呢？"

马珍不知是真嫌他烦了，还是有意在他面前撒娇，她说："你也真是的，找个装修工人都要问我，好像我都成了你的用人了。"

话虽这样说，但马珍还是愿意帮他，她拿出大哥大，打了一个电话后，说：“你在这儿等着，一会儿有个装修师傅过来，你们当面谈。”

刘吉祥看了看马珍手里的大哥大，说：“马珍，你也用上这个了，我在电视上看到过，大哥大是那些大老板才用的，这个肯定很贵吧？”

马珍说：“别人用得起，我为什么不能用，不外乎就是价格高点儿，这有什么稀奇呢？等你以后化妆品店开起来了，你也会用得起的。”

不一会儿，那位装修师傅来了，问道：“马老板，你这里好好的，还要装修呀？”

马珍说：“不是我要装修，是刘老板的门市要装修，具体怎么装修他给你说。”

刘吉祥把那位装修师傅带去他的门市里，他把要怎么装修的想法告诉了装修师傅，装修师傅算好价，谈好价后，下午就有几个工人进场装修了。半月后，他的门市装好了，他给这个店取了一个好听的店名“美妍化妆品店”。

马珍来到刘吉祥的店，她看了看门前的招牌，又走进门市里看了看，笑了，说：“刘吉祥，你还是很新潮的嘛，我还以为你就是一个老土，啥也不懂呢。现在看来，你比我想象的还要开放。”

马珍这话让刘吉祥听得似懂非懂，不知马珍是在夸他还是暗示他什么。他说：“你以为我是七老八十的人呀，我也是一个年轻人，当然懂得新潮。哎，马珍，你看我这店装修得如何？”

马珍认真看了一下，觉得装修得比她想象的还要好。她点了点头，说：“装修得很好，比我想象的还要好。说实在的，你镇上那个服装店，如果像这样装修一下，你服装店的生意肯定要好得多。”

刘吉祥听后觉得有道理，说：“马珍，你怎么不早说呢？”

马珍看了一下刘吉祥，好像不知怎么说，或者说出来他是否接受得了。她说：“我给你说了有用吗，你那老婆是乡下来的，思想那么守旧，她也接受得了这些新理念？”

刘吉祥听后，没有再说什么，他转开了话题说：“马珍，你看我这店也装修好了，你有时间没有，明天我想请你和我一起去重庆进货，怎么样？”

马珍大声说：“什么，刘吉祥，我帮你找门市，再帮你找装修工人，现在还要我去帮你进货，到底是你开化妆品店还是我开？再说了，我那内衣店谁又帮我守呢？”

刘吉祥是真想叫马珍去重庆帮他进货，他是第一次卖化妆品，啥都不熟悉，马珍做生意这么多年了，再怎么说也比他有经验。他说：“马珍，你帮人帮到底，前面都是你帮我的，就只差进货这事了。我又不熟悉这些，你和我一起去，我才放心嘛。”

马珍很为难地说：“我不去，你自己去得了。”

刘吉祥有些生气了，他话都说到这份儿上了，马珍还是不同意去，再求她也没用了。他说：“好，我自己去，不麻烦你这马大老板了。马珍，走，今晚我请你去喝酒，怎样？”

马珍笑了，说：“好吧，你早该请我喝酒了，你这店要不是我，你能开得起来吗？再说，今天我妈进城来了，她在帮我守着店，我才有时间去吃你一顿饭。”

随后，他们来到一家餐馆，县城毕竟是县城，这么一家小餐馆都比镇上的餐馆好。服务员拿来菜单，刘吉祥把菜单递给马珍说：“你点吧，你喜欢吃啥就点啥，我买单。”

马珍接过菜单说：“刘吉祥，你请我吃饭，不是你买单难道还是我买单呀？那好吧，我来点。”

马珍点了几个店里最贵的菜，刘吉祥看了看菜单说：“马珍，你点的是菜单上价格最高的菜，你真会点呀。”

马珍听后有些不高兴了，说：“刘吉祥，好不容易吃你一顿饭，你还说我专点价格高的菜，你这么小气，这一顿饭就把你吃心疼了？”

刘吉祥说：“我开个玩笑，只要你赏脸肯来，别说吃我一顿，就是吃我十顿饭，也吃不穷我。”

马珍听后说：“这还差不多。”

不一会儿，服务员把菜端上来了，服务员问道：“先生，请问你们喝酒不？”

刘吉祥说：“不喝了，我今晚有事。”

马珍却说：“给我们拿瓶酒来。刘吉祥，你专门请我吃饭，怎么还舍不得一点儿酒钱？你门市都装修好了，你今晚还能有啥事呢？”

一会儿，服务员拿了一瓶江津老白干酒来，马珍倒上说：“今晚你不喝，我可想喝酒。”

刘吉祥见马珍要喝酒，说什么也得陪她喝，这些天一直是马珍帮他，总得感谢一下她。他拿过酒瓶，也倒上一杯说：“那好，我今晚就陪你喝两杯。来，喝酒。”

马珍端起酒与刘吉祥碰杯后喝了一口，说：“好酒，我好久没喝酒了，今晚这酒喝起来真甜。”

刘吉祥听后，不知马珍说的啥意思，再好的酒也不会是甜的，可见马珍心情特别好，酒也一杯接一杯地喝。但酒不能喝得太急，还得慢慢地喝。他说：“别只喝酒，先吃菜，你点了这么多菜，不然怎么吃得完。”

他们又吃了一会儿菜，刘吉祥又端起酒说：“马珍，我敬你一杯，我这个店呀，全靠你才弄起来的，真心谢谢你。”

马珍端起酒与刘吉祥碰杯后喝下，说：“别说那个了，我们喝酒。只要你陪我喝高兴了，说不定呀，明天我就陪你去重庆进货。”

刘吉祥听后说：“真的呀，那太好了，你说话可得算数，明天你陪我去重庆帮我进货。”

马珍端起酒说：“来，喝酒。刘吉祥，我可没答应你一定要陪你去重庆进货。我是说，你陪我喝高兴了，我可以考虑，因为我妈还在县城，她可以帮我再守一天店。”

刘吉祥看了看马珍，见她脸都喝红了，也从没见她喝过这么多酒，他真搞不懂，马珍这是高兴还是不开心，她今晚怎么想喝酒呢？便问道：“马珍，你今晚怎么了，喝这么多酒，还是少喝点儿吧，你脸都喝红了，再喝你就醉了。”

马珍却端起酒说：“来，喝。”

刘吉祥只好端起酒与她碰杯后喝下，他说：“马珍，快吃菜，别喝酒了。”

马珍吃了会儿菜，她又倒上酒端起和刘吉祥碰杯。刘吉祥碰杯后，就从马珍手中端过酒，两杯一下喝了，说：“马珍，这瓶酒喝完了，我们就别喝了，你已喝醉了。”

马珍脸喝得红红的，也有些醉了，她说："那好吧，不喝了。刘吉祥，你也太小看我了，这点儿酒能喝醉我吗？"

刘吉祥说："好，没醉就好，吃饭吧。"

马珍起身说："我喝了这么多酒，哪里还吃得下饭呢，我吃饱了。"

刘吉祥付了钱，他们走出餐馆，可一出门马珍就差点儿摔倒了，他赶忙去扶着她，说："马珍，我打个车把你送回去吧？"

马珍却说："我不坐车，我要走回家。"

刘吉祥没办法，只好扶着马珍向北山家园她在县城的家走去。一路上，马珍一会儿要刘吉祥扶她，一会儿又不要他扶，看上去她是喝醉了，又好像没有醉，啥事都明白，只是看起来有些疯癫。他什么都顺着她，只想把她送回家了事。

他们走了好一阵，才终于到了北山家园她的家门前，马珍说："我到家了，你回去吧。"

这时，刘吉祥看到马珍那醉眼迷离的样子，不知他哪来那么大的勇气，他跟着走进屋里，抱着马珍就亲。马珍大声说："刘吉祥，你干什么？"

刘吉祥边亲边说："我喜欢你，通过这段时间的接触，我认为你才真正适合我。"

马珍听刘吉祥这样说，她似乎早想到会有这么一天，她再也没有反抗，而是顺从地被刘吉祥抱进里屋的床上……

第十八章　变　故

1

昨夜下了一场雨，那雨绵绵不绝，给人带来一种难得的好心情。一大早，马珍陪刘吉祥去重庆朝天门进货，也许是昨晚他俩有了那么一次，今天他们变得特别亲密，真像一对夫妻一样。

由于是下雨天，车开得慢，他们坐了五个小时的车，客车才到重庆长途汽车站。他们下车后，便去到朝天门批发市场，还是马珍熟悉这里的进货渠道，刘吉祥问道："马珍，你今天进啥服装呀，你怎么只看化妆品，还是先看看你要进的服装吧。"

马珍似乎对刘吉祥亲切了许多，她笑了，说："我今天呀，不是来进服装的，是专门陪你来进化妆品的。"

刘吉祥听后十分高兴，看了看马珍，也许有了昨晚的那一次亲密接触，他发现马珍今天心情特别好，而且说话也特别温柔。他在心里暗自高兴，说明他还是很讨女人喜欢的。他说："真的呀？"

马珍说："别真的假的了，我们再去那边化妆品批发门市看看。"

刘吉祥有点儿不耐烦了，进货又不是逛超市，要把这里的货全看完了再买，真是浪费时间，他说："还要过去看呀，我们都已看了好多家化妆品了，我看差不多就进货吧。"

马珍摇了摇头，觉得男人就是没有耐心，这做生意不小心点儿，哪里还能赚到钱？她说："刘吉祥，你这么没有耐心呀，像你这样还怎么做生意，俗话说货比三家，懂吗？"

刘吉祥只好跟着马珍去到那边的化妆品批发门市，这个店里的化妆品样式多，而且价格也相对便宜。由于马珍是做服装生意的，这化妆品店的老板就不认识她，她问道："老板，你这化妆品标的价格还能少吗?"

老板看了看他们，看上去他们也不是大老板，最多是个小摊贩，他可卖可不卖，便爱搭不理地说："这个价格是最低价了，没有少了。"

马珍看老板那样子，她也不想在这儿买了，便说："价格没有少就算了。走，我们去那边看看。"

老板毕竟是做生意的，大小生意都要做，见他们真要走，马上变得十分客气了，赶忙说："别走，你们如果要得多，价格嘛可以商量。"

最后，马珍和老板谈好价后，刘吉祥便去仓库里选了很多货。马珍走过来，轻声说："你选这么多干啥，少进点儿，进货不能只在一家进齐。"

刘吉祥不理解，问道："这里货这么多，怎么不全部进齐呢?"

当着老板的面，马珍不好说明，只对着他耳朵轻声说："这个你也不懂，过会儿我给你说。"

他们在这家批发店里进了一部分货，又去到另外一家进了一部分，最后再去到那边的一家店才把货进齐。他们请棒棒挑着进的货，跟着他们一起去到长途汽车站，还好现在下午也有到大风的班车了。

刘吉祥好像还在想先前的事，他总觉得马珍比他聪明，啥事都比他想得远。他问道："马珍，你还没告诉我，为啥不能在一家批发店进齐?"

马珍用手点了一下刘吉祥的额头，像一个温顺的女人撒了一下娇，说："你是猪脑壳呀，万一这家店卖的是假货，或者价格高，那你不是亏大了，多几家进货，总不能全部都是假货，或者全部都是高价，明白了吗?"

听马珍这么说，刘吉祥这才明白了，他用十分敬佩的目光看着马珍，真没想到，马珍总是比他多一根神经，难怪她生意做得这么大，她确实有做生意的本事，他自叹不如呀。

马珍见刘吉祥这样不转眼地看着她，愣住了，问道："刘吉祥，你这样看着我干啥，不认识我呀？要四个小时才到大风，你好好睡一觉吧。”

刘吉祥赶忙闭上眼睛，说：“好，睡觉。”

马珍便十分亲昵地靠着刘吉祥，好像和他在一起很幸福开心一样，她也闭上眼睛睡觉了。

车到大风县城时，已是晚上八点多钟了，天已黑了，他们找三轮车把货拉到门市后，刘吉祥说：“坐这么久的车了，我们去吃饭吧。”

马珍帮他把货搬进门市后，说：“谁去吃你的饭呢，我全身被汗水泡起了，我得回去洗澡休息了，今天我累得不行了。”

刘吉祥十分感动，他上前亲了她一下，马珍赶忙走开，说：“你干啥，这是在大街上，别人看见多不好。”

刘吉祥笑了，说：“好，你回去吧，我也得回家去了。”

马珍走后，刘吉祥把卷帘门拉下来关好，打车回镇上的家去了。

刘吉祥回到家里，他们还没睡，刘中兴坐在屋里看电视，陆萍在屋里逗孩子。他说：“爸，你还在看电视呀？”

刘中兴是退休教师，白天喜欢喝茶，晚上就在家看电视，他说：“我今天才去买了一台彩电，这彩电比黑白电视看起清晰多了。吉祥，你那化妆品店弄得怎样了？”

刘吉祥坐了一天的车累了，但他还是十分高兴，他说：“门市装修好了，今天我刚去重庆把货进回来，明天就可以开业了。”

刘中兴听后说：“好呀，既然费这么大的力开个化妆品店，就一定要好好弄，争取把生意做起来，你那个店投入了好几万，也算是把我们家的全部家当都押在上面了，亏不起哟。”

父亲的担心不是没有道理，做生意嘛，要赚到钱才行，有很多店开业不久，因为生意做不起来就只得关门，可他还是有信心，他这化妆品生意会做起来的。他说：“爸，你放心，我相信这个化妆品店开起来，肯定比我们家这个服装店挣钱多。哎，妈呢？”

刘中兴叹息一声，说：“你妈呀，她去跳坝坝舞了。”

刘吉祥走了进去，他抱起孩子说：“婷婷，爸爸回来了，叫爸爸呀。”

陆萍问道："吉祥，你吃饭没有？"

刘吉祥边逗孩子边说："我刚从重庆进了货回来，去哪儿吃饭呀？"

陆萍便去给刘吉祥煮了一碗面条端来，说："饭没有了，我给你煮了碗面条，快吃吧。"

刘吉祥把孩子递给陆萍，便吃起面条来。陆萍问道："你那化妆品店的货进齐了，那你一共投入多少钱呢？"

刘吉祥在心中算了一下，说："将近三万吧。"

陆萍听后很吃惊，她说："投入这么多钱，那你的钱哪儿来的？"

刘吉祥说："爸给了我一万，你给我一万，还有向马珍借了一万。"

陆萍听后，似乎有些担心，她说："你一下投入这么多钱，万一亏了怎么办？马珍这么相信你，她还借一万给你，她要利息吗？"

刘吉祥见陆萍对马珍有成见，可马珍并不是她想象的那样，而是在努力帮他，要不是她帮忙，他这化妆品店还真难开得起来。他说："你怎么老是说这些？我自己弄的化妆品店，肯定有把握才去弄。你怎么就不想到我会挣钱，总是说我亏本什么的，真是没干过大事，你的这种观念，永远发不了财。"

陆萍本来就不同意开这个化妆品店，她听刘吉祥这样说，也有些生气了，她说："刘吉祥，你怎么能这样呢，我们好歹是夫妻，我问问也不行吗？"

刘吉祥大声说："没见过你这样的，我一回来你就唠唠叨叨，烦不烦呀！"

陆萍也来气了，说："那你别回来好了。"

刘吉祥把面吃完了，把碗一放，大声说："你以为我想回来呀，我是回来看我女儿婷婷的，以为我回来是看你呀？"

陆萍仍没好脸色，说："我又没请你回来，我知道，你心中早已没有这个家了，你走呀，哪个对你好，你去找她，还回来干啥？"

刘吉祥十分生气，说："我知道，你心中一直还想着那个王大虎，那你去找他呀，我当初就不该娶你，算我瞎了眼。"

陆萍没想到，刘吉祥竟然说起这事，她更加生气了，说："刘吉祥，你别老提王大虎，我都嫁你两年多了，我和王大虎有什么了？你的事别以为我不知道，只是我没把这事说出来。”

刘吉祥说：“那你说，我到底有啥事，你说呀！”

陆萍再也忍不住了，本来她不想挑明的，但刘吉祥逼着她，她也只好说了。她说：“我早就知道你和马珍的那些事，只是我睁一只眼闭一只眼，心想你看在女儿的分儿上，能回心转意，可你却回家来就吵我，这样的日子还怎么过？”

刘吉祥没想到，他和马珍的事陆萍已知道，现在她已把话挑明了，他就真不想和陆萍过了，他觉得马珍比她强十倍，更重要的是马珍能帮他做生意。他说：“你说吧，到底要怎么过？我们离婚，我知道我们早晚会走到那一步的。”

这时，刘中兴走了进来，大声说：“吉祥，你现在翅膀硬了，不想要这个家了，是不是？告诉你，有我在，你就别想离婚。你信不信我一棒把你脑壳打昏？”

听见父亲的骂，刘吉祥也不敢再出声了，陆萍却大声说：“你不是说不要这个家吗，你走呀。走了就别回这个家。你想离婚是吧，离就离，难道我还要赖着你不成？”

刘中兴劝道：“陆萍，你就少说几句，夫妻之间吵吵闹闹是常事，别动不动就离婚。你看看，你们都有孩子了，离了婚孩子怎么办，这个家怎么办？”

陆萍说：“爸，不是我说要离婚，是他要离。”

刘中兴大声说：“他敢，看我不打断他的腿。”

2

已经是夏天了，天很热，虽然王大虎把鱼塘坝干上铺了石板，可一连晴了很久，大部分农田都没水了，他这鱼塘里也只有一半的水。鱼塘的鱼时不时在水面上跳，看起来有些缺氧了，他赶紧割了些草放进鱼塘里喂鱼。

哪知，那天下午，鱼塘里的水面上有死鱼浮了上来，还有很多鱼把头仰在水面上。王大虎知道鱼塘出问题了，他不知道怎么办。眼看水面上的死鱼越来越多，他急得快哭了。这时王生地来了，他见鱼塘里浮起那么多死鱼，大声地问道："大虎，你这鱼怎么了，怎么这么多死鱼？"

王大虎急得不知如何是好，他说："我也不知道呀，今天上午都好好的，我睡了午觉起来，就这样了。"

王生地想，这好好的鱼突然死了，是不是有人动了手脚？他说："不好，这是不是有人下毒？"

王大虎想了想，说："不会吧，今天我一直在这里守着，没见谁来过呀，不可能有人下毒。"

王生地赶忙说："那一定是鱼传染了什么病，你还站着干什么，快去镇农技站找专业技术员来看看呀，这鱼塘里这么多鱼，再这样下去，不就全完了。"

王大虎转身向镇农技站跑去，走一个多小时才到。镇农技站一个技术员听了鱼塘的情况，说："你怎么不早点儿来找我，你这鱼塘里的鱼病得很严重，你们村里那条公路修好了，事情紧急，我骑摩托车去，我带你一起回去，快走。"

到了鱼塘边，他让王大虎捡了一条死鱼过来，他认真地看了看，又测了测鱼塘里的水质，他说："你这鱼塘里的鱼不是有人下毒，而是鱼病，这是鱼脱水病。鱼塘里的植物过多，蓄水时没有全部清除，泡在水里腐烂后产生一些毒素，传染给鱼，所以鱼是生病而死。"

王大虎听后，大声问道："那现在该怎么办才能救活鱼塘里的鱼？"

农技员拿出一些药给王大虎，说："你把这些药加水后，用喷雾器喷在鱼塘里。当然，现在是枯水期，又是最热的夏天，那鱼塘里的鱼救活的可能性不大。"

听到这里，王大虎急得快哭了，他说："麻烦你想想办法，一定要救活我鱼塘里的鱼，求求你了。"

农技员说："还有一个办法，就是赶紧往这鱼塘里抽水，用水稀释水里的毒素，可现在正是干旱，你又去哪儿抽水呢？"

王生地听后，生气地说："当初你承包鱼塘时，我就不同意，叫你出去打工，每月能挣个几十元哪点不好，你偏要去承包这鱼塘。现在好了，投入这么多钱，又费了这么大的劲，鱼全死了，自己赔了本还不算，那交队上的钱还少得了一分？”

农技员赶忙说：“你还愣着干啥，快去往鱼塘里喷药呀，说不定还能救活一些鱼。”

王大虎按农技员说的，用喷雾器把药往鱼塘里喷。农技员看了看后，也回镇农技站了。王生地帮着王大虎喷药，然后打捞鱼塘里的死鱼。

王大虎给鱼喷了药后，还是救活了一部分鱼。然后，王大虎把浮在水面上的鱼打捞起来，弄到坡上去挖坑埋了。在埋鱼的过程中，王生地看着那一条条大大的鱼，就这样埋了，他说：“这么多鱼都埋了，多可惜呀，是不是送给别人吃，或者拿去街上卖点儿钱？”

王大虎说：“怎么可能这样，农技员刚才说过，病死的鱼不能吃。”

王生地不知是看着这么多鱼被埋了难过，还是眼看鱼塘里的鱼快卖钱了却死了而心疼，他扔下锄头转身走了。他回到鱼塘边，蹲在那里看着鱼塘，无声地哭起来。

王大虎把鱼埋好后，走过来劝道：“爸，你难过啥呀，鱼塘里的鱼虽然死了一大半，但还有一小部分鱼保住了。这不怪谁，只怪我养鱼技术没学好，才损失这么大。”

不劝还好，越劝王生地越生气，他大声说：“你说不怪谁，我看就怪那个陆大奎，当初要不是他劝你，你会承包这鱼塘吗？我早说过，这个陆大奎就是没安好心，是在挖坑让你往里边跳，你呀，怎么这么傻呀？”

王大虎心里也难过，又听父亲说个不停，便说：“爸，你怎么这么说呢，承包这鱼塘是我自愿的，这怎么能怪他呢？他也是为我好，才把这鱼塘承包给我的。”

王生地站起来，说：“你说，陆大奎是为你好才把这鱼塘承包给你的，那我问你，你这鱼塘里死了这么多鱼，损失这么多钱，你交队上的承包费，他会少要一分钱吗？”

正好，陆大奎来了，他大声说：“不行，这承包合同上写清楚了的，不管你赚钱或亏本，每年交队上的承包费一分也不能少。”

王生地正找不到发火的地方，见陆大奎来了，又听陆大奎这么说，他大声说：“陆大奎，你这狗杂种，当初你劝大虎承包鱼塘，你安的是啥心？现在这鱼塘里的鱼死了一大半，你开心了吧？”

陆大奎看着鱼塘的鱼死了这么多，他也心疼，可他却不能表露出来。他说：“王生地，你不要不识好人心，我把队上的鱼塘承包给你，是想让你家致富，现在鱼塘里的鱼死了，是我下的毒吗？这要怪也只能怪王大虎养鱼技术没学好。”

王大虎也是尽力劝道：“爸，这真不怪队长，等我把这养鱼技术学好了，我承包的鱼塘肯定会挣钱的。”

王生地没听王大虎的劝，他似乎要把心中对陆大奎的恨全部发泄出来。他说：“陆大奎，你说这鱼塘承包给王大虎是好心，那我问你，你那年耍手段把我生产队保管员弄下来，也是好心？”

没想到，王生地还扯到那事上去，陆大奎更加生气了，大声说：“够了，你还真来劲儿了，哪百年的事都翻出来了，我懒得和你说了。这么着，要是这鱼塘你真不想承包了，那就把鱼塘还给队上。告诉你，想承包这鱼塘的人多的是。”

王大虎见陆大奎来真的了，赶忙说：“队长，你怎么能这样呢，承包这鱼塘是队会上定的，我也签了承包合同的，你怎么说收回去就收回去呢？”

陆大奎说：“你爸不是说不想承包了，说你承包这鱼塘是我在害你。你说，我不收回去还能怎样？”

王生地大声说：“大虎，让他把这鱼塘收回去，我们不承包了，你出去打工上班，每月挣个几十元稳当些，也省得担风险。他愿承包给谁就承包给谁吧。”

这时，王大燕来了，她手里拿着一份录取通知书，大声地说：“爸，我考上大学了，录取通知书来了。”

王生地听王大燕这么一喊，赶忙走过去，问道：“什么，你考上大学了，是哪个大学？”

王大燕说：“爸，你看，西南农业大学，是本科。”

王生地听后又不高兴了，说：“什么，我叫你填报西南师范大学，出来当个教师多光荣呀，你怎么偏要去填报农大呢？”

王大燕指着鱼塘说："我读了农大出来，好帮哥指导养鱼技术呀。"

陆大奎听后笑了，说："好志向，大燕，你这学校选得好，农村就需要种养方面的技术人才。"

王生地听后，大声说："陆大奎，你以前害我当不成生产队保管员还不说，又害得王大虎承包这鱼塘损失这么多，你还想害我女儿一辈子不离开农村呀？"

陆大奎说："简直不可理喻，一头倔驴，你自己回去好好想想吧。"

3

这几天，王大虎守在鱼塘边，按农技员说的，一天两次往鱼塘里喷药，一周下来，再也没有死鱼了。鱼塘里的一小部分鱼保住了，这让他大大松了口气。

还好，下了一场暴雨，鱼塘似乎又恢复了生气，塘里又蓄满了水，附近那些孩子们趁着大人们在家午休偷偷跑出来，站在池塘边，脱得赤条条的，然后一个猛子扎下去，仰游，蛙游，或钻进池中央，闭住气，比谁待在水里的时间最长。有的还爬到那大柳树上去，从那高高的树梢，一个猛子扑向池子中央，引得同伴们一阵喝彩。王大虎怕水深淹到孩子，他赶忙走过去把正在鱼塘里洗澡的孩子赶走。

王大虎给鱼喂完食，便搭摩托车去到镇农技站，他说："农技老师，上次拿的药我已喷洒完了，还需要拿药喷洒不？"

农技员问道："你鱼塘里还有死鱼没有？"

王大虎说："按你说的，我喷洒一周药了，前几天下了一场暴雨，这几天没死鱼了。"

农技员笑了，说："你已喷药一周了，一周为一个疗程，加上下了一场暴雨，你鱼塘里已换水了，现在不需要再用药了，你鱼塘的鱼没事了。"

王大虎听后，高兴地问道："你说的是真的？"

农技员十分认真地说："真的，你回去要好好照看你的鱼，喂食上也不宜太多，现在是夏天，你鱼塘里洒水器一直要开起，好为鱼塘增加氧气，再有什么情况，你就来找我。”

王大虎听明白了，说：“谢谢了，农技老师，我这鱼塘多亏了你。”

那农技员说：“不用谢，为你们种养专业户提供技术服务，是我们的职责，你回去好好看好你的鱼塘吧。”

王大虎走出镇农技站，他也难得来一次镇上，便去街上逛逛，走着走着又走到陆萍的服装店前了，他便走了进去。

陆萍在守着服装店，她见王大虎来了，问道：“大虎，你鱼塘里的鱼现在怎样了？”

王大虎觉得奇怪，他鱼塘里的鱼死了，陆萍又没回娘家，她怎么知道了。他说：“我鱼塘里的鱼死了一大半，多亏镇农技站的农技员及时处理，拿药让我喷洒，才保住了一部分。”

陆萍见王大虎一脸不高兴的样子，知道他是为鱼塘里的鱼死了难受，她笑了，说：“大虎，没什么，干任何事，都不是一风帆风顺的，只要坚持下去，最终会成功的。查明原因了吗，你鱼塘里的鱼是怎么死的？”

王大虎叹息一声，说：“听农技员说鱼是感染病而死的，都怪我养鱼技术没学好，才损失这么大。我鱼塘里的鱼都长这么大了，眼看快卖钱了，却死了这么多，我都快撑不下去了。”

陆萍见王大虎那消沉的样子，与前几天相比判若两人，先前对养鱼还信心满满的，现在却一点儿信心都没有了。她说：“大虎，千万别灰心呀，你一定要撑下去，不然你所做的努力就白费了，不管你遇到什么困难，我都会尽力支持你。”

也许是陆萍的这些话，让有些无助的王大虎看到了希望，更有了坚持下去的勇气，他说：“好的，我会坚持下去的，我相信终究会成功的。”

说罢，王大虎走了。在这个时候，他最需要的就是懂他的人的一个眼神、一句安慰的话，他的心情似乎好多了。

王大虎在街口，突然一辆小轿车在他身边停下，司机把车窗摇下来，叫道：“大虎，快上车。”

王大虎回头一看，是史小军，他大吃一惊，没想到史小军也买起小轿车了。他问道：“小军，你叫我上车去哪儿?”

史小军笑了，说：“你不是回家吗，我送你回家吧。”

王大虎不知是赌气，还是根本不想坐他的车，转身就走。史小军打开车门走下来，把王大虎拉上车，说：“大虎，你这是怎么了，有车不坐，还要走路，这是何苦呢?”

王大虎上车后，史小军关上车门，便说：“我们村那条公路修好了，是平整的水泥路，现在车能开进村了，我就去买了辆小轿车，进出方便嘛。”

史小军没有直接开回村，而是把车开去了镇红砖厂门口。王大虎问道：“小军，你把车开到这里来干啥，你不是说送我回去吗?”

史小军看了看手表说：“都下午五点过了，常春春也快下班了，送你一个人回家也是送，就把常春春一起带回家去吧。”

王大虎一听有些不高兴了，没想到史小军还真是一直在打常春春的主意，他有钱买车了，是不是天天都来接常春春回家，也难怪常春春又有一段时间没来找他了。他说：“那好，你就在这里等常春春吧，我先走了。”

说罢，王大虎下车，正巧遇上常春春下班出来，她见王大虎气冲冲地往前走，大声叫道：“大虎，你去哪儿，小军要回村里，你怎么不坐他的车回去?”

王大虎没有回头，他仍往前走，说：“你坐他的车回去吧，我习惯走路。”

常春春这才明白过来，为什么王大虎不坐史小军的车回去，是因为史小军开车来接了她，让他吃起醋来。她大声说：“王大虎，你站住，你怎么这么小气，史小军开车来接我，你就不坐车了，有本事你也去买一辆小轿车来接我呀，用得着生这种气吗?”

王大虎站住了，却没有要回来坐车的意思，常春春走过去上了车，而且她坐到副驾驶位置，她说：“开车，王大虎不坐算了，我坐。有车不坐，偏要走这么远的路，简直是自讨苦吃。”

不知王大虎是看见常春春上了车，还坐在史小军旁边的副驾驶位置，还是被常春春的那一番话刺激了，他马上跑过来上了车说：“对，有车为啥不坐，我又不是傻子。”

史小军见王大虎上车后，便开车了，他边开车边说：“春春，你在这红砖厂干好几年了，整天就与泥巴打交道，烦不烦呀？”

常春春叹息一声，说：“我真不想在红砖厂干了，可又没有好的去处，只能在厂里待着。”

王大虎明白史小军要说什么，是想让常春春去跟他干，这样好把常春春骗到手，他说：“春春，你在红砖厂干得好好的，怎么就不想干了呢？我劝你还是别东想西想了，好好在厂里干最好。”

史小军说：“大虎，你这人就是一根筋，当初我劝你别去承包鱼塘，跟我干，你就是不信，现在怎样，你鱼塘的鱼不是死了吗？养鱼呀，也得需要技术，要是你跟我干，说不定你也挣钱了，你也买起小轿车了。”

王大虎听后很不高兴，说：“你叫我跟你干，去年我不是跟着你干了吗，和你一起去泸州运化肥回来卖，挣到钱了吗？弄得我差点儿进了派出所，还差点儿被吴科长带人打了。你说，我跟着你是不是倒霉？”

这句话说得史小军不高兴了，他大声说：“王大虎，你怎么还记得那事呢，那是我才开始做生意，没有经验，人总得吃点儿亏上点儿当才能成功。你看我，现在不是挣钱了吗？”

常春春笑了，说：“对，小军，你真行，你的脑子就比有些人够用，运化肥亏了本，又去做别的生意，这叫在哪里跌倒就在哪里爬起来，识时务者为俊杰，像那些一根筋一条路走到底的人，让他一辈子受穷吧。”

史小军和常春春一唱一和，真让王大虎听不下去了，他看出了，现在常春春对史小军有好感了，也开始冷落他了。那让她和史小军好去，他干脆不坐这车了，眼不见心不烦，他大声说：“停车，快停车。”

史小军不知发生什么事了，赶忙停车，问道：“怎么了？”

王大虎拉开车门，下了车，说：“这车我不坐了。”

常春春生气了，说：“大虎，你发什么神经呀，这才到半路，你下什么车呀，快上来。”

王大虎哪里听她的，他大步往前走，史小军明白了，他笑了，说：“别管他了，他愿走路就让他走吧。”

随后，车开走了。

第十九章　失　　恋

1

吃了晚饭，王大虎来到鱼塘边守鱼，虽然大部分鱼都死了，但鱼塘里剩下的小部分鱼也长大了。他是怕有人偷鱼，更怕有人下个毒什么的，这鱼塘已经损失这么大了，再也经不起折腾了。

已是秋天了，秋夜正凉，夜晚的鱼塘十分幽静，偶有鱼塘里的鱼弄出响声，他心里十分高兴。他仍在想着今天下午发生的事，这个史小军不知哪有那么大的能耐，不到两年时间就像发了财似的，他有点儿不相信史小军是在做正当生意，不管做啥生意也不可能这么快就发了。可事实就摆在眼前，史小军买起了小轿车，他不得不承认史小军是赚大钱了。

这时，好久没来找他的常春春却来到坝干上，老远就说："大虎，你这鱼塘里还有几个鱼呀，用得着你这样没日没夜地守吗？"

王大虎有点儿不想理常春春了，自从史小军从外面回来后，她对他没以前那么热情了，也很少来找他了。他说："你来干什么，你不是去找史小军了吗，还来找我干啥？"

常春春走到王大虎的身后，说："大虎，你说什么呢，我现在就是有时搭史小军的车回家，其他的还能有什么嘛，这个你也吃醋？"

王大虎就是为这事生气，他说："那史小军是每天都开车去接你回家吗？早知道这样，我还巴不得我们村的那条公路不修成水泥路，看他买个车从天上飞进来。"

常春春听后笑了，她走过去拉着王大虎的手，说："别说气话了，我今晚来找你，是想告诉你，我不想在镇红砖厂干了。我们厂的好多人都嫌红砖厂的活又累又脏，辞工出去做生意或去深圳打工了。你鱼塘里的鱼也死了很多，你养鱼也赚不到钱，干脆我俩一起去深圳打工，好吗？"

王大虎没想到，常春春是为这事来找他的，这怎么可能？他鱼塘里鱼再少也不可能扔下就走。他说："什么，春春，你在厂里干得好好的，怎么就不想在厂里干了呢，是不是出什么事了？"

常春春说："没出什么事，我在厂里干得再好还能有啥出息，我是真不想在厂里干了，又想去深圳打工，外面的世界精彩得多。"

王大虎抽出了手，这事太突然了，他一时也拿不定主意，他想了想说："春春，你以前不是去深圳打过工，后来才去镇红砖厂，你还想去深圳呀？你也知道去外面打工，比在红砖厂上班好不了多少，我劝你还是就在红砖厂好好干吧。"

常春春不高兴了，说："不管怎么说，我就是不想在镇红砖厂上班了，我要去深圳打工，你愿不愿意和我一起去？"

王大虎赶忙说："我怎么能走，我已承包了这鱼塘，这可是签了合同的，承包期为三年，我走了这鱼塘怎么办？"

常春春说："你转包给别人呀，马二娃不是很想承包这鱼塘吗？你也看到了，你投入这么多钱弄鱼塘，更是费了这么多力养鱼，结果呢，鱼塘里的鱼死了，你这是何苦呢？再说了，我们一起出去打工，我们就可以永远在一起了……"

王大虎明白了常春春的意思，可他确实很为难，这鱼塘他才承包了下来，也投入了这么多钱，虽然他今年养鱼技术没学好，鱼塘里的鱼死了一大半，但他相信通过他的努力，会学好养鱼技术的，他养鱼肯定会成功的。他说："对不起，春春，我真的不能和你一起去深圳打工，我舍不得这鱼塘，我想，通过我的努力我会成功的，这个我有信心。"

常春春似乎主意已定，她是真希望王大虎能和她一起出去，听他这样说，有点儿生气了，大声说："王大虎，你这人怎么这么固执呢？我知道你很喜欢我，说真的，我也很喜欢你，也没有因为你人老实而嫌弃过你，更没有因为你家穷而瞧不起你，我是喜欢你诚实，你为人忠厚，可你却舍不得这么个破鱼塘。告诉你，你不愿意和我一起出去，还有人巴不得和我一起出去呢。”

常春春说完转身就走，王大虎追上去，说：“春春，你别生气，你听我说，你还在镇红砖厂干两年，等我这三年承包期满了，我就和你一起去深圳，好吗？”

常春春不想听他解释，大声说：“什么，你要我等两年再和你一起去深圳打工？王大虎，没想到我在你心目中这么不值钱，还没有你这个鱼塘里的几条鱼重要。等你两年，我都变成老太婆了。告诉你，我在红砖厂一天都待不下去了，你就一辈子守着你的鱼塘吧。”

常春春走了，王大虎也不知再说什么好，更没有追上去，他知道这时说什么也没用，她已决定去深圳打工了，唯一能让他不失去她的办法，就是把这鱼塘转包给别人，和她一起去深圳打工。相反，他就可能像失去陆萍那样失去她。

此时，王大虎很失落，仿佛天塌了一样，真没想到常春春向他提出这样的要求，要是她提出别的啥要求，他都可以答应她，可唯一这个要求他不能答应。不只是他承包了这个鱼塘签了合同不能反悔，更不只是他这个鱼塘承包期为三年，他完全可以像常春春说的那样，把这鱼塘转包给别人，马二娃巴不得把这鱼塘转包过去。而是他觉得，自从承包了这鱼塘以来，他找到了自信，更让他看到了致富的希望。可他这样做，似乎觉得有些对不起常春春，从此，他将又一次失去一个真心爱他的人。

王大虎坐在鱼塘边，望着那边常春春的家，他好想跑去给她说，他愿意把这鱼塘转包给别人和她一起去深圳打工，这样他就永远和她在一起了。可他却不能这样做，他更不想因此失去她。

这时，史小军来了，他手里提着一包花生米和一瓶酒，他说：“大虎，你坐在这里干啥？我知道你心情不好，我来陪你喝两杯酒，我俩毕竟是一起玩到大的好兄弟。”

王大虎不知史小军这时来干什么，但他想史小军来绝对不是什么好事，加上这段时间他总打常春春的主意，他不想理史小军了，便说：

“你走，我没心情喝酒。”

史小军把王大虎从地上拉起来，笑着说：“你这人怎么能这样呢，我好心好意来陪你，你却不领我的情。走吧，别像个孩子似的，去你鱼棚。”

王大虎没办法，他只好跟着史小军去到那边鱼棚里。他拉亮电灯，说：“坐吧，我想你这时来，肯定不是喝酒这么简单，有啥事？”

史小军笑了，他把花生米放在桌上，在他桌上拿来碗倒上酒，说：“喝吧，酒真好，凡有啥不开心的事，只要喝上一杯，啥烦恼的事都没有了。”

王大虎见史小军已端起酒喝了，他也端起酒喝了一大口。史小军赶忙说：“你别一下子就喝醉，酒得慢慢地喝，我还想和你说说话呢。”

王大虎听出了史小军今晚来是有事的，不只是找他喝酒的，他说：“你说吧，到底找我有啥事？”

史小军喝了一口酒，说：“本来我不想说的，只找你喝酒。既然你问起了，那我就说了，今晚是常春春叫我来劝劝你，她说先前来找过你了，叫你和她一起去深圳打工，你说什么也不愿意。她没有办法，只有来找我，想让我出面来劝你能和她一起出去，就是这事。”

王大虎听后，没出声，而是端起酒又狠狠地喝了一口，说：“什么，常春春叫你来劝我？”

史小军说：“对呀，要不是我看她气得快哭了，我还懒得管你们这些闲事，弄不好我两头不是人呢。”

这一切都是史小军引起的，没想到史小军却来装好人了，他大声说：“谁劝我也没用，我明白了，你回去吧。”

史小军笑了，说：“春春拜托我的事，我也劝过你了，你愿不愿意跟她一起去深圳打工是你的事。大虎，你这么快就赶我走呀，这瓶酒我们还没喝完呢。”

王大虎又端起酒喝，史小军说：“明天我也要去深圳了，我去那边联系一笔业务，春春啥都准备好了，她也坐我的车去深圳。”

王大虎听后非常吃惊，说：“什么，是你把春春骗去深圳的？史小军，你是安的啥心呀，明知道我承包了这鱼塘走不了，还使出这一招！”

史小军见王大虎生这么大的气，便起身说：“王大虎，春春交代的事我已给她办了，这酒没办法喝下去了，去不去深圳你自己决定，我该走了。”

史小军走后，王大虎把剩下的酒全倒在碗里喝了，然后倒在床上大声哭起来……

第二天，常春春坐史小军的车，去深圳打工了。

2

快过年了，无论城镇还是乡村，都开始为准备过年的事忙碌起来。尤其腊月二十以后，大街小巷，各集市皆人头攒动，拥挤不堪，到处都是买年货的人。但是市场上各种东西都涨了不少价，商人们盘算着如何趁机做一笔好生意。

腊月二十七，王大虎找人把鱼塘里的鱼打起来去卖，他知道过年了鱼最好卖，也能卖个好价钱。他请了两个打鱼的人，撑着船在这鱼塘里撒网，然后又收网，才半天时间，鱼塘里的鱼基本被打起来了，买鱼的鱼贩却早已在那里等候，鱼打上来后，过了秤就付钱，然后装上车。

王生地帮着过秤收钱，数着鱼贩递给他的钱，边数边说：“大虎，没想到鱼还这么好卖，不用你挑上街，只要鱼一打上来就可以卖钱了。”

虽然今年鱼塘里的鱼死了一大半，但剩下的一小部分鱼也卖钱了，王大虎高兴地说：“是呀，现在村里那条公路修好了，多方便呀。只可惜我鱼塘里的鱼死了一大半，不然今年可不止卖这点儿钱。”

还剩下几条鱼在旁边，另一个鱼贩走过去，便把鱼提过来，说：“老板，这几条鱼我要了。”

王生地巴不得多卖点儿钱，他便把鱼放在秤上称，王大虎走过来说：“这几条鱼不卖了，我辛苦一年了，也得留几条鱼自己吃。”

王生地说：“大虎，那就留一条鱼我们吃吧。这么几条鱼，我们一家人也吃不完，快拿过来卖了，也多点儿收入。你这鱼塘已死了一大半鱼，损失了那么多钱，你卖这点儿鱼的钱，不知够不够交队上的承包费。”

王大虎仍不肯卖，那鱼贩只好说："那好，你不卖算了，我们明年再来买。"

王大虎把打鱼人的工钱付了，说："谢谢你们，要不是请你们来，我这鱼塘里的鱼还真打不上来呢。"

其中一个人说："王老板，我们是专门帮人打鱼的，你以后需要打鱼，叫我们一声就是，我们会随叫随到。"

随后，他们收拾好东西，把渔船装上小货车走了。

王生地见王大虎付给打鱼的人这么多钱，可他们就只打了半天，问道："大虎，你请这两个人打鱼，他们只打了半天时间，你却付给他们那么多钱呀？"

王大虎说："说好的是打一天，付他们每人三十元，只打了半天就打完了，也得照付一天的工钱。"

王生地生气了，说："你以为钱是枪打来的呀，打半天也算一天的工钱，天底下哪有这么好的事？大虎，你这鱼塘投入了这么多钱，今年才收入这么点儿钱，你看看这点儿钱只够交队上的承包费，你今年不是白干了吗？"

王大虎见父亲生气了，知道父亲是为他好，笑着说："爸，今年是开始，明年摸索到养鱼的经验后，我想肯定会挣钱的。你也看见了，那些鱼贩都说我们这鱼塘是没有被污染的，这鱼塘里养的鱼是绿色食品，还没要我挑上街，他们就自己跑来收购。不说别的，就凭这一点，我相信这鱼塘我是承包对了，以后肯定能挣钱的。"

王生地看了看那边竹筐里的几条大鱼，问道："这几条鱼，你是真留给自己吃吗？"

王大虎知道父亲看出了他的心思，也不再瞒了，说："我想呀，给队长、马二娃和镇农技站那农技员各送一条鱼去，剩下两条鱼，拿回去我们自家吃。"

王生地一听气就来了，大声说："什么，你要送鱼给陆大奎？我们凭什么送鱼给他，是他把队上的鱼塘承包给你的，但每年是交了队上承包费的。那好，今年你鱼塘里死了一大半鱼，你也没挣到钱，他能给你少一分钱承包费吗？还有马二娃，不但不让你从坝下他的田里放水，还借放水整田的事跑来闹事，你还送鱼给他，这算什么事呀？”

王大虎知道父亲就是这个脾气，一提起陆大奎心里就有气，他说：“爸，你怎么能这样呢？你想，要不是队长，我们能承包到这鱼塘吗？哪次遇到事了，不是队长出面才把事情解决了，送一条鱼给他，也是应该的。”

王生地仍大声说：“你说陆大奎帮你，我看他是在坑你，把这个破鱼塘承包给你，就是在害你。要不是你承包了这鱼塘，你今年出去打工，一年下来，至少也得收入好几百元吧。可现在呢，你不但没挣到钱，还投进去这么多钱……”

王大虎打断王生地的话说：“爸，你别说了，你先回去吧，这里我会处理好的。”

王生地还想说什么，听王大虎这么说，也不好再说什么了，只好转身走了。走了几步，他回过头来说：“你就不应该送鱼给马二娃，他三番五次来找你的麻烦，你还去讨好他，难道还怕他不成？”

王大虎说：“爸，这不是怕不怕的问题，再怎么说我们也是邻居，天天见面总不能成仇人吧？送条鱼给他，或许我们以后就成好兄弟了。”

王生地不知说什么好了，他想随王大虎怎么着吧，就转身走了。

王大虎提着鱼给马二娃送去，马二娃刚从地里干活回来，见王大虎提着鱼来了，说：“王大虎，你提着鱼来干啥，我又没说要买你的鱼。”

王大虎笑了，说：“马二娃，看你说的，以前我多有得罪，你千万别放在心上。今天我鱼塘里打鱼了，那些来买鱼的鱼贩说，这鱼塘是没有被污染的，这鱼塘里的鱼也是绿色食品，我送一条鱼给你，你也尝尝吧。”

马二娃没想到王大虎还主动送他鱼，事出突然，也不知道说什么好，他说：“这……怎么好呢？”

王大虎把鱼放在他屋里桌上，转身就走，马二娃追了出来，说：“王大虎，你以后鱼塘放水什么的，说声就是。”

王大虎回到鱼塘边，又提着鱼给陆大奎送去，正好陆大奎在家，见王大虎提着鱼来了，他笑了，说：“王大虎，你鱼塘里打鱼了，我就知道，你总算还没忘了我，要不是我帮你，你还能承包到这鱼塘吗？虽然现在土地承包到户了，大家干活什么的不用我具体安排了，但有些事还得我出面才能处理好，对吧？”

王大虎说：“是的，你好歹是个队长，全队这么多人，没有队长你怎么行呢？再说，我今天送你鱼，不是感谢你什么，是让你尝尝这没有被污染的绿色食品。”

陆大奎接过鱼，看了看这么大一条鱼，说：“王大虎，你今年鱼塘里的鱼死了一大半，你也损失了不少，昨天我请示村长同意，今年你就少交一半承包费，你看如何？”

王大虎一听，高兴地说：“真的呀？”

陆大奎十分认真地说：“我啥时说的话没算数，你今天就去队上会计那里把今年的承包费二百五十元交了。但只有今年减半，明年就照交不误哟。”

王大虎没想到，队长还真在关照他，他还没提出少交队上承包费的要求，可队长早就考虑到这事了。他说：“好，我这就去交。哎，队长，我还有一件事请你帮忙。”

陆大奎问道：“你还有啥事，说吧！”

王大虎想了想，好像难以说出口，但这事他不得不说。他愣了好一阵，说：“队长，我承包这鱼塘期限为三年，你也是知道的，我已投入这么多钱修整鱼塘了，也刚学到一些养鱼技术，可后年底承包合同到期了，还能不能多承包给我几年？”

陆大奎以为是啥事，没想到王大虎说的是这事，他笑了，说：“那我问你，你想承包几年？”

王大虎说：“十年，二十年更好。”

陆大奎说：“什么，王大虎，你的野心也太大了，十年二十年，还想一辈子承包呀？”

王大虎说：“是呀，我想把这鱼塘做大做强，现在我们村的公路修好了，卖鱼也不用挑上街了，鱼贩自己开车来拉。以后呀，我还想开个农家乐，卖我自己鱼塘里的鱼，让更多的城里人来这里吃这没被污染的绿色鱼，你看呢，队长？”

陆大奎听王大虎这么说，没想到王大虎还有这些想法，似乎从心底里对王大虎另眼相看了，他说：“这个，我得请示村长和召开全队社员大会征求意见才行。”

王大虎大声问道：“什么，你还要开队会征求大家意见，你不是队长吗，这个你也做不了主？”

陆大奎笑了，说：“这鱼塘是队上的，哪能由我个人说了算。”

3

那天，陆萍去县城买好东西，她想去刘吉祥的化妆品门市看看，自从刘吉祥在县城开起那化妆品店，都是他一人在那里经营，而她却在经营镇上那个服装店。她感觉到刘吉祥最近有些反常，几乎很少回家了，她知道马珍也在县城，他们之间肯定有那种关系。这只是她的猜测，她没有证据来证明这一切，只能装着什么也不知道，更不想管他的事。

当陆萍去到月东街上刘吉祥那个化妆品店，却没见到刘吉祥，只见马珍坐在店里，这时没人来买化妆品。陆萍问道：“你怎么在这里，刘吉祥呢？”

马珍见陆萍来，一点儿也没有要离开的意思，好像这个店是她的一样，她说：“对呀，我在这里，刘吉祥在里面睡觉。”

陆萍一下子明白是怎么回事了，她走进门市后面的隔间里，大声叫道：“刘吉祥，你化妆品店不守，这大白天的睡什么觉？”

再怎么说陆萍也是他老婆，他赶忙起床说：“这店不是有人守吗，我不睡觉还干吗？”

陆萍走出去大声说：“马珍，你自己的店不守，整天跑这儿来干什么，你们这对狗男女，干的什么好事以为我不知道？”

马珍大笑一声，说：“陆萍，你话别说得这么难听嘛，我的内衣店已招了一个人守，我没事来这里玩玩又怎么了？这是刘吉祥的化妆品店，又不是你的家，我还不能来呀？”

马珍这时的态度有点儿咄咄逼人。陆萍气急了，她走上去想给马珍一耳光，却被刘吉祥一把拉住，他说：“够了，你不好好守你的服装店，跑来这里闹什么？那我就把话挑明了，我和你不合适了，我们离婚吧，我已和马珍走到一起了。”

陆萍简直不敢相信刘吉祥说的话是真的，在她心目中，刘吉祥比起其他街上的人还算相对好得多，没想到他们结婚两年多，他就变了，现在变得让她都不认识了。她大声说：“你说什么，再说一遍？”

刘吉祥大声说：“我们离婚，这下你听见了吧？”

陆萍听清楚了，刘吉祥是要和她离婚，她差点儿气晕了，但很快就镇定了下来，她用手指着刘吉祥说：“刘吉祥，你有种，你才来县城开化妆品店几天，就被这小妖精迷上了，你还有点儿良心吗，我们离了婚，女儿婷婷怎么办，你想过吗？”

刘吉祥有些不耐烦了，他已下定决心要离婚，就没有必要再绕圈子了，干脆把话挑明。他说：“你还有完没完，反正这婚我是离定了，你不是一直没忘记那个王大虎吗，你去找他呀。”

刘吉祥不说这个还好，一提起这事就让陆萍更加气愤，她走过去给刘吉祥两耳光，骂道：“刘吉祥，你混账，你无赖。”

陆萍回到镇上的家里，她再也无心经营服装店了，倒在床上痛哭起来。吴丛花抱着婷婷走了过来，问道：“陆萍，怎么了，你去县城回来就这样，是不是和吉祥吵架了？”

陆萍哭着说：“妈，不知道我做错了什么，刘吉祥说要和我离婚，他现在已和那个马珍在一起了……”

吴丛花听后，还不以为然，说：“陆萍，你别多想，可能是吉祥说的气话，吵嘴时啥话都会说的，等气消了就好了。”

陆萍不知怎么说他们才相信，她再也不想说什么。

吴丛花抱着婷婷出去了，刘中兴回来了，他听见陆萍在屋里哭，便问道：“他妈，陆萍哭什么呢，出什么事了？”

吴丛花轻声说：“陆萍说，吉祥要和她离婚，说他已和马珍在一起了。”

刘中兴听后十分生气，大声说：“他敢，不管他和谁在一起，没有我同意，他敢和陆萍离婚。”

刘中兴这话说得大声，好像是有意说给陆萍听的。陆萍也知道他们两位老人的心思，是不想刘吉祥和她离婚，可事实已摆在面前，马珍毫无顾忌地坐在刘吉祥的化妆品店里，那说话的口气像马珍就是他老婆一样，而她才是第三者。

以前，陆萍偶尔听到刘吉祥和马珍的一些风言风语，可她并没有在意，心想不管从哪方面讲，她也不比马珍差，加上她生下了一个女儿婷婷，现在婷婷都满岁了，心想刘吉祥再怎么说也得看在女儿的分儿上，好好挣钱养家，哪知他却提出离婚。这突如其来的打击，让陆萍有些无法接受，但她慢慢地也想明白了，既然刘吉祥下决心要离，那就离吧，与其两个人强扭在一起，还不如早离了各过各的生活。

下午，陆萍把服装店门市关了，就回乡下娘家了，现在那条乡村公路修好了，因为没有客车只有摩托车拉人进出，陆萍便抱着婷婷乘坐一辆摩托车回到乡下娘家。张翠花赶忙跑出来接，一把抱住婷婷说："婷婷，你到外婆家了，快叫外婆，快叫呀。"

婷婷刚满岁，她还不会叫，只被外婆逗得好笑。陆萍说："妈，婷婷才满周岁，她哪里会叫呀。"

他们来到家里，张翠花问道："陆萍，你吃午饭没有，如果没吃，我就去给你弄。"

陆萍说："妈，现在都快三点了，怎么可能没吃午饭呢，别去弄了，坐下说说话嘛。"

其实，陆萍今天因为难过，躺在床上哭了好一阵儿，还真没吃午饭，可她一点儿也不感觉饿。她问道："妈，爸呢，他去哪儿了？"

张翠花说："你爸今天去镇上开会了，他呀，哪里在家里闲得住呀，就是不开会，他也到处走。现在他这个队长，好像比以前在生产队每天安排大家干活还忙。我看呀，是他没事找事，各种各的地，还关他啥事呢？"

陆萍笑了，说："妈，你也别这样说爸，他是队长，肯定事多。"

正说着，陆大奎回来了，他说："你妈呀，她总背着我说坏话。我呀，好歹也是个队长，肯定事多嘛。"

陆萍说："爸，你回来了，妈没有说你坏话，是在夸你呢。"

陆大奎看了看屋里，没见刘吉祥回来，问道："陆萍，刘吉祥怎么没和你一起回来呢？"

陆萍一听父亲问到刘吉祥，就生气了，更有些难过，但她却控制住自己的情绪，说："他……他忙嘛，他守着县城那个化妆品店。"

知女莫若母，张翠花从陆萍的表情看出了什么，陆大奎进屋后，她悄悄地问道："陆萍，你怎么了，又和吉祥吵嘴了？"

陆萍摇了摇头说："没有，我们很好的。"

张翠花认真看了看陆萍，她发现陆萍好像哭过，眼睛还是红红的，她说："陆萍，你告诉我，到底出啥事了，我是你妈，啥事都可以给我说。"

陆萍再也控制不住了，她一下扑到母亲的怀里，哭着说："刘吉祥要和我离婚……"

这话被陆大奎听见了，他走过来，大声问道："什么，你们要离婚？"

陆萍抬头哭着说："是的，他已和那个叫马珍的女人打得火热，要和我离婚。爸，你说我该怎么办？"

陆大奎生气了，说："他怎么能这样？你哪点对不起他，结婚后就一直经营服装店，从没去过哪儿，就是娘家也很少回。现在还给他生了这么好一个女儿，他怎么还要离婚，他还有点儿良心吗？"

张翠花赶忙说："她爸，你就少说几句，这事急不得，慢慢地劝，或许事情会有转机的。"

陆大奎再也没说什么了，他端了把小凳子坐在院坝里抽烟，心里也难过。

陆萍哭了好一阵儿，然后突然不哭了，她说："爸、妈，这事你们别管了，我已想好了，刘吉祥和我离婚就离吧，反正他已和那个女人在一起了，说什么也没用了。"

张翠花说："陆萍，你得想好，离了婚你怎么办？那个服装店能归你吗？婷婷又怎么办？她还这么小，跟着你她没爸，跟着吉祥她没有妈。"

陆大奎大声说："这婚不能离，你好不容易才嫁到镇上，才把农村户口转成城镇户口，离了婚难道又把城镇户口转回农村来？这样不但你没有面子，就连我也没有面子了。"

陆萍站起来，大声说：“爸，当初都怪你，就是为了让我能嫁到镇上，好从农村户口变成城镇户口，现在怎样呢？再说，他都与别的女人在一起了，除了离婚，我还能怎么办？”

陆大奎听后再也没说什么了，他又走过去坐在院坝里，不停地抽着烟。

第二十章　离　婚

1

尽管刘吉祥的父母不同意他和陆萍离婚，陆萍的父母也尽量劝他们和好，但刘吉祥像着了魔似的，坚持要离婚。不久，他们便去民政局办了离婚手续。陆萍坚持女儿婷婷由她抚养，女儿是她身上掉下来的肉，不管有多苦她都会把她养大，还有就是有女儿在身边，对她来说多少是一种心灵的安慰。

说离他们就离了，对于陆萍来说，虽然觉得心里不是滋味，但她换个角度想也许是一种解脱，除了要女儿跟着她，她似乎啥也不和他争。刘吉祥却说："既然这样，那就把镇上那个服装店给你，那个化妆品店归我，也算是你抚养女儿的生活费吧。"

陆萍显得很平静，没有和他争吵，更没有流眼泪。她说："随你怎么说都行，这个服装店和县城那个化妆品店，也算我们夫妻共同财产，按规定，夫妻共同财产，我们得一人一半平分。"

刘吉祥生气了，大声说："我已把这个服装店给你了，县城那个化妆品店就归我，这不是一人一半吗，你还想怎样？"

陆萍也懒得理刘吉祥了，现在都离婚了，再和他吵一点儿意思都没有，随他怎么说都行，她不图别的，只想把女儿养大就行。她说："就这样吧。"

刘吉祥想去抱抱女儿，陆萍却不给他抱，说："这女儿是我的，你别碰她。"

刘吉祥笑了，说："陆萍，你怎么能这样呢，再怎么说我们也夫妻一场，你别这么绝情嘛。现在，我们离婚了，并不是仇人呀，你以后有什么困难还是可以来找我，我会尽力帮你。再说，婷婷也是我的女儿呀。"

陆萍说："你走，这服装店是我的，我不想见到你了。"

刘吉祥赶忙说："好，我走。至于我父母，我会把他们接去县城住的，这里归你了。哎，不对，是归我女儿了。"

说罢，刘吉祥走了。陆萍抱着女儿婷婷坐在服装店里，难过了好一阵儿后，她下定决心，一定要把这服装店经营好，不为别的，就为自己也得好好活下去。下午，她把服装店关了门，抱着女儿找了一辆摩托车回乡下娘家去了。

张翠花见女儿回来了，赶忙出去迎接，抱着外孙女婷婷就逗，还说："婷婷，快叫外婆，外婆见到婷婷真高兴。"

陆萍心里有事，可不想让父母为她担心，她强装笑脸，说："妈，爸呢？"

张翠花说："你爸呀，他哪里在家里待得住呢？不知又跑哪儿去了。"

陆萍说："妈，我今天下午回来，是想以后请你帮我带着婷婷，我好好经营服装店，你看行吗？"

张翠花明白了，她问道："陆萍，你们真离了？"

陆萍点点头说："对，离了。"

正好，陆大奎回来了，他大声问道："什么，陆萍，你们就这样离婚了？"

陆萍说："爸，不是我要离婚，是他要离，我有什么办法？"

陆大奎十分生气，大声骂道："这个刘吉祥，简直不是人！我家陆萍哪点不好，进了刘家后整天经营服装店，还替他生了孩子。他倒好，整天在外面鬼混，居然还要离婚，这还是个男人吗？"

张翠花赶忙说："好了，她爸，现在他们婚都离了，你骂他还有什么用呢，你这样，反而让陆萍伤心。"

陆萍显得十分平静，她似乎早已伤心过了，她说："妈，没什么，我现在不会为离婚的事难过。他这种忘恩负义的人，不值得我伤心。”

陆大奎问道：“家里的财产怎么分，婷婷归谁抚养？”

陆萍说：“你也知道的，刘家能有什么家产呀，只有一个服装店和县城那个化妆品店。镇上那个服装店归我，县城那个化妆品店归刘吉祥，女儿由我抚养。”

陆大奎听后又生气了，大声说：“这样分也行，可婷婷归你抚养，他每月给生活费不？”

陆萍有些不高兴了，说：“爸，你怎么这样说呢？再怎么说女儿也是我生的，我有能力生下她，我就有能力把她抚养大。我有手有脚的，还要他拿什么生活费。”

张翠花说：“她爸，陆萍刚回来，你就问这问那，让女儿休息一会儿吧。”

其实，知道陆萍已离婚这事，最难受的还是陆大奎，当初是他逼陆萍嫁给刘吉祥的，心想陆萍能嫁到镇上，转成城镇户口，从此就可以走出这穷山村过上好日子了，没想到这么快就离婚了，往后陆萍的日子还怎么过呀？他心里很乱，不知怎么去劝陆萍，也不知给陆萍说什么好，他便扛着锄头走了出去。

正是初春，阳光暖暖地照在山坡上，坡上有的人在挖土，有的在种玉米，好一派热闹的景象。

陆大奎正好路过王生地的包产地，王生地正在麦地里种玉米，不知是王生地真的没看见他，还是有意不理他，仍一个劲儿地干活。他说：“王生地，你这块地里的麦子长得绿油油的，你也在麦子中间种玉米了，这可是才推广的新技术，你也学会了？”

王生地回头看了陆大奎一眼，说：“陆大奎，你当初硬要把这块地分给我，这块地全是石谷子，又在半坡上，不禁干旱，哪有收成，你以为害到我了吗？我花了些时间把土里的石子弄了，还挑了些土进来。现在呀，我这块地却变成好土了，你心里不舒服了吧？”

陆大奎说：“王生地，看你说的，当初分土地时，是肥土和瘦土搭配分的，你怎么说我害你呢？我把这么宽的一块地分给你，你捡了便宜还说气话，天底下哪有这种事呢？”

王生地却不领他这个情，仍边干边说："陆大奎，你有这么好的心？你说为谁好我都信，偏说为我好，谁相信？你不就是想把不好的土分给我，让我全家饿死你才高兴。"

陆大奎一改以往动不动就骂人的态度，不管王生地说什么，都不发火。他拿出烟来，说："王生地，干累了吧，过来歇会儿，抽支烟，俗话说，烟酒不分家嘛。"

王生地看了看陆大奎，觉得陆大奎今天没像以往那样生气，他还不习惯呢，再怎么说陆大奎是队长，以往都是他们拿烟给陆大奎抽，陆大奎主动拿烟给他抽，好像还是头一次。他走过去接过陆大奎的烟点上，说："陆大奎，你是没事干还是闲得无聊，专门跑来给我烟抽，是不是太阳从西边出来了？"

陆大奎笑了，说："什么，你说我没事？我呀不是去村里开会就是去镇上开会，不是这家的鸡吃了那家的粮食，就是那家两口子又吵嘴了，都得我去处理，我还有地里的活没干，你说我不忙吗？"

王生地赶忙说："那好，陆大奎，烟也抽了，你这么忙就忙去吧。我跟你不一样，除了干好自家地里的活，也没人请我吃顿饭，更没人给我一分钱，我得干活去了。"

说罢，王生地转身干活去了，陆大奎叫住他说："王生地，你忙啥，我还有正事要给你说呢。"

王生地站住了，问道："陆大奎，你还有啥事，说吧。"

陆大奎说："昨天，我去镇上开会，镇里传达了县里的文件，说是为了扶持农村种养专业户，可以给一些需要扩大规模的农村种养专业户发放贷款，贷款期为三年，利息由镇政府补贴，不知你家王大虎需要这笔贷款不？"

王生地听后，他也没怎么搞懂，他说："陆大奎，你今天就是想给我说这个，这是啥好事呀？你是叫我家大虎去贷款，那贷了款可是要还的，又不是直接给我们钱，我们不贷。"

陆大奎说："王生地，你到底听明白没有，这是政府的一项惠农政策，是支持农村种养专业户扩大种养规模的，你以为谁都能贷到款呀？贷款期为三年，又不要你出一分钱利息，你还不要，有的想要都要不到。”

王生地大声说：“陆大奎，我凭什么相信你，以前你劝我家大虎承包鱼塘，鱼死了一大半，卖那点儿鱼只够交你一半承包费的。现在你又来劝我家大虎去贷款，钱一到手就花了，那三年后又拿啥去还？你这是安的啥心，是想让我们家一辈子都背这笔账，永远都翻不了身，对吧？”

陆大奎生气了，说：“信不信由你，真是分不清好坏。”

2

很奇怪，小小的村子里，白天几乎不见人影，可是一到天黑时，人们就像从地下冒出来的似的，聚集在村里新修的广场上。说是广场，不过是有一个标志性牌坊的空地，随地攀爬着南瓜藤，茄子、辣椒、毛豆的苗，两只肥硕的母鸡旁若无人地啄食毛豆青绿的叶子，那有节奏的伸缩动作，让人怀疑它们是否听多了广场舞曲。大家聚在一起，村里的故事就多起来，比如对面山坡上要修高速公路，还比如谁家女主人不守妇道……吴良贤也去那儿坐了会儿，她听人说，陆萍已离婚了。

晚上吃饭的时候，吴良贤说：“他爸，你知道不，听说陆萍和刘吉祥离婚了。”

王生地听后大吃一惊，大声说：“什么，陆萍离婚了？这事你可别乱说，她怎么会离婚呢？”

吴良贤说：“是真的，我先前去村广场坐了会儿，那几个女人在聊天，我是无意中听见的。”

王生地有点儿幸灾乐祸，说：“当初，陆萍和我们家大虎好，陆大奎说什么也不同意把他女儿嫁给大虎，硬要陆萍嫁到镇上去，他以为陆萍嫁到镇上就能过上好日子了，就能享福了。现在咋样，我看他陆大奎还有脸在村里炫耀吗？”

王大虎再也听不下去了，赶忙说：“爸，陆萍都离婚了，你还这样说人家，是不是有些不厚道？”

王生地一下又生气了，说：“你说我不厚道，难道他陆大奎厚道？生产队时把我保管员弄脱，那事倒不说了，就拿陆萍和你这事，他狗眼看人低，就是看不起人，嫌我们家穷，才不同意把陆萍嫁给你，害得你把红砖厂的工作辞了。要不是因为陆萍，你能辞去红砖厂的工作吗？如果不是辞去红砖厂的工作，你还承包这鱼塘吗？”

王大虎大声说：“爸，你别说了，我辞掉红砖厂的工作不关陆萍的事，是我自愿辞的。再说，我承包这鱼塘也很好嘛。”

王生地说：“好个屁，你去年投入这么多钱，你养鱼挣到钱了吗？”

王大虎不知是听说陆萍离婚了，让他心里难过，还是真不想听父亲说这些，他放下碗说：“我不吃了。”

吴良贤赶忙说：“他爸，看你每次吃饭时都说这些，说起这些有用吗？别说了，让儿子好好吃饭。”

王大虎说：“妈，我吃饱了，我去守鱼塘了。”

王生地叫住王大虎说：“大虎，我忘了给你说个事。”

王大虎站住了，说：“有什么事，说吧。”

王生地见王大虎仍站着，气就来了，大声说：“你坐下，我又不吃人，你怕我干啥？”

王大虎只好坐下，王生地说：“今天下午，我听陆大奎说，镇里传达了县里的一项惠农政策，为了支持农村种养专业户扩大种养规模，可以去申请无息贷款，贷款期为三年，利息由镇里补贴。我看这个陆大奎是没安好心，我回绝他了，这款我们不贷了。”

王大虎听后说：“这是好事呀。爸，你怎么不告诉我就回绝他说我们不贷了呢？”

王生地说：“是呀，我说我们不贷这款了。你说是好事，啥好事能轮到你，你以为款贷了不还呀？虽然自己不出利息，但三年后得还，钱在手边肉在嘴边，你贷了款花了，到时拿什么去还？”

王大虎说：“爸，我正愁没钱买鱼苗呢。还有，今天镇农技站的农技员来看鱼塘时，建议我再增加一台洒水器，好给鱼塘的鱼加氧，这样可以保证鱼苗投放的成活率，还能让鱼长得快。”

王生地一听，大声说：“什么，你还要投钱去弄你的鱼塘？大虎，你要知道，你这鱼塘去年弄坝干、修放水渠，投入两千多元，现在还要投钱呀？你这样弄，早晚会把这个家弄垮的。”

王大虎起身说：“爸，这事你别管，鱼塘是我承包的，我有我的打算。”

说罢，王大虎走了出来，他去到陆大奎家里，他们正在吃饭，陆萍也在，她正在喂女儿吃饭。陆大奎问道：“王大虎，你这时来找我，有事？”

王大虎似乎很着急，他没有坐，便说：“队长，听我爸说，我们种养专业户可以申请无息贷款？”

陆大奎听后笑了，说：“王大虎，你也想申请那笔无息贷款呀？今天下午，你爸不是说你们不贷吗？再说，这虽然是镇里补贴利息，但到时还是要还的哟。”

王大虎说：“贷款当然要还，可我爸哪里知道，我现在正需要钱来买鱼苗和增加一台洒水器。这鱼塘是我承包的，他说了不算数，一切都由我说了算。”

陆萍见王大虎仍站着，端了凳子过来，说：“大虎坐吧，你别急，慢慢说。”

王大虎坐下，陆大奎问道：“这个贷款不是谁想贷都能贷到的，也不是想贷多少就能贷多少，那你说，你想贷多少？”

王大虎想了一下，说：“我准备贷三千，一千元来买鱼苗，一千元来买洒水器，还拿一千元来买鱼饲料。”

陆大奎听后说：“好，我想按你现在这鱼塘的规模，贷多了肯定不行，贷个三两千是没问题的。可这得要一个担保人，你想找谁给你担保呢？”

王大虎有些不明白了，这明明是镇里的一项惠民政策，怎么还要担保人才能贷款呢？他说：“还要担保人呀！”

陆大奎说：“当然，虽然这是定向支持农村种养户的资金，但总得还，要是你贷了款还不上，那就得找担保人还，明白吗？”

王大虎有些失望了，他又去哪儿找这样一个担保人呢？他说：“我找不到担保人，这款我不贷了。”

陆萍赶忙说：“爸，看大虎确实需要这笔钱，我看你是不是给他担保一下，贷款期为三年，我相信他这鱼塘要不了三年就能挣钱的。”

陆大奎明白陆萍是在帮王大虎，可他还是有点儿担心王大虎的能力，现在他确实看不出王大虎这鱼塘到底能不能赚钱。他说：“你叫我给王大虎担保，万一他这鱼塘赚不了钱，他拿什么来还？他没钱还贷款，那不要我来帮他还吗？你说，我这不是没事找事吗？”

王大虎听陆大奎这么说，起身说：“队长，这款我不贷了，我另想办法。”

陆大奎清楚王大虎的家底，说：“王大虎，你真不贷款了，你现在不是急需要这笔钱吗，你还能想出什么办法？”

王大虎没出声，低着头往外走，陆萍说：“大虎，别忙走，你这贷款我给你担保。我好歹有个服装店，要是三年后你还不起，我帮你还。爸，你看这样行吗？”

陆大奎听后吃惊了，没想到陆萍来帮他担保，他想了想说：“陆萍，你这不是来将爸吗，你担保和我担保还不是一回事？那好，既然我女儿都这么说了，我就给你担保，你回去写个申请交给我，我给你签字后再送去镇里批，等镇里批下来后，银行就放款。”

王大虎听后高兴了，说：“太好了，陆萍，谢谢你。”

陆萍说：“大虎，你别谢我，得谢我爸。”

王大虎又说：“谢谢队长，那我回去把申请写好，明天就拿来给你签字。”

王大虎回家后把贷款申请写好了，第二天他拿去队长签了字后，再拿去镇里审批，没几天这笔贷款就批下来了。

王大虎便用这笔贷款在鱼塘里又安了一个洒水器，也去县鱼种站买回鱼苗投放，一切都在按他的计划进行。

王大虎在心里十分感谢陆萍，那晚要不是她帮他，陆大奎也不可能给他担保，更不可能贷到款了。可更让他担心的是陆萍离婚了，她好好的一个家没有了，她还带着一个孩子，往后她怎么生活下去呢？

那天，王大虎去镇上赶集，他去镇农技站买好防鱼病的药后，没事去街上逛逛。要是以前他还想去陆萍的服装店坐坐，还可以和她说说话。可现在她离婚了，他反而怕去见她了，不是怕别人说闲话，也不是怕她再来找他，而是觉得他见了她不知说什么好。

王大虎转了好一阵儿，还是来到花市街，到了陆萍服装店门市前，他没有进去，只是站在外面看了看。今天是小镇赶集天，她店里有好几个人在挑选衣服，她像啥事也没发生一样，仍在与买衣服的人讲价。

还好，陆萍没看见站在外面的王大虎，王大虎站了一会儿，就转身回家了。

3

陆萍把女儿婷婷交给娘家父母带着，一心一意经营服装店，下决心一定要把这服装店经营好，也好让别人看看，她离婚了，不依靠刘家也一样过得好好的。

现在去重庆进货，不像以前坐客车去了，基本是几个人包车去。由于大家白天都要做生意，都是晚上去，直接开车去把货进好后，连夜返回，这样既不耽搁做生意，又很安全。

晚上，陆萍和镇上几个做服装生意的人包了车去重庆进货，现在大风去重庆的高速公路修通了，从大风去重庆只要一个半小时就到了。他们来到重庆朝天门批发市场，才晚上八点，那些批发门市还没关门，他们便去进货。

这时，陆萍碰见刘吉祥，他见陆萍把货往车上装时，走过来说：“陆萍，你也来进货呀？”

陆萍有些不想理他，说：“是呀，我不来进货谁来帮我进货呢？”

刘吉祥赶忙说：“你别把货装上车了，搬去我的车上，坐我的车回去吧。”

陆萍看了看那边停着一辆小轿车，说：“谁稀罕坐你的车，我这儿有车回去。”

刘吉祥见陆萍搬货物很吃力的样子，走过去想帮她搬，陆萍生气了，说：“你走开，这点儿货我搬得动，不要你搬。”

刘吉祥见陆萍生气了，也不好再帮她搬了，也没说什么，只悄悄地走开。和陆萍一起来进货的胖大姐走过来，赶忙帮她搬，并问道：“陆萍，刘吉祥叫你坐他的车回去，他是不是又想和你复婚？”

陆萍说："他做梦，就是他想和我复婚，我也不同意，这世上哪有后悔药卖？货装好了，走吧。"

车开走了，他们在车上说说笑笑，只有陆萍没出声，她心里想了很多，但又似乎啥也没想。不一会儿，她就睡着了，这段时间她似乎很累，不是干活累，而是心累。

车快到镇上时，胖大姐叫醒了陆萍，说："陆萍，你真能睡呀，一觉从重庆睡到家，该醒了，快到了。"

陆萍睁开眼睛，说："这么快就到了呀？"

胖大姐说："陆萍，我知道你一个人很不容易，要带孩子还要做生意，肯定很累，但你精神不能垮，慢慢地就会好起来的。"

陆萍听后点了点头，说："我知道了，谢谢胖大姐。"

到了镇上后，大家便纷纷下货，陆萍把货搬下来，又慢慢搬回服装店，忙完后已经是晚上十二点了。她累得不行，连脸都没洗就倒在床上睡觉了。

自从陆萍离婚后，除了这个服装店归她，其他的全是刘家的，她啥也不要。她在门市后面放上一张小床，拉上帘子，晚上就睡在那儿。她想，只要生意好，以后她去另外租个门市，这样就与刘家没有任何关系了，省得有时见到刘家人进进出出，大家都尴尬。

她一觉睡到天亮，起来去到外面吃了一碗面条，又回来把店门打开。今天是赶集天，赶集的人来得早，外面的街上又热闹起来，有的来她店里挑选衣服。她把昨晚进回来的衣服挂上架，开始了一天的忙碌。

这小镇上，做生意全靠赶集天，这天也最忙，别的门市在赶集天都有人来帮忙，可她知道乡下的父母从没做过生意，也不可能来帮她，再忙也只能自己顶着。对于她来说，忙起来更好，让她觉得充实。不然，她还真不知日子怎么过，闲下来时她总是想一些事情，过去的，现在的，或者以后，不是她要去想，好像有些事她不得不去想。

这时，刘吉祥的母亲吴丛花来了，她见陆萍这时很忙，便过来帮忙取衣服给别人看，又帮着讲价，还帮着收钱。

陆萍问道："妈，你怎么来了？"

吴丛花笑了，说：“我这时没事，见你忙不过来，我来帮你会儿。陆萍，虽然你和吉祥离婚了，但在我心里，仍把你当闺女看，你有什么困难就给我说，我会支持你的。”

陆萍知道，她和刘吉祥离婚，他父母是不同意的，还尽力劝，可刘吉祥像着了魔似的坚持要离，这也不怪他父母。她说：“我现在没什么困难，我过得好好的。”

吴丛花说：“陆萍，我孙女婷婷现在怎样了，能不能把她从你娘家接回来，让我们带一段时间？说真的，我们现在很想看看孙女。”

陆萍笑了，说：“她外婆带得很好，婷婷也很好。不过，她习惯了在乡下玩，还是让她外婆带的好。”

吴丛花也不好再说什么了，她仍在店里忙着。

今天，王大虎也来赶集了，他好久没去陆萍店里看看了，再怎么说他也得去看看陆萍了。他走去花市街陆萍的服装店里，陆萍赶忙上前招呼他，说：“大虎，你也来赶集呀，坐会儿吧。”

王大虎看了看店里，里面有几个人在看衣服，一会儿这个要这件，一会儿那个要那件，他说：“陆萍，你这服装店生意这么好呀。你看，这么多人来买衣服，你忙得过来吗？”

陆萍对卖服装很熟悉，她一边拿衣服给别人看，一边说：“忙得过来，每个赶集天，只有上午忙，下午就没事了。哎，大虎，你的无息贷款镇里批下来了吗？”

王大虎笑了，说：“早批下来了，我用这笔钱买了鱼苗，又安了一个洒水器。就是这笔贷款，解决了我这鱼塘的大问题，要不是这笔贷款，我还不知怎么办。陆萍，真的谢谢你，要不是你愿意为我担保，我还贷不了这款呢。”

陆萍十分关心王大虎，说：“大虎，说实在的，你承包这鱼塘也真不容易，但我相信，只要你努力，你一定能成功的。”

吴丛花见陆萍和王大虎这么亲切地说话，她也知道他们两人以前好过，她不知是因为陆萍曾是自己的儿媳妇，而接受不了这个事实，还是觉得陆萍现在离婚了，也应有个好的归宿而高兴，她悄悄地走了。

王大虎见陆萍店里这么忙，便说：“陆萍，你店里这么忙，我不打扰了，我该回去了。”

说罢，王大虎走了，陆萍这才发现婆婆吴丛花走了，她摇了摇头，好像觉得自己做错了什么事一样。

王大虎回到家里，镇农技站的农技员来给他指导养鱼技术，农技员说：“去年，你这鱼塘里的鱼得病死了一大半，我们也有责任。今年镇里要求我们镇农技站加强给全镇种养专业户技术指导，并实行责任包干，你这鱼塘以后就由我来做防鱼病的喂养技术指导。我姓刘，叫刘伟，我会定期来你这里查看的。”

王大虎听后十分高兴，赶忙说：“刘老师，那太谢谢你了。我问一下，你们下村来指导技术，收钱不？”

刘技术员笑了，说：“这是镇安排的，为了让全镇种养专业户获得更好的收益，以带动更多的农民发展种养业致富，再说这也是我们镇农技站的职责，还收什么钱呢？”

王大虎说：“那太好了，以后我就不怕没技术养好鱼了。那请你看看，我这鱼塘现在还需要喷预防鱼病的药不？”

刘技术员拿出两瓶药，说：“很快就到夏天了，夏天气温高，病毒存活率也高，得喷一些预防鱼病的药，好防鱼病。记住，每周喷洒两次。”

王大虎听后说：“这药收钱吗？”

刘技术员说：“这药肯定要收钱，我们农技站只提供技术，而防鱼病的药一律要收钱，但也按优惠价收。”

王大虎说：“明白了，刘老师，那你给我说说，我这鱼要怎么才能长得更快更肥？”

刘技术员说：“我这里有一本养鱼技术书，你拿去认真读，按书上讲的养，就行了。”

王大虎接过书说：“好，我一定认真读，学好书上的养鱼技术，争取把我鱼塘里的鱼养好。”

第二十一章　歉　意

1

现在乡村公路修好了，陆萍也买了个电动摩托车，她总是抽空骑着电动车回乡下娘家看女儿婷婷。女儿一岁多了，她也会叫妈妈了，还会叫外婆，偶尔还叫爸爸。

每当陆萍听见女儿叫爸爸，就非常难过，便转身过去，有时还想哭。她不是舍不得刘吉祥，更不是舍不得刘家，而是可怜女儿这么小就没爸爸了。而刘吉祥这么久了也没回来看过女儿，这让她更加难过。

陆萍这一反应，张翠花看在眼里，便走过去抱起婷婷，说："婷婷，快叫外婆，外婆喜欢婷婷的。"

婷婷听话地叫了一声："外婆。"

陆萍走了出去，她想出去走走，但又不知去哪儿，便散步到鱼塘边。王大虎正在鱼塘边忙，他在用喷雾器给鱼塘消毒。

太阳落山了，那夕阳的余晖将鱼塘里的水映照得亮亮的，鱼塘里的鱼也时不时地跳出水面，弄出水响声。王大虎见陆萍来了，他放下喷雾器，去到鱼塘边洗了洗手，走过来问道："陆萍，你怎么来了？"

陆萍说："下午回来看婷婷，没事出来走走。"

王大虎看了看陆萍，见她好像不高兴，问道："陆萍，你怎么了，看你不高兴似的，出什么事了？"

陆萍强装笑脸说："我没事，只是我刚才听见婷婷在叫爸爸，我心里难过。这么久了，她爸也没回来看看她。虽然我们离婚了，再怎么说婷婷也是他的女儿，也应该回来看看她吧。”

王大虎听了也生气，说：“我一看刘吉祥就不是什么好东西，你哪点不好，他还要离婚？他简直就是陈世美，忘恩负义……”

陆萍打断他的话说：“好了，别说他了。哎，大虎，常春春去哪儿了？这段时间没看见她，你和她什么时候结婚？”

陆萍这一问，让王大虎更生气了，他说：“她呀，辞了红砖厂的工作，还叫我把这鱼塘转包给别人，跟她一起去深圳打工。你说，我这鱼塘都承包了，还能转包给别人吗？就是有人要来承包，我也不会转包出去的，我已投入这么多钱了。还有我如果把这鱼塘转包出去，那别人又怎么看我？她一气之下，就去深圳打工了。”

陆萍听后笑了，说：“春春是去深圳打工，又不是去深圳嫁人，你还对她这么没有信心，她早晚会回来找你的。”

王大虎说：“她可是有言在先，说如果我不和她一起出去，另外会有人陪她一起去的。她对我已失去信心了，她不会再回来找我了。”

陆萍吃惊地问道：“那你知道她是和谁一起去的吗？”

王大虎说：“听说她是坐史小军的车去深圳的。”

陆萍问道：“那史小军去深圳干啥，他到底在哪儿做生意？”

王大虎说：“史小军从没说他在做什么生意，也不知道他这次去深圳干啥。我想，他多半是冲常春春去的。”

陆萍听后明白了，不管史小军在干啥，从表面上看，他像挣了大钱似的，不但出手大方，还买了小轿车，更是油嘴滑舌，很会讨女人喜欢，要是他真喜欢上了常春春，那王大虎肯定不是他的对手。她说：“大虎，你别多想，是你的早晚会是你的，不是你的就是来了也会走的。”

说真的，在王大虎心中，他一直没完全忘记陆萍，就是因为这个，他对常春春也无法投入全部感情，才让常春春对他失去了信心。以前，陆萍和刘吉祥结婚后，他也恨过陆萍，更恨过他自己，没有下定决心带陆萍私奔，伤了陆萍的心。他只能把对陆萍的爱和愧疚埋在心里。现在陆萍离婚了，他觉得都是因为他突然改变了主意，害了陆萍一辈子。不知他哪来那么大的勇气，一把拉住陆萍的手，说：“陆萍，都怪我突然改变主意，没和你一起私奔，才让你嫁给了刘吉祥，现在又离婚，是我害了你。”

陆萍没想到王大虎会突然这么说，一时间她还不知怎么回答，她赶忙抽出手，说：“大虎，那不怪你，这都是我的命。”

王大虎又一把拉住陆萍的手说：“陆萍，我喜欢你，我仍像以前那样喜欢你，我要娶你。”

陆萍没有抽出手，面对王大虎火辣辣的目光，她也感觉到王大虎说这话是真的，但这事来得太突然了，她从没考虑过这事，她此时不知怎么说。

王大虎再一次问道：“陆萍，你说话呀，我要娶你，你同意吗？”

这下，陆萍才回过神来，赶忙抽出手，没有回答，而是转身走了。

这时，不知王生地什么时候来了，他大声说：“大虎，你刚才说什么，你要娶陆萍？”

王大虎说：“对呀，我要娶陆萍。”

王生地生气了，大声说：“你敢，只要有我在，你别想娶她进家门。她如果要嫁给你，那她以前为什么不嫁，偏要嫁到镇上去？现在刘家不要她了，离婚了，又回来嫁给你，她把你看成什么人了，是收破铜烂铁的？”

王大虎不知怎么给父亲说，想他不管说什么父亲也不会同意的，他转身就走。王生地叫道：“你去哪儿，回家吃晚饭了。”

王大虎边走边说：“我不吃了。”

王大虎知道，今晚他如果回家吃饭，父亲会骂个没完没了，干脆不回去吃晚饭。他在田埂上转了一圈儿，见父亲走了，才又走了回来，也没心情再去鱼塘边转了，他走去那边的鱼棚里，倒在床上就睡觉了。

过了几天，王大虎去镇上赶集，他在街上转了转，突然碰见了史小军，他仍不想理史小军，装着没看见转身就走，却被史小军叫住。他大声说：“大虎，你怎么这么不够意思，你明明看见我了，连招呼都不打一声，转身就走？”

王大虎只好回过头来说：“你不是去深圳了吗，我哪里知道你回来了呢？”

史小军笑了，说：“我是去深圳联系业务，我有车，回来多方便呀。我也是刚到，再怎么说我这么远回来，你也得陪我去喝几杯酒吧？”

王大虎说：“我没空，我得赶回去守鱼塘。”

史小军说：“守鱼塘，你不就是怕别人偷你几条鱼吗？这么小气，偷你几条鱼值几个钱？再说，现在农村人都不少吃不少穿的，这大白天谁来偷你的鱼呢？别多想了，走，喝酒去。”

王大虎仍不想去，史小军却硬把他拉去了一家餐馆，服务员拿来菜单，史小军便点了一些菜，说：“还是家乡的菜好吃，这就是家乡的味道。就这些，你快去给我们炒来。”

服务员拿着菜单走了，史小军拿出手机，说：“我得给春春打个电话，叫她过来吃饭，这女人呀真是麻烦，一到镇上就去逛街，好像在外面还没逛够似的。”

电话打通，史小军说：“春春，你在哪儿呢，我碰到大虎了，快过来吃饭，在我们以前经常吃的那家餐馆。”

一会儿，常春春来了，从穿着打扮上看，像变了个人似的，穿得很时髦。王大虎问道：“春春，你不是去深圳打工了吗，怎么回来了？”

史小军赶忙说：“她还打什么工呀，打工这么累。她呀，现在帮我做生意。”

王大虎不相信，听史小军这么说，他又看了看常春春，问道：“春春，你真的没去深圳打工，你在帮史小军做生意？”

常春春说：“是呀，打工多累呀。我早说过，劝你也别养鱼了，那样挣钱多辛苦。你去外面看看，做生意挣钱多轻松，钱也挣得快。”

菜弄好了，服务员把菜端了上来，史小军要了一瓶酒倒上，他端起酒说：“大虎，我们又有半年没见面了，来，我们干杯。”

王大虎端起酒与史小军碰杯后，问道：“春春，你怎么不喝酒？”

史小军赶忙说：“她已怀孕了，不能喝酒。”

王大虎吃惊，问道：“什么，春春怀孕了，难道你们结婚了？”

史小军笑了，说：“哦，我忘了告诉你了，春春现在是我老婆了，我们早已在一起了。来，我们喝酒。”

王大虎听后，似乎接受不了这个事实，他一口喝下酒，喝完后他又倒上，又喝下。史小军赶忙说："大虎，酒慢慢地喝，先吃菜。"

王大虎哪里听他的，一连喝了好几杯酒后，脸也喝红了，他起身走了。

2

王大虎从那家餐馆出来，不知是心情不好，还是酒喝急了，已经醉了，歪歪斜斜地来到花市街陆萍的服装店。陆萍见王大虎喝成这样了，赶忙过来扶着他，说："大虎，你去哪儿喝了酒，喝得这么醉？"

王大虎坐下，说："是史小军请我喝酒，还有常春春……也去了。"

陆萍赶忙给王大虎倒了一杯水来，说："大虎，你先喝点儿水。你说什么，史小军请你喝酒，他回来了？还有常春春，她不是去深圳打工了吗，她也回来了？"

王大虎接过水杯，喝了两口，说："他们已在一起了，常春春还怀孕了……"

陆萍听明白了，原来为这事，她知道王大虎喜欢过常春春，转眼间常春春就和史小军在一起了，所以他狠狠地喝酒，才喝成这样了。她说："大虎，既然事情都这样了，还是面对现实吧。你也是，再怎么说也不能喝这么多酒，酒喝多了伤身体。"

王大虎喝了酒，不知是兴奋还是难过，他一下扑在陆萍身上，说："陆萍，常春春离开我跟史小军好了，我现在啥也没有了，我不能再没有你，我一直喜欢你的。"

陆萍见王大虎这样伤心难过，她不忍心推开他，她也知道，他一直都对她好，也感觉到他一直没忘了她，她的心里也一直惦记着他。虽然他身在农村，家里穷，比不上刘吉祥聪明，但他为人忠厚勤劳，相信他以后一定会发展得很好的。

可现在她是一个离了婚的女人，还有一个孩子，就算她有这份心，王大虎的父母又能同意吗？还有知道他们以前好过的人，会怎么看她呢？想到这儿，她推开王大虎说："大虎，我知道你的心思，现在什么也别说。"

王大虎虽然喝了酒，但他似乎还清醒，听陆萍这么说，他问道：“陆萍，你是不同意嫁给我，我非娶你不可。”

陆萍听得出，王大虎说这话是发自心底的，可她却不知怎么回答。她说：“大虎，先别说这事了。走，我扶你去里面我的床上休息会儿。”

王大虎见陆萍一直不正面回答他，感到很失落，他起身说：“我得回家了。”

说罢，王大虎就往外走，可刚走了几步，他差点儿摔倒了。陆萍又赶忙过去扶住他，说：“大虎，看你喝成这样了，还怎么回去呀？这样，我用摩托车送你回去。”

随后，陆萍把电动摩托车推出来，她关上门市，用电动摩托车把王大虎送回去。

王大虎家在公路对面，陆萍怕王大虎摔倒，要把他送到家里才放心，她便扶着他往家里走。他这时酒已醒了许多，似乎也能走了，但他却想要陆萍这样扶着他走，也更希望陆萍永远这样不离开他，但他还是怕别人看见说三道四的，他说：“陆萍，你别扶我了，我能走。”

陆萍仍扶着他走，说：“看你都醉成这样了，万一摔到水田里怎么办？走吧，别逞强了。”

陆萍不知是真不放心王大虎，还是她想用自己的温情去抚慰他那受伤的心灵，或是想借此机会表达对他的爱，她仍扶着他往他家里走。

王大虎嘴上这么说，可他仍让陆萍扶着走。到了他家门口的竹林时，王大虎像发疯似的抱住陆萍，发疯似的亲她，陆萍没有反抗，也没有推开他。此时，她不知道该怎么办，她心情很复杂，但有一点她明白，她心里一直爱着王大虎。

王大虎亲她，陆萍就像一只小绵羊，任凭他亲，她闭上眼睛，好像她闭上眼睛才像做梦一样，因为她不想回到现实中，只有在梦中，一切才是最美好的。

王大虎亲了好一阵儿才放开陆萍，说：“对不起，陆萍，我……实在控制不住自己，我喜欢你。”

陆萍如梦初醒，她整理了一下衣服，说：“大虎，我把你送到家了，我也该回去了，我服装店还关着门呢。”

说罢，陆萍转身就走了。

王大虎回到家里，王生地正坐在大门口抽烟，他见王大虎喝了酒，问道："大虎，你今天去哪儿喝酒了，喝得这么醉？"

王大虎站住了，说："在镇上，是史小军请我喝酒的。"

王生地一听又生气了，大声说："什么，你还和史小军混在一起？我早说过，叫你离他远点儿，他这个人天一句地一句的，说不定又下个什么套让你往里面钻，你还不嫌他以前把你害得不够呀？"

王大虎听后，觉得父亲说的是对的，史小军这个人一点儿也不厚道，他也不想和史小军有任何来往了。他说："爸，我没有和他有什么来往，今天我赶集在街上碰到他，他硬拉我去喝酒。"

王生地说："我再说一次，你以后得离史小军远点儿，鬼才知道他在干些啥违法的事呢，别把你也连累了。"

王大虎说："知道了。"

说罢，王大虎走进去，倒在床上就睡觉，他一觉醒来已是晚上六点了。他吃了晚饭，又去看守鱼塘了。今晚，他的心情特别好，一点儿睡意都没有。正是秋天，浓浓的夜幕笼罩着小山村，朦胧的月光映照着他的鱼塘，他站在鱼塘边，觉得今晚的夜色真美。

王大虎再去镇上赶集时，他突然看见史小军在镇上开起了一个销售家电的门市，他还不相信，便走了进去。史小军说："大虎，你来了，我忘了告诉你，我现在不去深圳了，我在镇上开了这个门市，专门销售彩电。你看看，我这门市全是最新款式的彩电，日本产的、美国产的都有。"

王大虎看了看，说："小军，你真行呀，这么快又开起家电销售门市了，你哪来这么多本钱呢？"

史小军嘿嘿一笑，说："大虎，快进来坐坐，我去给你泡杯茶，你既然来了，说什么也得坐会儿。"

王大虎坐下后，史小军对着里面喊道："春春，大虎来了，你快给大虎泡杯茶来。"

常春春从后面的隔间出来，她给王大虎泡了一杯茶，说："大虎，喝茶吧。"

看样子，常春春才起床，她又走了进去。史小军说："大虎，我早说过叫你别再承包鱼塘跟我干，你就是不信，你的鱼塘挣到钱了吗？你看我，生意越做越大，现在又开起这么大的家电门市。要想挣钱，得动脑子才行。"

王大虎喝了一口茶，说："小军，做生意挣钱当然好，但我觉得靠劳动致富心里才踏实。"

常春春进去梳妆打扮了一番，又出来了，说："大虎，你的鱼塘今年能挣钱吗？你去年弄了一年，不但没挣到钱，反而还赔了本。我劝你还是别搞养殖了，随便出来做点儿啥生意，也比你养鱼强。"

王大虎不想再听他们说这些了，起身说："今年我的鱼塘肯定能挣钱，因为镇农技站刘技术员给我做技术指导。我还有事，我得走了。"

常春春说："大虎，一会儿过来吃午饭，我这就去买菜。"

王大虎说："谢谢了，我不来吃午饭了，我得早点儿回去守鱼塘。"

说罢，王大虎走了。其实，王大虎今天赶集也没事，就是来玩，更主要是想来镇上看看陆萍。陆萍因为在镇上开有服装店，也很少回乡下娘家，他知道陆萍的服装店这时肯定人多，她也很忙，他便又在街上逛了好一阵儿，才去到花市街上陆萍的服装店。

当王大虎走到陆萍的服装店时，见刘吉祥坐在里面，他愣了一下，陆萍不是和刘吉祥离婚了吗，刘吉祥怎么还坐在这里？不知刘吉祥来这里干啥，他也没权利过问，他转身就往外面走。

正忙着的陆萍看见了王大虎，大声叫道："大虎，你来了，怎么不坐会儿？"

王大虎站住了，他看了看里面坐着的刘吉祥，说："我还有事，我先走了。"

陆萍大声说："我知道你没事，你进来坐会儿，我还有事给你说。"

王大虎只好转身回去，他并没有坐，只站在那里。陆萍忙完后，她拿着一件西装过来，说："大虎，你试试这件衣服，是我前几天才从重庆进回来的新款式。"

王大虎吃惊，问道："陆萍，我又不买衣服，你叫我试什么呀？"

陆萍说："你快试试，只要穿起合身，我送你穿。"

王大虎试了试衣服，穿起合身，他想脱下，陆萍大声说："你别脱了，穿着吧，这衣服算我送给你的。"

陆萍给王大虎把扣子扣上，还给他拉了拉，显得十分亲热，她说："你穿这件衣服真好看，你承包了鱼塘，大小是个老板，出门得讲究点儿……"

刘吉祥再也看不下去了，大声说："够了，陆萍，你这是啥意思，是做给我看的吗？"

陆萍没理他，仍在给王大虎拍衣服上的灰，又给他的衣服左弄右弄。

刘吉祥十分生气，转身走了出去。王大虎这才明白，原来陆萍是为了赶刘吉祥走，有意做给刘吉祥看的。

刘吉祥走后，王大虎说："陆萍，这衣服我还是还给你吧。"

陆萍笑了，说："还啥，这是我送给你穿的。刘吉祥想找我复婚，没门。他想离就离，想复婚就复呀。"

3

又快过年了，腊月二十六这天，王大虎又请来两只打鱼船在他的鱼塘里打鱼，打鱼的人撑着小小的打鱼船，在鱼塘里撒下网，又用竹竿在水面上打好一阵，然后又收网。这样一次又一次，鱼塘里的鱼便被打了上来。鱼贩也开着车来买鱼，等鱼一打上来，就过秤付钱。

一个鱼贩看看这鱼说："王老板，你这鱼塘里的鱼比去年大多了也肥多了，你这是怎么养的？"

王大虎看打上来这么多鱼，十分高兴，脸上露出了丰收的喜悦，他笑了，说："这个嘛，多亏了镇农技站的刘技术员，是他给我做技术指导，不然，我哪能养得这么好呢？"

鱼贩听了，有点儿没弄明白，他养鱼农技员怎么会来做技术指导呢？便问道："镇农技站的人给你做技术指导，那你一年得付多少钱给他？"

王大虎说："一分钱也不付，这是镇里出台的惠农政策，为了扶持农村种养专业户，不但提供了无息贷款，还无偿为全镇的种养专业户提供技术服务。”

王生地在帮忙称鱼和收钱，看见鱼塘里打上来这么多又大又肥的鱼，他十分高兴地说：“我以前还担心，大虎没有养鱼技术，万一又像去年那样鱼生病死了，那不白费功夫了。多亏镇农技站刘技术员，每周都来查看鱼塘，还手把手教大虎怎么养鱼。今年呀，这鱼塘里的鱼可要卖个好价钱了。”

由于今年鱼塘里的鱼多，两只打鱼船打了一天才打完，而且鱼一打上来就有鱼贩开车来拉，过了秤就付钱。鱼卖完已是晚上了，回到家里，王大虎把钱一数，他说：“爸，今年我这鱼塘的鱼卖了四千多。”

王生地听后，他又看了看桌上放着的一沓沓钱，高兴地问道：“什么，卖了四千多？”

王大虎大声说：“是的，卖了四千多。我早说过，我承包的鱼塘今年肯定会挣钱的。”

王大燕也放假回家了，她帮着母亲煮饭，还特地煮了一条鱼端上桌，说：“哥，你快把钱收好，吃饭了，让你们尝尝我的煮鱼手艺。”

王生地赶忙说：“大虎，这钱还是我先给你收着，明天我陪你一起去镇上存银行。”

说罢，王生地拿了个口袋把钱装起，拿去屋里放进柜子里，出来说：“好，吃饭。”

王大燕把菜端上桌后，全家人开始吃饭。王生地说：“大燕，快去给我倒杯酒来，今晚我高兴，我要喝酒。”

王大燕去给王生地倒了一杯酒来，说：“爸，你少喝点儿酒，多吃点儿我做的菜吧。”

王生地笑了，说：“好，我闺女去上了一年大学，怎么就变勤快了，还会煮鱼了，难道大学里还要学怎么做菜？”

吴良贤说：“他爸，就你话多，快吃菜吧。”

王生地夹了点儿鱼尝尝，说：“好吃，这鱼的味道和我在镇上餐馆里吃的差不多。”

王大虎却没出声，他去倒了一杯酒，也自个儿喝起来。王大燕问道："哥，你今年的鱼卖了这么多钱，全家人都为你高兴，你为什么不高兴呢？"

王大虎喝了一口酒，说："高兴，我怎么不高兴呢？我在想，明年我还要扩大养鱼规模，争取挣更多的钱。"

王生地听后，问道："大虎，你那鱼塘就这么大，难道还能把鱼塘扩宽，你还怎么扩大养鱼规模呢？我说你呀，心别太大了，只要每年都能收入四千元，那就不错了，要不了几年，我们家就真发财了。"

王大虎想了想说："爸，我想把我们家的包产田挖成鱼塘，全部拿来养鱼，你看？"

王生地听后，大声说："大虎，我可告诉你，把你鱼塘里的鱼养好就行了，别打我这几亩包产田的主意。我们全家人的生活全靠这几亩包产田了，要是又像去年那样，遇到鱼生个病死什么的，我们全家吃啥？"

吴良贤见他们父子又要吵起来了，赶忙说："他爸，快吃饭，今天大虎鱼塘里的鱼卖了这么多钱，我们全家该好好庆贺一下，你快喝你的酒吧，其他事以后再说。"

王生地不出声了，王大燕明白了母亲的意思，她也没出声。王大虎一口把酒喝完了，起身出去了。

王大燕追出来，叫道："哥，你还没吃我煮的鱼呢，你去哪儿？"

王大虎说："我不吃了，我去看鱼塘。"

王大燕说："你去看鱼塘干啥，你鱼塘里的鱼不是打完了吗？"

王大虎说："鱼塘里的大鱼是打完了，还有小鱼呀，你去吃吧，我吃饱了。"

说罢，王大虎向鱼塘走去。

今年没有下雪，也算一个暖冬。因为要过年了，那些在外面打工的人大多回来了，村里开始热闹起来，就是夜里也能听见农家小院里的说话声……

王大虎来到鱼塘坝干上，他看了看鱼塘，想着今天打鱼的情景，他不由得笑了。

开春后，王大虎终于说通了父亲，把他家的那几亩包产田挖成鱼塘，他想大干一场。把几亩包产田挖成鱼塘后，镇农技站刘技术员来到鱼塘边，看了看说："大虎，你这鱼塘比我想象的挖得还好，不但挖得深，而且田埂边还铺了石板，这样蓄上水后，可以投放鱼苗了。我估计，你这几亩包产田的鱼塘，少说一年也得收入七八千元。"

王大虎听后十分高兴，问道："真的呀，刘技术员，我这几亩包产田的鱼塘一年也能收入七八千元?"

刘技术员十分肯定地说："差不多吧，以后我每周来一次，我叫你怎么养你就怎么养，保证你今年挣大钱。"

王大虎说："谢谢你，刘技术员。"

刘技术员说："谢啥呀，这是我们应尽的职责。我还要去新水村，指导那个养鱼专业户投放鱼苗。"

说罢，刘技术员走了，王大虎却在鱼塘边转悠，他在计划着投放鱼苗的事。

这时，常春春来了，她挺着大肚子。王大虎问道："春春，你怎么来了，你是来找我的?"

常春春十分着急地说："大虎，我当然是来找你的，你看我挺着个大肚子，走路都不方便，可这事非找你不可，你得帮帮史小军。"

王大虎赶忙问道："史小军怎么了，你快说。"

常春春说："史小军被派出所抓去了，说他卖走私家电，要坐牢。"

王大虎听后明白了，史小军原来是从深圳弄些走私彩电来卖，难怪他整天神神秘秘的，从不说他在哪儿做什么生意。王大虎说："春春，他被派出所抓去了，我怎么帮得了他呢?"

常春春急得快哭了，说："听说念他是初犯，只要把他的违法所得全部没收，再交三千元罚款就能出来了。你想，我去哪儿弄这么多钱呢?所以，我只好来找你帮忙，借三千元给我帮他交罚款，把史小军放出来，你们毕竟是好兄弟。"

王大虎听后，想了想说："好吧，春春，你先回去，这事我来想办法。"

常春春走了，王大虎回到家里，他没让父母知道，悄悄拿着存折去镇上，把钱从银行取出来，再和常春春一起去派出所交了罚款，史小军才被放了出来。

史小军出来后，说："大虎，谢谢你，这钱我一定会还你的。"

王大虎说："小军，我给你说过多次了，别再干那些违法犯罪的事了，得干正事，靠劳动致富才是真。"

史小军点头，说："大虎，你放心，我再也不干这些违法的事了，从现在起，哪怕我进厂打工，我也会干正事挣钱。"

常春春用感激的目光看着王大虎，王大虎从她的目光中，看到的不只是感激，似乎还有愧疚，还有对他的歉意……

第二十二章　卷　属

1

自从改革开放以来，长河村发生了很大的变化。整个村庄像一幅美丽的画卷，宽阔平坦的公路像一条灰白色的带子伸向村外。路旁绿树成荫，一座座崭新的楼房拔地而起，井然有序。人们挣钱的路子宽了，有的经营果园、菜园和大棚蔬菜，有的养鱼、养鸡、养鸭，真可谓“八仙过海，各显其能”。

王大虎也去买了一辆摩托车，这样他去赶集或买鱼药方便多了，加上这条乡村公路修好了，从村里去镇上骑摩托车只要半小时就到了。

那天赶集天，王生地要去赶集，王大虎说：“爸，我用摩托车送你去吧，你走路最少得走两个小时，我这摩托车只要半小时就到了。”

王生地背着背筐笑了，说：“那行，今天我就坐一回你的摩托车。”

正好，这一幕被陆大奎看见，他笑着说：“王大虎，你也买起摩托车了，我早说过，你承包鱼塘会挣钱的。”

王大虎问道：“队长，你这是去赶集还是去哪儿?”

陆大奎看了看表，十分着急地说：“我哪有时间去赶集呢，今天是去镇上开会，现在都八点半了，那载人的车还没来，九点半就开会了，可能要迟到了。”

王大虎对正要上摩托车的父亲说：“爸，你等会儿，我先把队长送去镇政府再回来接你。”

王大虎又叫道：“队长，你上来，我先送你去镇政府。”

陆大奎赶忙上了摩托车，王生地这下反应过来，大声说：“陆大奎，你下来呀，这摩托车是我儿子的，我是他爸，再怎么说也得先拉我上街。”

王大虎大声说：“爸，队长要去镇里开会，你等会儿，我一会儿就回来接你。”

说罢，王大虎拉着陆大奎走了。

王生地大声骂道：“陆大奎，你有种，当初你不是安起心害我吗，现在咋样？你不还是一个队长，三十年河东，三十年河西。今天呀，我儿子养鱼挣钱了，买起摩托车你还跟着享福了，真是的。”

王大虎用摩托车送陆大奎去镇上开会，这让陆大奎非常高兴，在镇政府门口他下了摩托车，说：“大虎，谢谢你专门送我。”

王大虎赶忙说：“谢啥呀，这是应该的。”

陆大奎说：“当初我把鱼塘承包给你，算我没看错人，你把鱼塘经营得这么好，我这个队长脸上也有光。今天镇上开会就是推荐‘农村先进种养专业户’进行表彰，我会大力推荐你。大虎，你承包这鱼塘的合同签的是三年吧？”

王大虎说：“是的，三年，队长，怎么了？”

陆大奎说：“哦，我还忘了告诉你，经队上社员代表商量和请示村里同意，决定和你续签承包合同，承包期为十年，这下你满意了吧？”

王大虎听后非常高兴，说：“真的呀，队长，你说的是真的？”

陆大奎笑了，说：“我哪次说的话没算数呢？好了，我进去开会了，等我回来就和你把承包鱼塘的合同续签了。”

王大虎对陆大奎心存感激，没想到队长还这么尽心地帮他，他说：“队长，你多久散会呢，到时我来接你回去。”

陆大奎笑了，大声说：“不用你来接了，说不定你爸又在骂我了。”

说罢，陆大奎进去开会了。

王大虎赶忙骑回去，王生地等得有些生气了，他说：“大虎，你怎么先送陆大奎呢？再怎么说也得先送我去赶集，陆大奎算啥，还没把我们家害够吗？”

王大虎说：“爸，你怎么又说这些了，其实队长也不像你说的那样，他还是很好的。”

王生地坐上了摩托车，仍说：“你说什么，陆大奎很好，那就是说我不好了？”

王大虎说：“爸，你坐好，我开走了哟。”

王生地坐好后，王大虎便开动摩托车，这公路修成了平整的水泥路，不管是骑摩托车还是小车，开在上面都不抖不摆，而且还很平稳。

王大虎说：“爸，队长说了，他马上和我续签鱼塘承包合同，签十年。”

王生地说：“什么，再签十年？你得想好哟，这个陆大奎是不是又在挖坑让你跳？你想想，一下就签这么久，就是说这十年你哪儿都去不了，只能守着这鱼塘。”

王大虎说：“这个我想好了，我以后就干这养殖业了。你算算，我一年收入四千，十年就收入四万，那我不发财了吗？”

去到镇上后，王生地下了摩托车，他仍不放心，说：“大虎，你一定要考虑好，要是亏了本，你也得交队上十年的承包费哟。”

王大虎知道父亲是为他好，可他认定承包鱼塘肯定会挣钱，他说：“爸，你放心，我早就想好了，别说承包十年，就是二十年我也愿意，我认为农村种养业很有发展前途。”

见王大虎说得这么坚决，王生地也不好再说什么了，他便去赶集了。王大虎不买东西，他要看守鱼塘，便骑着摩托车回来了。

这天夜里，陆大奎突然跑来鱼塘边的鱼棚前叫道：“王大虎，你快起来呀，用你的摩托车送我一下，行吗？”

王大虎赶忙起床，走出来问道：“队长，出什么事了，送你去哪儿？”

陆大奎十分着急地说：“我外孙女婷婷生病了，正发高烧，这深夜又不好找车，只能找你用摩托车送我一下，把婷婷送去镇卫生院看病。”

王大虎一听，似乎比陆大奎还着急，说：“这么严重，你怎么不早来叫我，快走吧。”

陆大奎抱着婷婷上了摩托车，王大虎骑着摩托车很快就把他们送到镇卫生院。他帮着找医生，又去给她挂号拿药，然后他跑去把陆萍叫来。

医生说："烧得太严重了，得输水。"

水输完后，已快天亮了，王大虎仍在医院外等着。陆萍从病房走了出来，他赶忙问道："婷婷现在怎么样了？"

陆萍说："没事了，大虎，这次多亏了你，医生说如果不及时送来，会烧成脑膜炎的，脑膜炎是啥概念，人不死都会变傻。"

王大虎大大松了口气，说："没事就好。"

陆萍一下扑入王大虎怀里，动情地说："大虎，我不能没有你。"

2

王大虎深爱着养鱼业，也刻苦钻研养鱼技术，渐渐地他觉得，一天不见鱼，像掉了东西般不自在。鱼欢人笑，鱼塘里的鱼给他带来无穷乐趣和致富的希望。看着水中的鱼儿不停地游着，时而蹿出水面觅食，时而相互追逐嬉戏，一切都那么自然和谐。尤其是给鱼喂食时，看见鱼儿在水中欢快地追逐抢食，疲劳和烦恼一扫而光，心情舒畅了许多。

王大虎今年挖了几亩稻田的鱼池来养鱼，加上镇农技站刘技员给他提供技术指导，年底他卖鱼收入七千多元。

那天，王生地来到鱼塘边，说："大虎，现在我们家有钱了，是不是把我们家的土墙房拆了，盖几间砖瓦房？"

王大虎笑了，说："爸，你说得对，我也有这个想法，正想和你商量呢。不是修几间砖瓦房，是修一楼一底的楼房。"

王生地听后吃惊，心想大虎比他的心还大，手头就这么点儿钱，还想修楼房。他说："什么，你想修一楼一底的楼房？大虎，你今年养鱼一共收入七千多元，就这么点儿钱，如果修楼房，你这点儿钱花了也所剩无几了。你以后还要买鱼饲料、鱼苗，还要投入什么的，钱又去哪儿拿？钱不能一下子花完，得存着点儿。"

王大虎说："爸，没事，村里好多人家都修起了楼房，我们也不能落后呀。你说修几间砖瓦房，那已过时了，还是跟着时代的节拍走吧。队长说了，村里已在公路边规划出一块地，说是要修农民新村，从现在起，凡村里人修房子的必须去那里修，而且统一规划统一设计，将来那里就是一条街了。”

不说陆大奎还好，一提起他王生地又生气了，大声说：“又是陆大奎，不知他又在葫芦里卖什么药，为什么以前别人修房子他不管，偏偏我们家要修房子了，他却出这么一个馊让意，要求我们去那里修。他肯定没安啥好心，是想从中吃回扣吧？”

王大虎见父亲生气了，他也知道父亲和陆大奎以前有矛盾，心想这么多年过去了，他们之间的事早已淡化了，哪知父亲还记在心里。他不知怎么说了，只转身去忙他的事，又去给鱼喂食了。

王生地仍说：“陆大奎为什么不去那里修，偏要我们去那里修呢？全村那么多人修起了楼房，他有本事为什么不叫他们拆了，都去那里修。这事我坚决不同意，也不去那里修，看他能把我怎么样。”

王大虎说：“爸，那块地是村里规划出来的，在那里修农民新村，是有利于全村经济的发展，那里以后就是一条街了，楼上住房楼下门市，大家可以在那里开商店、开餐馆，在家里就能挣钱。我想把楼房修在那里，我就在那里开个农家乐，卖自己鱼塘里的鱼。你说，把房子修在那里，哪点不好呢？”

王生地越听越不明白，打断王大虎的话说：“打住。大虎，你是不是被陆大奎灌了什么迷药，他一句话就把你说得飘飘然了，你自己难道没脑子吗，啥都听他的？”

王大虎知道父亲这个脾气，再怎么说父亲也听不进去，他说：“好，我不说了，这事我们慢慢商量。”

王生地站了一会儿，转身走了。

这时，王大虎的手机响了，一看是陆萍打来的。陆萍说：“大虎，我在县城租到一个门市，很当道，是县城步行街，可房租费很高，每年八百元。”

王大虎听后十分高兴，说：“陆萍，这很好呀，能在县城步行街租到一个门市，真不容易。县城步行街是啥地方，是黄金地段，房租费当然高，你钱够了吗？”

陆萍说：“够了，那我就与房东签合同了哟？”

王大虎说："签嘛，这样的机会千万别放过了。哎，陆萍，要不要我来县城帮你看一下？"

陆萍笑了，说："你来看啥，你也不懂，看也白看呢。"

王大虎有点儿不高兴了，说："陆萍，你可别小看人哟，以前我是啥也不懂，可现在我也是个老板了。我今年卖鱼收入七千多元，也不比你服装店收入少吧？"

陆萍说："对，你是大老板了，也不是以前的王大虎了，我得叫你王老板了。好了，不和你说了，我得忙我的事了。"

随后，陆萍挂断了电话，王大虎又继续忙他的事了。

经过王大虎做工作，父亲终于同意去村里规划的地方修一楼一底的楼房。在王大虎的带动下，先后有六家准备修房子的人家一同来这里修。年底，农民新村首批一共七家人的楼房修好了，这是统一规划统一设计而自行修建起来的，显得十分整洁漂亮，加上又在公路边，让村里人十分羡慕。随后又有几家人进入第二批修建中。

开春后，王大虎的农家乐开起来了。初春时节，万物复苏，桃花李花竞相开放，一片片油菜花将大地装点得金黄灿烂。前来踏青游玩的城里人渐渐多起来，王大虎的农家乐生意也火起来。

那天下午，王大虎送走最后一桌吃饭的客人，陆萍开着小轿车回来了，他说："陆萍，你今天怎么回来了？"

陆萍下车后，笑着说："回来看看你嘛，看看你这农家乐生意如何。"

王大虎说："请，陆老板，欢迎光临！"

在店里给王大虎打工的两位漂亮的女服务员以为又来了吃饭的客人，便走出来迎接道："老板，请！"

王大虎赶忙说："你们搞错了，她不是来吃饭的，她是你们的老板娘，你们忙去吧。"

陆萍跟着王大虎来到楼上的阳台，她抬眼望去，田野上，桃花李花开了，在大片大片油菜花的映衬下，显得是那样美丽。一股醉人的芳香从树木的绿叶中、从农家院落里流淌出来，渐渐地醉了她的眼眸，醉遍整个乡村。

看着看着，陆萍由衷地笑了。

图书在版编目(CIP)数据

爱情总是对的 / 张儒学著. -- 北京 : 中国文史出版社, 2022.1

(跨度小说文库)

ISBN 978-7-5205-2139-0

Ⅰ. ①爱… Ⅱ. ①张… Ⅲ. ①长篇小说-中国-当代 Ⅳ. ①I247.5

中国版本图书馆 CIP 数据核字(2020)第 142506 号

责任编辑：卢祥秋

出版发行：**中国文史出版社**

社　　址：北京市海淀区西八里庄路 69 号院　邮编：100142

电　　话：010-81136606　81136602　81136603（发行部）

传　　真：010-81136655

印　　装：廊坊市海涛印刷有限公司

经　　销：全国新华书店

开　　本：720×1020　1/16

印　　张：17.75　　字数：260 千字

版　　次：2022 年 1 月第 1 版

印　　次：2022 年 3 月第 1 次印刷

定　　价：59.80 元